Zum BUCH

Nach den Geschehnissen in der Eiswüste, die jeden einzelnen verändert haben, landen die Überlebenden mit einem Helikopter in einer verlassenen Stadt. Sie finden eine Karte und entscheiden sich dazu, zwei Orte aufzusuchen: eine mittelalterliche Festung und die unterirdische Stadt Ghiron Nagh. Alles scheint nach Plan zu laufen – bis das Schicksal wieder gnadenlos zuschlägt…

Zum AUTOR

Niklas Quast wurde am 7.3.2000 in Hamburg-Harburg geboren und wuchs im dörflichen Umland auf. Nachdem er eine Ausbildung zum Groß- und Außenhandelskaufmann absolvierte, arbeitet er nun in einem Familienbetrieb und widmet sich nebenbei dem Schreiben.

Niklas Quast

CRETHRENS – Die Festung von Ghiron Nagh

ROMAN

1.Auflage 2020

Copyright © 2020 Niklas Quast
niklasquastautor@web.de
www.facebook.com/NiklasQuastAutor

Covergestaltung:
Galax Acheronian
www.acheronian.de

Alle Rechte vorbehalten

TwentySix - Der Self-Publishing-Verlag. Eine Kooperation zwischen der Verlagsgruppe Random House und BoD-Books on Demand.

Herstellung und Verlag: BoD - Books on Demand, Norderstedt

ISBN: 9783740771409

MIX
Papier aus verantwortungsvollen Quellen
Paper from responsible sources
FSC® C105338

Inhaltsverzeichnis

Die verlassene Stadt	S. 9 - 35
Blutzeichen	S. 36 – 62
Das Gegengift	S. 63 – 90
Simon und die Festung	S. 91 – 119
Simon und die Festung, Teil 2	S. 120 – 148
Ghiron Nagh	S. 149 – 178
Auf sich allein gestellt	S. 179 – 207
Gemeinsame Ziele	S. 208 – 236
Das Festungsdach	S. 237 – 263
Tief im Wald	S. 264 – 291

Was zuvor geschah…

Tief in einer Eiswüste erwacht Oskar inmitten einer Gruppe Jugendlicher, zu der auch Cassie, Jonas und Nora gehören, mit denen er sich schnell anfreundet. Durch einen Brief erfahren sie, dass sie Probanden eines Projektes sind, das in drei Testphasen unterteilt ist. Anfangs stehen mehrere „Duelle" an, bei denen immer nur die Hälfte der Teilnehmer überleben kann. Die Gruppe muss mit den Witterungsbedingungen klarkommen und schlägt sich durch die Eiswüste. Oskar verliebt sich in Cassie und auch zwischen Jonas und Nora entwickelt sich eine Beziehung. Am ersten Abend begibt sich Oskar gemeinsam mit Jonas und ein paar anderen zu einer Rettungsmission, bei der sie mit den „Crethrens", etwa drei Meter großen Eismonstern, die ein tödliches Gift in sich tragen, konfrontiert. Ein Junge namens Fynn wird bei der Mission verletzt und stirbt einen Tag später auch daran. Ein Mädchen namens Ruby offenbart sich schon früh als „Maulwurf" innerhalb der Gruppe – sie wurde von der Organisation, die hinter dem Projekt steht, unter die Jugendlichen gemischt um die Geschicke der Gruppe zu lenken. Doch sie soll nicht die einzige sein: Jonas, der sich zu einem guten Freund von Oskar entwickelt hat, offenbart spät seine wahre Identität und gibt Preis, dass er ebenfalls als Maulwurf agierte. Zudem verrät er den Grund dafür, dass sich die Gruppe schon anfangs so vertraut vorkam : bevor sie in der Eiswüste ausgesetzt worden waren, besuchten sie alle das Royal Militarity College in Adelaide, eine Militärschule in Australien. Im Gegensatz zu Ruby hat er sich jedoch auf die Seite der Gruppe geschlagen und geht gemeinsam mit den anderen gegen die Organisation vor. Schließlich kommt es zum finalen Showdown, bei dem Jonas die Gruppe zwar retten kann, selbst aber durch ein Unglück das Leben verliert. Die Überlebenden, acht an der Zahl, fliehen mit einem gestohlenen Helikopter und lassen die Eiswüste hinter sich.

Die verlassene Stadt

Die Eiswüste unter ihnen wurde immer kleiner. Die Berge verschwanden nach und nach, und zu dem Weiß des Schnees gesellte sich schon bald ein tristes Grau. Es dauerte ein paar Stunden, bis Schnee und Eis komplett verschwunden waren, und Oskar beobachtete aufmerksam das, was nun in der Ferne auf sie zukam.

»Was ist los?«, fragte Cassie und beugte sich über ihn, um einen Blick aus dem Fenster werfen zu können.

Sie gähnte, rieb sich die Augen und lächelte.

»Wir sind raus aus dem Eis«, sagte Tim.

»Das sehe ich auch. Aber was ist das da vorne?«

Aus der Landmasse vor ihnen hatte sich mittlerweile eine Stadt erhoben. Am Horizont waren einige Hochhäuser zu erkennen, Wolkenkratzer, deren Türme hoch in den Himmel ragten.

»Da ist eine Stadt!«

Tim klang erleichtert.

»Schaut ganz nach Zivilisation aus. Versuch mal, irgendwo dort zu landen.«

»Ja. Ich glaube auch, dass das die richtige Entscheidung ist.«

Es dauerte noch einige Zeit, bis sie die Stadt erreicht hatten. Tim hielt nach einem Landeplatz Ausschau, während Oskar sich umdrehte und die hintere Reihe ansah, in der Louis, Annie, Willow und Ian saßen.

»Was meint ihr?«, fragte er die Gruppe.

»Klingt gut«, schrie Louis gegen den Lärm des Helikopters an.

»Ich habe Wahnsinnshunger.«

»Dafür benötigen wir Geld«, warf Willow in den Raum.

»Mach dir darüber keinen Kopf.«
Louis griff in seine Jackentasche und förderte ein Bündel Scheine zutage.
»Wo hast du die her?«, fragte Oskar verblüfft.
»Das ist egal. Ich habe sie halt einfach.«
Er grinste.
»Ich versuche mal, da drüben zu landen.«
Oskar drehte sich wieder nach vorne und sah, dass Tim auf das Dach eines vor ihnen stehenden Hochhauses zeigte.
»Gute Idee. Ich kann schon langsam nicht mehr sitzen.«
Der Landevorgang klappte reibungslos, ein paar Minuten später öffnete Oskar bereits die Tür und stieg aus dem Helikopter aus. Er zog sofort seine Jacke aus, es war viel wärmer als zuvor. Die Sonnenstrahlen fühlten sich wunderbar auf seiner nackten Haut an und wärmten ihn direkt auf.
»Das ist herrlich«, sagte Ian.
»Ja. Unfassbar.«
Während die anderen in der Nähe des Helikopters blieben, entfernte sich Tim etwas und suchte nach einer Tür, die sie in das Gebäude führte.
»Kommt mal her! Ich glaube, dass wir hier reinkommen.«
Oskar, Cassie, Louis, Ian, Willow, Nora und Annie legten ihre Jacken auf der Sitzfläche im Inneren ab und gingen in Tims Richtung. Er stand vor einer grauen Tür.
»Sie ist offen. Was denkt ihr?«
»Lasst uns rein. Wir müssen gucken, ob wir andere Menschen finden. Nur dann haben wir eine Chance, zurück dorthin zu kommen, wo wir herkommen.«
Tim öffnete die Tür. Vor ihnen tat sich ein Treppenhaus auf, welches in einen tieferen Teil des Gebäudes führte. Oskar folgte

ihm die Stufen hinunter. Eine Glastür führte sie nach draußen, Tim beugte sich vor, drehte sich nach links und nach rechts, um zu prüfen, ob sich irgendwo jemand befand.
»Keine Spur von Leben.«
Cassie runzelte die Stirn.
»Aber wie kann das sein? Das ist doch eigentlich nicht möglich.«
Oskar schluckte. Dass sich dort niemand befand, ließ ihn nachdenklich werden. *Ist das vielleicht eine Falle?* Er wollte dem Gedanken nicht nachhängen, merkte aber, wie es zwangsläufig in diese Richtung ging. *Nein, das kann nicht sein. Das darf einfach nicht sein.* Er schüttelte den Kopf und versuchte, die positiven Dinge zu sehen. *Wir sind endlich weg aus dieser Hölle. Ich muss mich auf das Hier und Jetzt konzentrieren. Auf die Gegenwart. Wir alle haben die Eiswüste überlebt.*
»Abwarten«, sagte Louis.
»Ich denke, uns wird bald jemand über den Weg laufen.«
Sie gingen die Straße entlang und hielten stets Ausschau nach anderen Personen. Zwei Häuser weiter entdeckten sie eine Bäckerei.
»Lasst uns was essen«, rief Ian.
Sie betraten das leerstehende Gebäude. Tim ging zur Kasse, umrundete den Tresen und suchte im Verkaufsraum nach einer Bedienung.
»Hier ist niemand.«
»Wenigstens gibt es trotzdem etwas zu essen«, meinte Louis und deutete auf einen Korb voller Brötchen.
»Langt zu. Wir wissen nicht, was uns in nächster Zeit erwartet.«
Sie aßen. Der Korb leerte sich rasch, und Oskar genoss es, endlich wieder seinen Magen füllen zu können. In letzter Zeit

hatte er sein Hungergefühl komplett ignoriert, es hatte andere, wichtigere Dinge gegeben, auf die er sich hatte konzentrieren müssen. *Jetzt habe ich zumindest die Ruhe, mal wieder etwas zu essen. Das ist doch schonmal was. Wir befinden uns nicht mehr in direkter Lebensgefahr und können mal tief durchatmen.*
»Schon merkwürdig, dass die Brötchen noch frisch sind«, murmelte Cassie.
»Es muss also vor kurzer Zeit noch jemand hier gewesen sein.«
In einem Kühlschrank fanden sie noch einige Wasserflaschen. Oskar nahm einen kleinen Schluck und bewahrte sich den Rest für später auf. Etwa zehn Minuten darauf verließen sie die Bäckerei wieder und setzten ihren Weg durch die Stadt fort. Es fühlte sich merkwürdig an, durch die verwaisten Straßen zu gehen, und Oskar hoffte sehnlichst, dass sie bald einer Menschenseele begegnen würden.
»Hast du einen Plan?«, fragte er Tim, der sich an die Spitze gesetzt hatte und die anderen führte.
»Ja. Ich möchte zur Stadtgrenze. Irgendwie habe ich im Gefühl, dass wir dort etwas finden.«
»Was sollen wir denn finden?«
»Ich weiß es nicht. Wir müssen uns überraschen lassen.«
»Na toll«, murmelte Nora.
»Etwas anderes bleibt uns nicht«, fügte Tim den bereits gesagten Worten hinzu.
»Wir könnten auch einfach abhauen von hier«, meinte Annie.
»Mir behagt dieser Ort nicht.«
Tim drehte sich um und blickte ihr in die Augen.
»Und wo willst du hin? Zurück in die Eiswüste?«
Annie antwortete nicht darauf, sondern zuckte nur mit den Schultern. Sie passierten mehrere Läden, entdeckten jedoch

nichts, was auch nur im Entferntesten auf Leben hinwies. Oskar wäre schon froh gewesen, eine zerbrochene Fensterscheibe oder etwas anderes zu sehen, was nicht zu diesem Ort passte. Doch da war nichts. Er trank einen weiteren Schluck aus seiner Flasche, die sich stetig leerte. Die Sonnenstrahlen brachten ihn zum Schwitzen, obwohl es nicht besonders heiß war.

Die Sonne sank derweil allmählich tiefer. Oskar wusste nicht, wie spät es war, er hatte keine Uhr bei sich. Er schätzte jedoch anhand des Sonnenstands, dass der Abend bald kommen würde.

»Ich denke, wir sollten langsam einen Ort aufsuchen, an dem wir die Nacht verbringen«, meinte Cassie schließlich.

Tim nickte.

»Das wäre mir auch lieber. Es wird, glaube ich zumindest, bald dunkel.«

Etwa zweihundert Meter weiter entdeckten sie einen kleinen Eingang, der sie zu einer Herberge führte. Ein Leuchtschild mit der Aufschrift „Zimmer frei" prangte an der Front.

»Das sieht doch gut aus«, murmelte Tim.

»Lasst uns dort rein. Da können wir da auch unser weiteres Vorgehen besprechen.«

Sie traten durch den kleinen Eingang. Auch im Inneren der Herberge hielt sich kein anderer Mensch auf. Es war totenstill.

»Hallo?«

Oskar wusste, dass es vergebens war, er sprach diese Worte mehr aus Reflex. Niemand antwortete. Er hatte auch nichts anderes erwartet, drehte sich dennoch zu Cassie um und sah ihr tief in die Augen.

»Was ist verdammt nochmal hier los?«

Sie schüttelte den Kopf.

»Ich weiß es nicht.«

»Ziemlich wenig«, scherzte Tim und zog einen der zahlreichen Sessel von einem Glastisch.
»Setzt euch.«
Oskar und die anderen nahmen ebenfalls Platz.
»Schaut, hier ist eine Karte.«
Nora deutete auf die Wand direkt hinter ihnen. Dort hing eine riesige Karte, auf der ein Stadtplan zu sehen war.
»Sehr schön.«
Tim lächelte.
»Dann lasst uns mal nachgucken. Wir befinden uns zurzeit hier.«
Er fuhr mit seinem Finger über die Karte, bis er einen roten Punkt erreicht hatte.
»Genau im Zentrum. Wow, das scheint echt eine riesige Stadt zu sein.«
Er überlegte einen Moment, blickte von links nach rechts und versuchte, irgendwelche Anhaltspunkte auf der Karte auszumachen.
»Seht!«
Nora war die erste, die etwas entdeckt hatte. Sie deutete auf eine Stelle am Rand, einem schwarzen Gebäude, das wie eine Burg aussah.
»Was ist das?«
Tim ging zu Nora und warf einen näheren Blick auf das, was sie ihm zeigte.
»Das sieht ja interessant aus. Und es scheint in Anbetracht des Maßstabs gigantisch zu sein.«
»Hier ist auch was Interessantes«, murmelte Louis und zeigte auf etwas, was genau am anderen Ende der Karte auszumachen war.

»Das sieht aus wie irgendetwas Unterirdisches. Scheint aber ebenfalls riesig zu sein. Und ansonsten…«
Tim suchte die gesamte Karte mehrmals ab, fand jedoch nichts Interessantes mehr.
»War es das auch schon. Wir haben zwei interessante Punkte auf der Karte. Was meint ihr?«
Oskar und Cassie tauschten einen kurzen, aber vielsagenden Blick.
»Zwei Orte also. Beide nacheinander zu erkunden wäre nicht wirklich sinnvoll, oder was meint ihr? Das würde Tage in Anspruch nehmen und ich habe keine Lust, ewig hier zu bleiben. Das ist alles ziemlich unheimlich«, meinte Cassie.
»Was willst du uns damit sagen?«
Tim sah sie fragend an.
»Es wäre eine gute Idee, wenn wir uns in zwei Gruppen aufteilen.«
Schweigen herrschte, jeder einzelne dachte für sich ihren Vorschlag durch. Tim war der erste, der sich zu Wort meldete.
»Ich gebe dir recht.«
»Ich bin auch dafür«, murmelte Oskar.
»Allerdings müssen wir irgendwie in Kontakt bleiben. Haben wir Funkgeräte?«
»Ja. Allerdings habe ich sie im Helikopter gelassen, weil ich nicht damit gerechnet habe, dass wir uns allzu weit voneinander entfernen«, antwortete Tim.
»Wo hast du die her?«
»Sie befanden sich bereits an Board. Ich habe direkt gewusst, dass sie uns weiterhelfen könnten, habe sie dann aber vergessen.«
»Okay. Dann sollten wir sie heute noch holen, damit wir mor-

gen rechtzeitig loskommen. Ich würde das übernehmen«, sagte Oskar.

»Ich begleite dich.«

Cassie lächelte ihn an. Sofort verspürte er wieder dieses Kribbeln im Bauch, ein Gefühl, welches ihm nur allzu bekannt war und welches für ihn das beste auf der Welt war.

»Gute Idee. Wir kümmern uns derweil um einen Plan. Aber beeilt euch am besten, es wäre gut, wenn ihr zurück seid, bevor es dunkel wird.«

»Das kriegen wir hin. Und ihr überlegt euch einen guten Plan.«

Oskar und Cassie verließen die Lobby der Herberge und traten wieder auf die Straße.

»Was denkst du?«, fragte Cassie ein paar Schritte später.

»Ach es wäre einfach zu schön gewesen, endlich in Freiheit zu leben. Verstehst du?«

»Ja natürlich. Aber ich glaube, wir kommen der Freiheit immer näher.«

»Ich weiß nicht, was ich glauben soll. Es ist alles so verdammt kompliziert.«

Oskar senkte seinen Blick auf den Asphalt und spürte die Hitze, die von ihm ausging.

»Wenigstens sind wir mal komplett unter uns. Das erste Mal überhaupt.«

Sie lächelte erneut.

Oskar wusste nicht, was er darauf erwidern sollte, spürte aber, wie er errötete.

»Ja.«

Mehr brachte er nicht hervor. Cassie rückte etwas näher an ihn heran und legte ihm einen Arm auf die Schulter.

»Warte mal.«

Er stoppte, drehte sich um und spürte direkt ihre warmen, feuchten Lippen auf seinen. Er genoss das Gefühl, schloss die Augen und versuchte, den Moment möglichst lange auskosten zu können. Doch ein paar Sekunden später hatten sich ihre Lippen wieder von seinen gelöst, und sofort bekam Oskar das Gefühl, dass etwas fehlte. Es fühlte sich an, als wäre sie verschwunden und würde niemals wiederkommen.
»Ich liebe dich, Cassie.«
Die Worte verließen seinen Mund, und er war froh, sie endlich ausgesprochen zu haben. Es fühlte sich an, als würde sich eine tonnenschwere Last von seinen Schultern lösen.
»Ich liebe dich auch. Ich bin wahnsinnig froh, dich an meiner Seite zu haben.«
»Danke.«
Er spürte, wie Tränen in seinen Augen aufstiegen. Es waren Tränen der Erleichterung, aber er wollte diesen Moment der Schwäche nicht zulassen und wischte sie mit seinem Ärmel fort.
»Lass uns jetzt die Funkgeräte suchen. Wenn wir zu lange wegbleiben, machen sich die anderen vielleicht Sorgen.«
»Und das wollen wir nicht.«
»Richtig.«
Cassie streckte ihre Hand aus, Oskar ergriff sie. Gemeinsam durchquerten sie die Straßen, kamen wieder an der Bäckerei vorbei, an der sie zuvor noch Halt gemacht hatten. Die Dämmerung setzte ein, es wurde langsam dunkler. Das Hochhaus, auf dessen Dach der Helikopter stand, kam immer näher. Schon bald hatten sie es erreicht, Oskar öffnete die Glastür, die ins Gebäude führte, und betrat vor Cassie das Treppenhaus.
»Ich bin gespannt, ob wir hier jemals noch Menschen antreffen werden.«

»Ich wäre fast erleichtert, wenn das so kommen würde. Diese riesige Stadt, komplett ohne Zivilisation... mir kommt das ganz und gar nicht geheuer vor.«

Oskar nickte und öffnete die Tür, die sie auf das Dach führte. Das letzte bisschen Tageslicht ließ den schwarzen Hubschrauber wie den Schatten eines lauernden Tieres wirken, das nur darauf wartete, sie anzugreifen.

»Welchen Ort findest du interessanter?«, fragte Cassie, während Oskar die Funkgeräte aus dem Helikopter holte. Sie lagen auf der Rückbank, es waren vier Stück.

»Was meinst du?«

»Auf der Karte. Welchen Weg würdest du wählen?«

Oskar überlegte. Beide Orte lagen weit hinter der Stadtgrenze.

»Mich interessiert generell beides. Ich kann mich nicht entscheiden und wäre mit allem einverstanden.«

»Ich auch. Hoffentlich legen sie uns in eine Gruppe.«

Oskar spürte, wie sich sein Magen verkrampfte. *Was, wenn sie genau das nicht tun? Wenn ich mich vielleicht schon morgen für immer von ihr verabschieden muss...* Er konnte den Gedanken nicht ertragen und versuchte, ihn fortzubekommen. *Ich werde alles dafür tun, dass es nicht so kommt.*

»Das wird schon passieren. Und falls nicht, haben wir beide da immer noch ein Wörtchen mitzureden. Aber lass uns jetzt am besten zurück. Wir sind schon viel zu lange unterwegs.«

Tim sah den beiden noch etwas nach und widmete sich dann wieder dem Stadtplan, der vor ihm an der Wand hing.

»Wir werden zwei Vierergruppen bilden. Gibt es irgendwelche Wünsche?«

Er sah jeden nacheinander an.

»Ich finde auf jeden Fall, dass beide Gruppen jemanden brauchen, der in der Lage ist, die anderen zu führen. Jede Gruppe braucht einen starken«, meinte Willow.
»Dafür kommen für mich nur du und Oskar infrage.«
Tim lächelte verlegen.
»Das klingt zumindest schonmal nach einem Plan. Seid ihr alle damit einverstanden?«
Es folgte zustimmendes Nicken. Keiner hatte etwas dagegen einzuwenden.
»Dann bilden Oskar und ich die Führung der beiden Teams. Ich denke, wenn wir schon von Oskar sprechen, sollten wir Cassie auch in seine Gruppe stecken. Und Willow, ich möchte natürlich auch, dass du dann mit mir mitkommst.«
»Danke«, sagte sie und grinste.
»Ich gehe mit Oskar«, sagte Louis.
»Ich auch«, meinte Annie.
Ian sah Nora kurz an und fragte:
»Wäre das für dich dann okay, wenn wir mit Tim gehen?«
»Ja.«
»Gut, das ging ja schnell. Nun müssen wir nur noch entscheiden, welches Team welchen Weg einschlägt. Willow, Nora und Ian, wohin möchtet ihr?«
»Zur Festung.«
Ian wirkte entschlossen.
»Ich habe das Gefühl, dass unsere Chancen dort besser sind. Ich kann mir nicht vorstellen, dass so ein riesiges Bauwerk komplett leer steht.«
»Wenn das alles stimmt, was auf der Karte steht«, warf Nora ein.
»Davon gehe ich aus. Guck dir doch alles an, was wir bisher

gesehen haben. Das Hochhaus…«

Ian schob seinen Sessel ein Stück zurück, stand auf, und trat vor die Karte.

»Dort steht der Helikopter.«

Er deutete auf das Dach.

»Hier sind wir vorhin entlanggegangen.«

Sein Finger fuhr über die Karte, folgte der Straße, die dort abgebildet war.

»Es passt einfach alles bisher. Hier ist die Herberge, und nur ein paar Straßen weiter…«

»Okay. Du hast mich überzeugt.«

Nora lächelte.

»Seid ihr damit einverstanden, Louis und Annie?«

Ian wandte sich an die beiden, die bisher das Geschehen aufmerksam und still verfolgt hatten.

»Klar. Oder?«

Louis sah Annie an, diese nickte.

»Ich hoffe, dass Oskar und Cassie damit auch einverstanden sind. Aber das wird schon. Wir sollten jetzt nur noch auf die beiden warten und uns dann auf die Zimmer begeben.«

Der Rückweg kam Oskar deutlich kürzer vor als der Hinweg. Die Funkgeräte ließen sich direkt einschalten, die Akkus war vollgeladen, und als Oskar sah, wie das kleine Display aufleuchtete, atmete er erleichtert auf. Wenig später hatten sie die Herberge wieder erreicht.

»Da seid ihr ja endlich wieder.«

Tim stand auf.

»Wir haben die Gruppen bereits eingeteilt. Ich hoffe, ihr seid damit einverstanden.«

Er wiederholte nochmal alles, was sie eben in Abwesenheit der beiden besprochen hatten, und meinte dann:
»Lasst uns jetzt den Tag beenden. Ich wünsche euch eine gute Nacht.«
Sie teilten sich auf und gingen in die Zimmer. Es waren Einzelzimmer, Oskar verabschiedete sich von den anderen und legte sich auf sein Bett. Er zog seine Klamotten aus, betrat das Badezimmer und stellte sich unter die Dusche. Das warme Wasser fühlte sich gut an auf seiner Haut, er spürte, wie er sich die gesamten Geschehnisse der letzten Tage von seinem Körper wusch. Während er sich von dem heißen Strahl berieseln ließ, dachte er an Cassie. Er sah, wie sie vor ihm stand. Spürte ihre Nähe, ihren vertrauten Geruch... und während er die Augen schloss, hörte er plötzlich ein Klopfen. Zunächst dachte, er habe es sich in seiner Sehnsucht nach Cassie nur eingebildet, wurde jedoch eines Besseren belehrt, als das Geräusch nach dem dritten Mal von einer Stimme begleitet wurde.
»Oskar?«
Die Stimme gehörte eindeutig nicht zu Cassie. Es war Louis. Oskar stellte das Wasser ab, schob die Kabinentür auf und trat aus der Dusche. Er wickelte sich ein Handtuch um und rief:
»Ja?«
»Darf ich reinkommen?«
»Kleinen Moment.«
Oskar war verwundert, so spät noch Besuch zu bekommen, war zugleich jedoch auch froh, sich mit jemandem unterhalten zu können. Es fühlte sich irgendwie nicht ganz richtig an, an diesem Ort allein zu sein. Er trocknete sich ab, zog sich frische Sachen an, die er zuvor in einem der Schranke im Zimmer gefunden hatte und öffnete die Tür.

»Habe ich dich gestört?«, fragte Louis nach einem zögernden Blick auf die nassen Haare von Oskar.
»Nein, alles gut. Ich war gerade fertig. Komm rein.«
Louis betrat den Raum und setzte sich auf die Couch.
»Was führt dich zu mir? Kann ich dir was zu trinken anbieten?«
»Da würde ich nicht Nein sagen.«
Oskar holte eine Flasche Mineralwasser aus einem kleinen Kühlschrank und stellte zwei Gläser auf den Tisch.
»Nichts Besonderes. Ich wollte mich einfach nur ein bisschen mit dir unterhalten.«
»Ich bin gespannt, was uns die nächsten Tage erwartet. Wie geht es dir eigentlich?«
»Ich habe mich zum Glück wieder einigermaßen erholen können. Bis auf einige Ausnahmen habe ich die Kopfschmerzen überwunden.«
»Das freut mich sehr.«
Oskar sagte das nicht nur einfach so, er freute sich wirklich für Louis. Dieser rang sich nun ein Lächeln ab und trank dann einen Schluck Wasser.
»Ich bin so verdammt froh, dass ihr uns gerettet habt.«
»Wir sollten darüber jetzt nicht mehr nachdenken. Wir haben zumindest einen Großteil überstanden, denke ich. Was uns die nächsten Tage erwartet, kann ich natürlich nicht sagen, aber ich kann mir auf alle Fälle vorstellen, dass es nicht so grausam sein wird wie in der Eiswüste.«
»Ich hoffe es. Ich würde es nicht verkraften, jetzt noch irgendjemanden aus der Gruppe zu verlieren. Besonders dich nicht.«
Louis senkte den Kopf. Oskar sah ihn näher an.
»Was meinst du damit?«
»Du bist mir besonders wichtig geworden in der gesamten Zeit.

Und das nicht nur als Anführer, Oskar.«
Er trank sein Glas aus, stand auf und sagte:
»Ich sollte besser gehen, es ist schon spät. Wir sehen uns morgen.«
Zum Abschied lächelte er erneut und schloss dann die Tür hinter sich. Oskar blieb noch einen Moment auf der Couch sitzen, und versuchte, die letzten Worte von Louis verstehen zu können. *Du bist mir besonders wichtig geworden. Nicht nur als Anführer...* Er schaltete das Licht aus und legte sich auf sein Bett. Die Matratze war sehr bequem, er schlug seine Bettdecke zurück, lag mit offenen Augen in der Dunkelheit und starrte die Decke an. Er dachte so lange über das nach, was Louis ihm gesagt hatte, bis er irgendwann eingeschlafen war.

Am nächsten Morgen wurde Oskar durch ein Klopfen an der Tür geweckt. Er stöhnte auf, schlug die Bettdecke zurück und stand auf.
»Wer ist da?«
»Ich bin's.«
Cassies sanfte Stimme ließ ihn direkt wach werden. Er öffnete die Tür, umarmte sie und fragte:
»Sind die anderen auch schon wach?«
»Ja, sie frühstücken alle schon. Ich sollte dich wecken.«
»Okay. Ich ziehe mich eben an.«
Fünf Minuten später hatte auch Oskar die anderen erreicht. Er wurde mit freundlichen Blicken empfangen und beobachtete jedes einzelne Gesicht. Tim und Ian sahen besonders motiviert aus, Nora wirkte eher nachdenklich, und bei den anderen konnte er keine besondere Reaktion feststellen. Er setzte sich auf den freien Stuhl zwischen Cassie und Louis, nahm sich ein Brötchen

vom Tisch und schnitt es auf.

»Ist schon merkwürdig, dass hier alles so aussieht, als wäre es genau für uns vorbereitet, oder? Die frischen Klamotten in den Schränken habt ihr sicherlich auch schon gesehen. Dann noch die Brötchen... ich traue diesem Ort nicht. Wir sollten schleunigst verschwinden«, meinte Tim.

»Ja, du hast recht. Wir sollten allerdings erst alle nötigen Vorbereitungen treffen. Aber das machen wir nach dem Frühstück«, sagte Nora.

Und das taten sie dann auch. Jede Gruppe bekam zwei Funkgeräte, und sie versuchten, Verbindung zueinander aufzubauen, was auch gelang. Tim, Ian, Oskar und Louis nahmen jeweils eines der Geräte an sich.

»Wir sind bereit.«

Tim drehte sich zu Oskar, Cassie, Louis und Annie um.

»Passt auf euch auf. Wir werden das schaffen. Wenn ihr einen Ausweg gefunden oder irgendwie sonstigen Erfolg haben solltet, müsst ihr uns sofort kontaktieren.«

»Na klar. Hoffen wir mal das Beste.«

Sie verabschiedeten sich voneinander und gingen getrennte Wege.

Tim, Willow, Ian und Nora passierten die Straßen und hielten sich ganz an den eingeprägten Weg.

»Ich bin wirklich gespannt, ob das was bringt. Allerdings haben wir ja auch keine andere Möglichkeit«, sagte Nora.

»Wir müssen es probieren. Ich habe zumindest das Gefühl, dass wir hier einen Ausweg finden werden. Eine Antwort auf alle Fragen«, entgegnete Tim.

»Glaubst du, sie haben etwas damit zu tun?«

»Wer?«

»Abigail und Ruby.«
»Ich weiß es nicht. Ich habe beim Fliegen den Kurs verfolgt und bin dann hier gelandet, da wir nicht mehr viel im Tank hatten. Kann schon sein, dass das alles genau so kalkuliert ist.«
»Das kannst du laut sagen«, murmelte Ian.
In der Stadt wurde es immer wärmer. Die Sonnenstrahlen fühlten sich gut an, Tim schloss die Augen und genoss zumindest für einen kleinen Moment das wohlige Gefühl, welches sich in ihm ausbreitete. Er wurde jedoch schnell wieder in die Realität geholt, als er Willows Atem in seinem Nacken spürte und eine Gänsehaut bekam.
»Ich hoffe, du weißt, wo wir lang müssen?«
»Natürlich.«
Tim hatte sich den Weg genauestens eingeprägt, was allerdings auch nicht allzu schwer gewesen war. Sie mussten eine lange Zeit geradeaus gehen und erst hinter der Stadtgrenze einen anderen Weg einschlagen. *Diese Festung liegt so weit außerhalb. Das könnte ein verdammt langer Weg werden.*
Die Zeit verging nicht besonders schnell und der Weg war extrem eintönig. Einige Zeit später, Tim konnte nicht sagen, wie viel vergangen war, hörte er einen Knall. Dieser war nicht besonders laut und der Ursprung klang ziemlich weit entfernt.
»Was war das?«, fragte Willow verwundert.
»Ich weiß es nicht. Moment.«
Er schaltete das Funkgerät ein.
»Oskar?«
Stille. Fünf Sekunden später hörte er ein Rauschen und bekam prompt eine Antwort.
»Ja? Alles okay bei euch?«
»Bei uns schon.«

Er hielt kurz inne.
»Habt ihr die Explosion auch gehört?«
»Ja, aber sie klang ziemlich weit entfernt. War nicht in unserer Richtung.«
»Sehr gut. Aber trotzdem beunruhigend, irgendjemand muss die ja ausgelöst haben.«
»Ja.«
Eine kurze Pause entstand.
»Wir melden uns später wieder. Gebt uns sofort Bescheid, wenn irgendwas passiert ist.«
Damit beendete er das Gespräch.

Oskar steckte das Funkgerät wieder weg und sah Cassie, Louis und Annie an.
»Wir müssen aufpassen. Ich weiß nicht, was hinter dieser Explosion steckt, aber wir sollten ab jetzt alle die Augen offenhalten.«
»Ich habe auch nie geglaubt, dass wir hier wirklich vollkommen alleine sind. Denkt ihr, das war ein Zeichen?«, fragte Cassie.
»Kann gut sein«, murmelte Annie.
»Dann würde nur die Frage aufkommen: für was?«
»Wenn das wirklich so sein sollte, dann werden wir das herausfinden. Kommt.«
Louis lächelte.
»Ich bin gespannt, was uns erwartet.«
Im Gegensatz zu den anderen, deren Weg sie zunächst bis zur Stadtgrenze an Hochhäusern und Querstraßen vorbeiführte, passierten Oskar, Cassie, Louis und Annie mittlerweile bereits abschüssigeres Gelände. Der Asphalt wies einige Risse auf, Unkraut bahnte sich hier und da seinen Weg an die frische Luft.

»Sind wir hier überhaupt richtig?«, fragte Cassie.
»Ich meine, das konnte man auf der Karte…«
»Ja, sind wir«, unterbrach Louis sie.
»Ich habe die halbe Nacht die Karte und unseren Weg einstudiert. Wir werden, bis wir die Stadtgrenze erreicht haben, einen steinigen und schweren Abschnitt vor uns haben. Dann haben wir unser Ziel aber auch schon erreicht.«
Oskar bewunderte Louis. *Hat er sich wirklich, nachdem er gestern Abend noch bei mir war, die Karte angeguckt und den Weg geplant?* Er erinnerte sich daran, wie erschöpft er selbst und wie enorm sein Bedarf nach Schlaf gewesen war.
»Und das kannst du dir alles merken?«, fragte Cassie verwundert.
»Das ist doch nicht viel.«
Louis winkte ab.
»Wir müssen auf jeden Fall dem Weg folgen.«
Stille machte sich wieder breit. Oskar und Louis übernahmen die Führung und gingen über den unebenen Weg. Zu dem spröden Asphalt gesellten sich nun auch noch teils riesige Steine, die den Weg an einigen Stellen versperrten. Gerade, als Oskar sich zu den anderen umdrehte und Cassie tief in die Augen sah, bemerkte er etwas auf dem Boden. Einen kleinen, weißen Zettel. Er bückte sich, hob ihn auf, und hörte zeitgleich eine zweite Explosion. Diese sorgte dafür, dass er das Gleichgewicht verlor und plötzlich einen heftigen Schmerz spürte. Der Lärm war um ein Vielfaches lauter als zuvor, beinahe ohrenbetäubend. Der Ursprung war relativ schnell auszumachen: es war das Hochhaus, auf dem sie den Helikopter abgestellt hatten. Eine gigantische Wolke aus Staub verschluckte das komplette Gebäude, es fiel in sich zusammen und ließ nur noch einen

riesigen Schutthaufen übrig.

»Oskar?«

Er hörte Cassies Stimme nur verschwommen, konnte zunächst nicht sagen, aus welcher Richtung sie gekommen war. Als er jedoch die Augen öffnete, entdeckte er sie. Das blonde Haar klebte an ihrer Stirn und sie sah ziemlich besorgt aus.
»Was ist passiert?«
Oskar richtete sich auf.
»Du hast dein Bewusstsein für einen kurzen Moment verloren. Das Hochhaus, auf dem wir den Helikopter abgestellt haben, ist explodiert.«
Er rieb sich seine Augen und versuchte, das, was Cassie ihm sagte, zu verstehen.
»Was? Aber wieso bin ich…?«
»Es war irgendwas im Boden«, sagte Louis, ohne Oskar ausreden zu lassen.
»Es ist zeitgleich passiert. Fast wie ein kleines Erdbeben.«
»Und dabei bist du dann umgefallen und mit dem Kopf auf dem Boden gelandet. Es ist aber nur eine kleine Platzwunde.«
»Wie lange ist das her?«
»Etwa zwei Minuten.«
Cassie lachte auf.
»Du warst nicht lange weg.«
Oskar rieb sich mit der Hand über die schmerzende Stelle und spürte direkt flüssiges Blut. Er zuckte zusammen und erinnerte sich, dass das dieselbe Stelle gewesen war, an der er sich bereits im Schiffswrack in der Eiswüste verletzt hatte.
»Zeig mal.«
Er drehte sich um und ließ die anderen die Wunde begutachten.

»So etwas wie ein Verband wäre nicht schlecht. Aber den haben wir hier leider nicht.«

Oskar bemerkte plötzlich etwas in seiner linken Hand. Er hatte seine Hand zur Faust geballt, öffnete diese, und sah einen weißen, zusammengeknüllten Zettel.

»Was hast du da?«, fragte Cassie.

»Kurz, bevor ich umgekippt bin, habe ich den Zettel gesehen. Ich konnte ihn noch aufheben, danach habe ich aber mein Bewusstsein verloren.«

»Was steht da drauf?«

Oskar entfaltete das Papier und las die Buchstaben, die dort mit blauer Tinte geschrieben standen.

Ich muss zur Festung. Früher oder später. Mittlerweile hat es angefangen zu regnen, aber ich werde nicht nass, weil ich mich unter einem Felsvorsprung versteckt habe. Wo die anderen sind, weiß ich nicht. Ich habe sie das letzte Mal vor zwei Tagen gesehen, und ich glaube, sie sind mittlerweile tot. Ich kann es allerdings nicht mit hundertprozentiger Sicherheit sagen, doch wenn ich genau nachdenke, bin ich mir fast sicher, dass das stimmt. Ich werde meinen Weg zur Festung jetzt antreten müssen. Überhaupt in diese Richtung zu gehen war eine verdammt dumme Idee, aber jetzt habe ich keine andere Wahl.

Folgt mir zu der Festung, wenn ihr den Weg antretet. Ich habe euch eine heiße Spur hinterlassen.

Simon, Überlebender der zweiten Testphase

Stille. Oskar ging erneut den Text durch, versuchte, irgend-

welche Zusammenhänge daraus zu ziehen, schaffte es jedoch nicht.
»Testphase. Scheiße«, murmelte Louis.
»Da stecken wieder Abigail und die anderen dahinter. Erinnert ihr euch noch an den allerersten Brief, den wir in der Eiswüste bekommen haben? Dort stand etwas von drei Testphasen.«
»Aber das ist doch unmöglich«, meinte Cassie.
»Wir haben Ruby in der Höhle zurückgelassen und Abigail gefesselt.«
»Denkt ihr wirklich, dass das die einzigen sind?«
Annie, die seit langer Zeit mal wieder etwas gesagt hatte, sah die anderen an.
»Wenn die schon von mehreren Testphasen sprechen, können die das doch gar nicht alles alleine bewerkstelligen. Die Leute eingeschlossen, die wir außer Gefecht gesetzt haben.«
»Darüber habe ich auch schon nachgedacht«, murmelte Oskar.
»Und du hast recht. Wir hatten aber wohl alle einfach dieses Gefühl der Sicherheit als wir aus der Eiswüste geflüchtet sind.«
Cassie wirkte ratlos.
»Lasst uns erstmal weiter. Ich denke, es wird nur eine von mehreren Botschaften gewesen sein.«
Sie setzten ihren Weg fort. Es wurde derweil immer wärmer, die Sonnenstrahlen erwärmten den sowieso schon aufgeheizten und rissigen Asphalt, der sie weiter in braches Land führte. Irgendwann, Oskar konnte nicht sagen, wie viel Zeit vergangen war, sah er einen Schatten am Horizont.
»Seht!«
Er deutete auf den schwarzen Schemen in der Ferne.
»Das kann aber noch nicht unser Ziel sein«, murmelte Louis.
»Laut der Karte…«

»Ist doch egal«, unterbrach ihn Cassie.
»Es kann ja auch irgendwas anderes sein.«
Sie war deutlich erleichtert darüber, wenigstens etwas entdeckt zu haben, wirkte zugleich aber auch ein wenig unsicher. Sie beugte sich zu Oskar herüber und flüsterte:
»Das sieht mir ganz nach einem Felsvorsprung aus.«
Er wusste direkt, auf welches Thema sie hinauswollte.
»Meinst du, das hat was mit dem Brief zu tun?«
»Ich kann es mir kaum anders vorstellen. Und schau dir mal den Himmel an.«
Plötzlich, es war Oskar zuvor gar nicht aufgefallen, sah er eine dunkle Wolkenfront, genau dort, wo sich der Schatten in der Ferne befand.
»Regnet es da etwa?«
»Sieht ganz danach aus.«
Die Entfernung des Schattens war schwer abzuschätzen, das einzige, was Oskar wusste, war, dass der Weg bis dahin noch weit war.
»Kommt.«
Er wischte sich den Schweiß mit seinem Handrücken von der Stirn.
»Lasst uns vor dem Gewitter den Felsunterstand erreicht haben. Ich bin gespannt, was uns dort erwartet.«

Sie waren weiterhin keiner Menschenseele begegnet. Tim führte Willow, Ian und Nora durch die Straßen. Sie folgten ihm. Es herrschte schon seit geraumer Zeit eine beklemmende Stille., niemand wusste, was er sagen konnte, um die Stimmung innerhalb der Gruppe ein wenig aufzulockern. Ein paar Minuten später stoppte Tim, drehte sich zu den anderen um und meinte:

»Habt ihr Durst? Oder Hunger?«

Er deutete auf einen Supermarkt zu ihrer rechten. Wie auch alle anderen Gebäude wirkte er auf den ersten Blick verlassen.

»Sehr gute Idee.«

Nora entfernte sich von der Gruppe und ging auf die Tür des Ladens zu.

»Hier klebt ein Zettel«, murmelte sie, nachdem sie die Glastür betrachtet hatte, die in das Geschäft führte.

»Was steht denn da drauf?«, fragte Tim.

»Dieser Supermarkt ist das Tor zur Hölle. Betretet ihn und bedient euch - das, was dann passiert, ist ein kleiner Vorgeschmack auf das, was euch noch erwarten wird.«

»Das steht da wirklich?«

Ian lachte.

»Das ist ja mal absolut lächerlich.«

Er stellte sich neben Nora und legte eine Hand auf die Klinke.

»Halt!«, rief Tim, kurz bevor Ian sie öffnen konnte.

»Was hast du vor?«

»Na was wohl? Ich will in den Laden rein und uns was holen.«

»Nein.«

Nora stellte sich ihm in den Weg.

»Hast du nicht gehört, was ich gerade vorgelesen habe?«

»Doch natürlich. Aber du willst mir doch nicht ernsthaft sagen, dass du an diesen Quatsch glaubst?«

Er schob Nora zur Seite, ohne eine Antwort abzuwarten. Tim und Willow blieben stehen und sahen zu, wie er die Tür öffnete und in den Laden eintrat. Als die Glastür wieder ins Schloss fiel, zuckte Nora zusammen.

»Da ist jemand. Da ist jemand drin!«

Sie zog an dem Griff, öffnete die Tür wieder und lief in den

Laden. Tim und Willow folgten ihr.
»Ian?«
»Ja?«
Nora atmete tief durch.
»Hast du das auch gesehen?«
»Ja. Das kam von einer Leinwand. Kommt mal her!«
Sie folgten der Stimme, und hatten Ian schon bald in eine der hinteren Ecken des Gebäudes entdeckt.
»Ist das ein Film?«
»Sieht so aus.«
Dann dröhnte eine Stimme durch die Lautsprecher.
»Blut, Leid und Tod, das erwartet euch an eurem fest eingeplanten Ziel. Tretet ein in einen Ort des absoluten Grauens...«
Der Bildschirm wurde dunkel und die Stimme ebbte langsam ab. Dann war ein Schrei zu hören. Tim zuckte zusammen, die Stimme war bis tief in seine Glieder eingedrungen.
»Es wird noch etwas dauern, bis ihr das Ziel erreicht. Ihr dürft aber nicht aufgeben, denn neben Gewalt und Tod erwartet euch auch die Freiheit, wenn ihr den Weg erst einmal geschafft habt.«
Das Bild brach wieder ab, und als nach einer Minute nichts weiter passiert war, waren sich alle sicher, dass das Video nun endgültig beendet war.
»Das klang echt beunruhigend.«
Nora war die erste, die etwas sagte.
»Aber hört zu. Es scheint tatsächlich einen Ausweg zu geben.«
Ian wandte sich an die anderen und sah sie in dem schwachen Licht an, was von draußen kam.
»Wir müssen denen in dem Fall einfach vertrauen. Eine andere Möglichkeit haben wir nicht. Und wenn es dort wirklich einen

Ausweg gibt, werden wir die anderen zu uns holen. Wir haben ja weiterhin die Funkgeräte bei uns und können sie jederzeit kontaktieren.«

»Ja, da hast du recht«, flüsterte Nora.

»Aber was, wenn das ganze einfach zu gefährlich ist? Dieser kurze Moment, das ganze Blut, diese Festung. Ich weiß wirklich nicht, ob es die richtige Entscheidung ist, dort hinzugehen.«

»Ich verstehe euch beide«, meinte Tim.

»Aber Nora, wir sollten es wenigstens versuchen. Eine andere Möglichkeit wird uns nicht bleiben.«

»Aber was, wenn wir damit unser Leben riskieren? Das können wir doch nicht machen.«

Ian unterbrach sie.

»Seit wir in der Eiswüste aufgewacht sind haben wir unser Leben riskiert und waren in ständiger Gefahr! Ich bin einmal beinahe gestorben, wurde mit Louis in den Käfigen gefangen gehalten, aber verdammt, ich habe es überlebt! Ich will es denen einfach zeigen. Ich habe keine Lust mehr, mich ständig unterdrücken zu lassen. Wir müssen da jetzt verdammt nochmal durch, sonst nimmt das alles kein Ende! Denk an alle, die wir auf dem Weg verloren haben. Denk an Jonas! Er hätte genau das gleiche gewollt.«

Ian schluckte, als er sah, wie Nora sich wegdrehte.

»Er war ein guter Mensch.«

Er ging auf Nora zu und legte einen Arm um sie. Sie ließ es geschehen.

»Wir müssen für ihn weiterkämpfen. Nur so haben wir eine Chance, das alles zu überleben.«

Nora nickte.

»Ja, du hast recht.«

Aus ihrer Stimme konnte man hören, dass ihr Tränen in den Augen standen.
»Es tut mir leid, Nora. Ich hätte das nicht erwähnen dürfen.«
»Alles gut.«
Sie wischte sich die Tränen aus den Augen.
»Ich muss versuchen, damit klar zu kommen.«

Blutzeichen

Es dauerte eine knappe halbe Stunde, bis Oskar, Cassie, Louis und Annie den Felsunterstand erreicht hatten. Das Wetter hatte sich mittlerweile nicht gebessert, ganz im Gegenteil, der Himmel hatte sich stetig verdunkelt. Immer mehr Wolken zogen auf, und es sah stärker nach Regen aus.
»Lasst uns hier eine Pause einlegen. Wir sollten den Regen abwarten. Außerdem macht mich dieser Ort neugierig«, sagte Oskar.
Er umrundete den Felsen und betrachtete ihn genau. An der Rückseite entdeckte er eine Nische, direkt daneben waren in dem Stein ein paar Einkerbungen zu erkennen.
»Seht euch das mal an.«
Er deutete auf die Zeichen, fühlte mit seinen Fingern die feinen Linien nach.
»Was soll das sein?«, fragte Louis.
»Ich glaube, da steht irgendetwas geschrieben.«
Oskar beugte sich vor und versuchte, die Zeichen näher zu erkennen.
»Ich bin mir sicher, dass da irgendwas steht. Es ist aber nicht in unserer Sprache... ich kann es nicht entziffern.«
»Lass mich mal sehen.«
Louis schob Oskar zur Seite und begutachtete nun selbst die mysteriösen Linien im Felsen.
»Diese Schriftzeichen sind mir fremd.«
Gerade, als er seinen Satz beendet hatte, sah er die ersten Regentropfen. Es wurden schnell mehr, und nach wenigen Sekunden prasselte ein starker Dauerregen auf den spröden

Untergrund um sie herum. Es wurde schlagartig kälter, Oskar streckte eine Hand in den Regen und wischte sich den Schweiß vom Gesicht.

»Lasst uns etwas von dem Zeug essen, was wir mitgenommen haben.«

Er nahm den Rucksack von den Schultern und packte ein paar Brote aus. Jeder griff sich außerdem eine der mitgenommenen Wasserflaschen und trank einen Schluck.

»Dieser Unterstand hier war nicht auf der Karte zu sehen«, sagte Louis einige Zeit später, als sie bereits aufgegessen hatten und kurz davor waren, ihren Weg fortzusetzen.

»Er hätte da eigentlich draufstehen müssen. Ich meine sonst ist hier doch nur karges Land.«

»Moment.«

Annie zog aus ihrer Hosentasche eine kleine Karte hervor. Louis blickte sie ungläubig an.

»Wo hast du die her? Warum hast du nichts gesagt?«

»Ich habe sie in der Herberge gefunden.«

Annie öffnete die Karte.

»Der Unterstand ist tatsächlich nicht zu sehen. Merkwürdig.«

Louis grinste.

»Sag ich doch.«

Annie lächelte zurück.

»Ich habe es nie angezweifelt.«

»Wo ist der Eingang, zu dem wir müssen?«

Louis sagte zunächst nichts, sah sie einfach nur an.

»Na ja«, murmelte er dann.

»Er ist auf der Karte einfach nur mit einem schwarzen Punkt gekennzeichnet.«

Louis deutete darauf.

»Was ist, wenn das hier der Eingang dazu ist?«, fragte Oskar in die entstandene Stille hinein.
»Das kann eigentlich nicht sein.«
Oskar entfernte sich von den anderen und fühlte die Linien erneut mit den Fingern nach. Er spürte seltsame Vibrationen, sie schienen vom Stein zu kommen und erfüllten seinen gesamten Körper.
»Oskar? Was machst du da?«
Cassie stand plötzlich hinter ihm und legte eine Hand auf seine Schultern. Er bekam davon jedoch nichts mit. Als nächstes stand er auf, nahm sich einen der herumliegenden, spitzen Steine und rammte ihn sich in die Handfläche. Cassie schrie auf.
»Was machst du denn da?«
Er antwortete ihr nicht, sondern presste seine blutende Hand jetzt auf den Stein. Und das, was als nächstes geschah, konnten Cassie, Louis und Annie zunächst nicht glauben. Oskar drehte sich um und blickte sie nacheinander zufrieden an, während sich der Stein vor ihnen zur Seite schob und sie in die Höhle eintreten ließ.
»Wie war das möglich?«, fragte Louis, nachdem sie die Höhle betreten hatten.
»Ich habe es gespürt.«
Oskar drehte sich um und sah sie alle an.
»Es war wie ein Instinkt. Ich wusste plötzlich, dass ich diesen verborgenen Eingang mit meinem Blut öffnen konnte.«
»Hat dir das denn gar nicht wehgetan?«
Cassie wirkte noch immer etwas geschockt.
»Jetzt ein bisschen, ja. Aber es ist auszuhalten.«
»Ich bin mir trotzdem ziemlich sicher, dass das hier nicht der Eingang ist, den wir suchen. Aber lasst uns mal schauen was

hier vor sich geht.«

Der Gang, in dem sie sich zurzeit befanden, war nur knapp zwei Meter hoch. Der Boden bestand aus vielen verschiedengroßen Steinen, und je weiter sie sich voran wagten, desto mehr wurden es. Etwa fünf Minuten später hatten sie eine Abzweigung erreicht. Zu ihrer rechten wurde der Gang schmaler, er schien in einen Raum hineinzuführen. Zu ihrer linken befand sich die schroffe Felswand, und geradeaus ging es tiefer in die Höhle hinein.

»Wow«, sagte Louis, der sich etwas vom Rest der Gruppe entfernt und bereits den abzweigenden Raum betreten hatte.

»Das müsst ihr euch mit eigenen Augen ansehen.«

Oskar, Cassie und Annie folgten ihm. Sie zogen ihre Köpfe ein, denn der Gang wurde nicht nur in der Breite, sondern auch in der Höhe schmaler. Oskar hielt die Luft an, mit jedem Schritt wurde es gefühlt stickiger um sie herum. Louis erwartete sie in einer Kammer, die viel größer war, als sie von außen den Eindruck gemacht hatte. Oskar war beeindruckt. An den Felswänden hingen verschiedene Steintafeln mit denselben Zeichen, die sie am Eingang der Höhle erwartet hatten. Neben diesen lagen viele kleine Steine, die alle silbrig glänzten.

»Was soll das sein?«, fragte Cassie.

Sie nahm eine Handvoll Steine und betrachtete sie näher.

»Da sind auch diese merkwürdigen Schriftzeichen drauf.«

»Ansonsten gibts hier aber ja auch nichts zu sehen«, wandte Louis ein.

»Lasst uns los. Irgendwie habe ich hier kein gutes Gefühl.«

Oskar konnte Louis verstehen. Er wusste nicht, warum das so war. Es war beinahe wie vorhin, einfach nur ein Instinkt.

»Wartet«, sagte Cassie, als Oskar, Louis und Annie bereits die

Kammer verlassen hatten.
»Lasst uns ein paar der Steine mitnehmen. Sie wirken auf mich irgendwie beeindruckend.«
»Ich verstehe, was du meinst.«
Annie rang sich ein Lächeln ab.
»Mir geht es genauso.«
Cassie packte ein paar Steine in Oskars Rucksack. Bevor sie den Reißverschluss zu zog, steckte Annie noch die Karte hinein.
»So, jetzt lasst uns aber…«
Louis unterbrach sich selbst und legte sich einen Finger auf die Lippen. Die anderen sahen ihn zunächst fragend an, wussten aber ein paar Sekunden später direkt, weshalb er das tat. Cassie verlor jegliche Farbe aus dem Gesicht, Annie wandte sich voller Angst an Louis und Oskar war nicht fähig, das Ganze zu begreifen. Währenddessen wurde das Keuchen um sie herum immer lauter und füllte auch die letzten Ecken des kleinen Ganges aus, in dem sie sich noch immer befanden.
»Nein«, stöhnte Annie.
Sie war die einzige, die in diesem Moment fähig war, etwas zu sagen. Die anderen starrten sich nur fassungslos an und nahmen davon keine Notiz.
»Wir müssen schleunigst hier raus.«
Louis schob Oskar und Cassie vorwärts, während Annie ihnen bereits ein paar Meter voraus war.
»Kommt jetzt!«
Oskar und Cassie begriffen erst langsam die Situation, beide wirkten auf einmal wie in Trance. Es dauerte nicht lange, bis sich das erste Wesen zeigte. Oskar schluckte bei dem vertrauten, angsteinflößenden Blick, und bewegte sich nun auch von der Stelle. Mit der ersten Kreatur kamen schnell mehr, Oskar

legte an Tempo zu und hatte schon bald Laufgeschwindigkeit erreicht. Das reichte jedoch nicht aus, denn die Crethrens waren schneller. Er spürte, wie die scharfen Krallen sein T-Shirt durchbohrten und auf seiner Schulter landeten. Er schrie auf, und versuchte, sich loszureißen. Louis, der sich etwa auf seiner Höhe befand, stoppte kurz und versuchte, Oskar aus den Fängen der Kreatur zu befreien. Er schaffte es, stolperte aber bei der Aktion über seine eigenen Füße und fiel auf den Boden. Oskar half ihm wieder auf die Beine, war jedoch einen Tick zu langsam: Louis schrie auf, als die Kreatur ihre messerscharfen Krallen in seinen Arm schlug. Er biss die Zähne zusammen, verpasste dem Wesen einen Tritt, und riss sich los, bevor mehr passieren konnte. Cassie und Annie hatten etwas abseits gewartet, liefen aber auch los, als Louis und Oskar sie erreicht hatten. Wenige Minuten später, noch vor dem Ausgang der Höhle, war es ihnen gelungen, ihre Verfolger loszuwerden. Die Crethrens befanden sich nicht mehr hinter ihnen und es war auch kein Keuchen mehr zu vernehmen. Vor der Höhle setzte Oskar sich in die Sonne. Zunächst musste er die Augen zusammenkneifen, doch als er sich an das grelle Tageslicht gewöhnt hatte, konnte er sie wieder gänzlich öffnen. Cassie legte einen Arm um seine Schultern, und traf dabei eine schmerzende Stelle, was ihn aufstöhnen ließ.
»Oh, das tut mir leid.«
Sie sah ihn entschuldigend an.
»Lass mich mal sehen.«
Sie zog sein T-Shirt von der Wunde, um diese besser begutachten zu können.
»Verdammt, das schmerzt. Aber ich bin ja immun gegen das Gift.«

Annie stand hinter ihnen, Oskar hob seinen Blick, und als sie sich direkt in die Augen sahen, fragte sie:
»Wo ist der Rucksack?«
Der Rucksack. Die Funkgeräte. Oskar drehte sich schockiert um. Er trug ihn nicht mehr auf den Schultern, dort hatte Cassie gerade ihre Hände abgelegt, um die Verletzung zu betrachten. Doch auch auf dem Boden neben ihm lag er auch nicht.
»Ich muss ihn verloren haben, als sich diese Kreatur auf mich gestürzt hat«, sagte er niedergeschlagen.
Stille kehrte ein, und mit ihr breitete sich Verzweiflung aus.
»Ich hole den Rucksack.«
Oskar stand auf, klopfte sich den Staub von der Hose und wollte gerade zurück in Richtung der Höhle gehen, als Cassie ihn zurückhielt.
»Nein.«
Sie sah ihn flehend an.
»Du kannst da nicht nochmal rein. Du darfst dein Leben jetzt nicht dafür riskieren, nur um…«
Louis' lautes Stöhnen unterbrach die Diskussion zwischen den beiden. Sie drehten sich zeitgleich um und sahen ihren Freund an.
»Ist alles okay?«
Cassie bückte sich und sah sich seinen Arm an. Sie hatte bisher nicht bemerkt, dass er ebenfalls in der Höhle verletzt worden war, da sie ihre gesamte Aufmerksamkeit Oskar gewidmet hatte. Sie zuckte zusammen, warf den anderen einen fragenden Blick zu und deutete auf die klaffende Wunde.
»Scheiße.«
Einen Moment lang herrschte Schweigen, bis Annie diese durchbrach.

»Aber du hast die Tabletten noch, oder? Mit dem Gegenmittel wirst du das Gift ja vertreiben können.«
»Nein. Ich habe sie im Hubschrauber gelassen.«
Louis Blick trübte sich. Er wirkte plötzlich unfassbar traurig, und Oskar verspürte das Bedürfnis, einen Arm um seine Schultern zu legen. Das tat er dann auch. Seine Hoffnung, dass sie alle einen Weg aus dieser Hölle finden würden, dass sie alle hier lebend herauskamen, stürzte in dem Moment so in sich zusammen, wie es das Hochhaus, auf dem sie den Hubschrauber stehen gelassen hatten, nach der Explosion getan hatte.

Nachdem sie einiges an Proviant eingepackt hatten, verließen sie den Supermarkt wieder durch die Vordertür. Tim atmete tief durch. Da die Luft im Inneren des Gebäudes unfassbar stickig gewesen war, tat es wieder gut, sich außerhalb etwas abzukühlen. Er wischte sich den Schweiß von der Stirn. Trotz der frischen Luft war es gefühlt wärmer als vorhin, die Sonne hatte ihren höchsten Punkt längst erreicht und brannte ihre Strahlen gnadenlos auf die Gruppe herab.
»Kommt mir das nur so vor, oder ist es noch heißer geworden?«, fragte Ian genervt.
»Das ist ja bald nicht mehr zu ertragen.«
Tim fühlte sich plötzlich an die Eiswüste erinnert und musste grinsen. *Welch Ironie*, dachte er. *Da sind wir fast erfroren, und jetzt haben wir schon genug von der Wärme.* Er spürte, wie sich die Stimmung innerhalb der Gruppe von Zeit zu Zeit verschlechterte. Ein paar Momente später, sie hatten die nächste Häuserecke passiert und bogen gerade in eine Querstraße ein, meinte Ian:
»Lasst uns doch mal kurz Rücksprache mit den anderen halten.

Irgendwie gefällt es mir nicht, so lange nichts von denen gehört zu haben.«

Tim nickte und kramte eines der Funkgeräte aus dem Rucksack hervor. Er schaltete es ein, wartete einen Moment, vernahm jedoch nur ein verschwommenes Rauschen.

»Oskar? Louis?«

Nichts geschah. Er wartete eine ungefähr eine Minute, und drehte sich dann zu der Gruppe um.

»Ich kann keine Verbindung zu ihnen aufbauen.«

Nora sah ihn mit ängstlichem Blick an.

»Das hat aber nichts zu bedeuten«, warf Tim ein.

Er wollte die anderen nicht noch mehr verunsichern, sondern versuchte mit seinen nächsten Worten eher, sie zu beruhigen.

»Sie haben wahrscheinlich gerade einfach nur keine Möglichkeit, die Funkgeräte zu benutzen. Ihr habt doch auf der Karte das Bunkersystem gesehen... es wird schwer sein, aus der Tiefe überhaupt Verbindung aufbauen zu können.«

»Das dürften sie aber noch nicht erreicht haben«, brachte Ian sich mit in die Diskussion ein.

»Der Karte nach zu urteilen...«

Tim warf ihm einen bösen Blick zu, was ihn sofort verstummen ließ.

»Ich wollte es nur gesagt haben.«

Ian zuckte mit den Schultern.

»Darauf hättest du auch verzichten können«, murmelte Tim.

»Wahrscheinlich hast du aber recht«, lenkte Ian das Gespräch wieder in die richtige Bahn.

»Sie werden wohl einfach keine Verbindung haben.«

Seine Worte konnten alle außer Nora zumindest etwas beruhigen. Sie wirkte geschockt und in sich gekehrt, Tim konnte sie sehr gut verstehen. Ihm ging es mit der Tatsache, dass sie zumindest vorübergehend den Kontakt zu Oskar, Cassie, Louis und Annie verloren hatten, auch nicht gut. *Es muss etwas passiert sein*, dachte er. Laut aussprechen wollte er diesen Gedanken jedoch nicht, weshalb er ihn für sich behielt. Sein Magen verkrampfte sich, doch er versuchte, sich irgendwie abzulenken und seine volle Konzentration wieder auf den Weg zu legen, der sich vor ihm erstreckte. Das klappte aber erst, als wieder einigermaßen Stille in die Gruppe eingekehrt war und sie weitergingen. Er überlegte mehrmals, ob er noch einmal versuchen sollte, mit den Funkgeräten Verbindung aufzubauen, einfach, um seine eigene Unsicherheit loszuwerden. *Sie werden sich sicherlich melden, wenn sie die Möglichkeit dazu bekommen.* Er schluckte. *Hoffentlich.* Er schüttelte den Kopf, ärgerte sich über seinen letzten Gedanken. Währenddessen griff Willow nach seiner Hand, er ließ sie gewähren, und vertrieb zumindest für den Moment alle negativen Gedanken aus seinem Kopf. Ihre Hand fühlte sich warm an, und Tim merkte, dass sie extrem angespannt war und sogar leicht zitterte. *Sie denkt genau wie Nora*, dachte er. *Nur kann sie es nicht so zeigen.* Wenige Augenblicke später beschloss Tim, seine Schuhe auszuziehen, da seine Füße zu schmerzen begonnen hatten. Er genoss das Gefühl, mit nackten Füßen über den heißen Asphalt zu laufen, es vermittelte ihm zumindest ein Stückweit Freiheit. Es gab einige Stellen, an denen er auf die Zähne beißen musste, da der Asphalt sich kochend heiß anfühlte. Doch das war immer noch besser, als seinen Weg in den engen Schuhen fortzusetzen, weshalb er es in Kauf nahm. Er hob seinen Blick, das erste Mal seit einiger Zeit, und war sich zunächst nicht sicher, ob das, was er dort sah, tatsächlich existierte. Er blinzelte, kniff die Augen

zusammen und öffnete sie wieder. Doch der Springbrunnen, der sich ein paar Meter vor ihnen in der Mitte eines großen Platzes befand, verschwand nicht. Er war real. Tim ließ die anderen stehen, lief über den harten Boden und seufzte erleichtert auf, als er das kalte Wasser über seine verschwitzten Haare laufen ließ. Es war eine Wohltat, das Schönste, was er sich in diesem Moment hatte vorstellen können. Seine Kehle fühlte sich rau und trocken an, er trank etwas von dem frischen Wasser und drehte sich um. Willow, die mittlerweile auch den Brunnen erreicht hatte, lächelte und setzte sich neben ihn.
»Das ist so herrlich!«, sagte Tim.
Ian tauchte seinen gesamten Kopf unter Wasser, atmete tief durch und lachte. Es war das erste Mal seit langer Zeit, dass Tim ihn so sah. Nachdem auch Nora sich neben sie gesetzt hatte, betrachtete er den Springbrunnen näher. Dieser bestand aus grauem Stein, der an vielen Stellen bereits abgewetzt war. Trotzdem hatte er nichts von seinem beeindruckenden Glanz verloren. In den drei Becken sprudelten mehrere kleine Fontänen Wasser in die Luft. Tim hob seinen Blick, betrachtete jetzt nicht mehr den Brunnen, sondern ihre nähere Umgebung, die er bisher nicht wirklich wahrgenommen hatte. Sie befanden sich im Zentrum von einem großen Marktplatz, in dem die letzte Seitenstraße gemündet war. Direkt vor ihnen erstreckte sich eine riesige Kathedrale in den Himmel, deren Baustil darauf schließen ließ, dass sie im Mittelalter errichtet worden war. Die Fenster waren aus buntem Glas, und sie sahen neu aus, fast so, als wäre das Gebäude erst vor kurzem restauriert worden. Tim war es egal, ihn überraschte nichts mehr, er rechnete mittlerweile mit allem. Neben der Kathedrale standen weitere Gebäude, den Außenfassaden nach zu urteilen mehrere leerstehende Geschäf-

te, ein Hotel und eine Bücherei. Sie wirkten aber lange nicht so interessant wie die riesige Kirche.

»Was meint ihr?«, fragte Tim.

»Sollen wir, bevor wir unseren Weg fortsetzen, einen Blick in die Kathedrale werfen?«

»Wir werden nicht drum herumkommen«, sagte Ian.

»Um zu der Festung zu gelangen, müssen wir die Kathedrale durchqueren und einen Stock tiefer steigen.«

Er kramte die Karte aus dem Rucksack und deutete auf die Stelle.

»Bist du dir sicher?«

Tim sah ihn verwirrt an. Die Gebäude sahen aus, als wären sie ineinander verschmolzen. Nur zwischen der Kirche und dem anschließenden Hotel gab es eine kleine Lücke. Jedoch sah alles irgendwie anders aus. Es wirkte auf Tim ziemlich surreal.

»Wartet mal eben hier. Ich möchte kurz etwas überprüfen.«

Ohne eine Antwort abzuwarten, entfernte er sich von der Gruppe und ging näher auf die Lücke zwischen Kathedrale und Hotel zu. Das Sonnenlicht flimmerte an dieser Stelle, kleine, blaue Blitze zuckten wild hin und her. Dahinter war nichts zu sehen. Ein paar Schritte später stand Tim direkt vor dieser Stelle. Er zögerte zunächst, überlegte, was er als nächstes tun sollte. Dann wagte er einen Schritt nach vorne, spürte einen kurzen Schmerz, der einem Stromschlag ähnelte, und fiel nur Sekunden später in eine tiefe Ohnmacht.

Nachdem sie den ersten Schock verdaut hatten, sagte Oskar: »Ich muss die Funkgeräte wirklich holen. Sie sind die einzige Verbindung, die wir zu den anderen haben. Wer weiß, vielleicht ist ihnen schon etwas passiert und wir wissen nichts davon…«

»Sag das bitte nicht«, murmelte Cassie.
»Es ist nur ein Gedanke. Ohne Kontakt zu ihnen sind wir ziemlich abgeschnitten.«
»Aber du darfst da nicht alleine rein. Ich komme mit.«
»Nein.«
Oskar sah sie eindringlich an.
»Das kann ich nicht verantworten. Bitte, bleib bei Louis und Annie. Ich könnte es mir nicht verzeihen, wenn dir etwas passieren sollte.«
»Pass gut auf dich auf.«
Sie drückte ihm einen Kuss auf die Stirn.
»Und beeile dich.«
Oskar ging und ließ Cassie bei Annie und Louis zurück. Es fühlte sich merkwürdig an, sich erneut ins Innere dieser Höhle zu wagen, doch er verspürte keinerlei Angst. Er hörte, wie das Echo seiner Schritte von den Wänden widerhallte, und je tiefer er sich hineinwagte, desto intensiver war dieses Geräusch. Der Umstand, dass das Keuchen vollständig verschwunden war, beruhigte Oskar nicht wirklich, es verunsicherte ihn eher. *So war es vorhin auch,* rief er sich in Erinnerung. *Es hat auf einmal angefangen.* Wenige Minuten später entdeckte er den verlorenen Rucksack. Er atmete auf, öffnete ihn, sah dann aber, dass die Funkgeräte nicht mehr funktionsfähig waren. Die Horde Crethrens war darüber getrampelt und hatten sie vollkommen zerstört. Er kramte etwas tiefer im Rucksack, entdeckte die Steine, den Rest, den sie sich an Essen übergelassen hatten und die Karte. Er nahm die kaputten Funkgeräte heraus und ließ sie auf dem Boden liegen, schloss den Reißverschluss des demolierten Rucksacks und setzte ihn sich auf die Schultern. Seine Gedanken wanderten zu Louis, während er sich wieder auf dem

Weg zu dem Rest der Gruppe befand. *Wir müssen ihn irgendwie retten. Wir schaffen das...* Er dachte an die gestrige Nacht in der Herberge, an das Gespräch mit Louis. Das brachte ihm wieder die Kraft, die er brauchte, um zu allem bereit sein zu können. *Ich darf nicht zulassen, dass ich nach Jonas noch einen Freund verliere.* Er wusste nicht, was er tun konnte, wollte erst einmal abwarten. *Vielleicht zeigt sich ja gleich, dass alles nicht so dramatisch ist, wie es aussieht.* Es war eine schwache Hoffnung, kein wirklicher Trost, doch er nutzte sie, um sich wenigstens etwas besser zu fühlen. Die Tatsache, dass mit den zerstörten Funkgeräten nun auch die Möglichkeit Tim, Willow, Ian und Nora zu kontaktieren dahin war, machte das Ganze nicht wirklich besser. Es passte in das Gesamtbild des bisherigen Tages, der alles andere als gut verlaufen war. Als Oskar den Eingang der Höhle wieder erreicht hatte und aus dem Schatten ins Sonnenlicht trat, spürte er direkt den Temperaturunterschied. Während es im Inneren der Höhle angenehm kühl gewesen war, war es davor weiterhin sehr warm. Cassie wirkte erleichtert, als sie ihn erblickte. Auch, wenn Oskar ihr die Sorgen ansah, die ihr aufgrund von Louis' Zustand im Gesicht standen.

»Hast du die Funkgeräte gefunden?«, fragte sie direkt.

»Ja, aber sie sind bei dem Angriff vollkommen zerstört worden. Ich habe sie in der Höhle gelassen, weil sie nicht mehr funktionieren.«

»Was hast du noch im Rucksack?«, fragte Annie.

»Die übergebliebenen Brote, die Steine aus der Kammer und die Karte.«

Oskar wandte sich an Cassie.

»Denkst du, wir brauchen die Steine noch?«

»Ja. Auf ihnen stehen dieselben Zeichen wie auf dem Stein am

Eingang der Höhle. Das muss irgendeine Bedeutung haben.«
Cassie sah Louis an.
»Louis, können wir weiter? Fühlst du dich in der Lage dazu?«
»Ja.«
Er verzog das Gesicht und stellte sich auf die Beine.
»Lasst uns weiter. Wir sollten zumindest heute noch unser Nachtlager erreichen. Gib mir mal bitte die Karte.«
Oskar setzte seinen Rucksack ab und reichte Louis das Papier.
»Seht, hier.«
Er deutete mit seinem unverletzten Arm auf einen kleinen Punkt. Dieser war nur ein paar Zentimeter von der Höhle entfernt, und lag in etwa auf derselben Höhe.
»Ich weiß nicht, was es ist, aber wir werden unsere Nacht dort verbringen. Und je eher wir den Ort erreichen, desto mehr Zeit haben wir für uns.«
Louis übernahm gemeinsam mit Oskar die Führung, Cassie und Annie folgten ihnen. Die Sonne brannte immer heftiger, es dauerte nicht lange, bis Oskar sich sein komplett verschwitztes Gesicht am T-Shirt trockenwischte. Es gab auf dem Weg nichts, was auch nur ansatzweise Schatten spendete. Seit sie die Höhle und den Felsunterstand verlassen hatten, war das nun so, und es zeichnete sich auch keine Besserung ab. Am Horizont war weit und breit nichts zu sehen. Es kam Oskar vor, als wären Stunden vergangen, als sich das endlich änderte. Zunächst waren es nur Schemen in der kargen Umgebung, die sich dann jedoch mehr und mehr zu den Konturen einer kleinen Holzhütte zusammenfügten.
»Das da hinten wird es sein.«
Louis wirkte erleichtert über den Umstand, dass sie ihr Ziel fast erreicht hatten. Er sah nicht wirklich gut aus. Sein Gesicht war

blass, und die Wunde, die Cassie und Annie notdürftig mit seinem eigenen T-Shirt verbunden hatten, blutete noch immer. Etwa eine Viertelstunde später stieg Oskar bereits die drei Treppenstufen hinauf, die ihn vor die Tür der kleinen Hütte führten.

»Das passt hier mal so gar nicht rein«, murmelte Cassie.

»Eine Hütte, mitten in der Wüste. Ich hoffe, wir finden Verbandszeug für deine Wunde.«

»Ach das geht schon.«

Louis lächelte. Doch es wirkte irgendwie mehr gezwungen als ehrlich. Oskar öffnete die Tür der Hütte und trat als erster ein. Die Luft war enorm stickig, und für einen kurzen Moment fühlte er sich an die Höhle zurückerinnert. Im Inneren gab es acht Betten, einen Tisch in der Mitte und ein angrenzendes Badezimmer. Cassie betrat dieses, öffnete einen Holzschrank und fand einen Koffer mit Verbandsbinden und Pflastern. Während Cassie Louis den weißen Verband anlegte, spürte sie, wie die Wunde unter ihren Händen leicht pochte. Louis stöhnte mehrmals auf, versuchte aber, sich nicht anmerken zu lassen, dass ihn die Schmerzen enorm quälten.

»Ich habe eine Idee«, meinte Oskar.

Die anderen sahen ihn erwartungsvoll an.

»Annie und Louis, ihr wartet hier. Cassie, wir beide müssen in die Stadt zurück. Ich möchte ungern alleine den gesamten Weg gehen.«

»Was hast du vor?«, fragte Louis.

»Wir müssen das Medikament für dich holen. Ich bin mir sicher, dass unter den zahlreichen, leerstehenden Gebäuden auch eine Apotheke zu finden ist.«

»Das ist eine gute Idee«, sagte Cassie, noch bevor Louis irgend-

etwas einwenden konnte.
»Das ist aber doch viel zu gefährlich«, murmelte er dann.
»Du brauchst das Medikament.«
Annie strich ihm eine Strähne seiner dunkelblonden, verschwitzten Haare aus der Stirn.
»Dann möchte ich es aber auch selbst holen. Ich komme mit, Oskar.«
Er stand auf, stöhnte vor Schmerz auf und stützte sich mit seinem unverletzten Arm auf dem Tisch auf.
»Nein. Du bleibst hier. Du kannst dir diesen Weg nicht nochmal zumuten.«
»Bitte.«
Tränen standen in seinen Augen, und Oskar fühlte sich aufgrund seiner letzten Worte plötzlich schlecht.
»Louis.«
Cassie war es, die das Wort ergriff. Sie stellte sich neben ihn, sah ihn mitfühlend an und sagte:
»Du würdest den Weg nicht schaffen. Dein Zustand verschlechtert sich rapide und das Medikament würde dir helfen, die Schmerzen loszuwerden.«
Sie wollte das, was unausgesprochen in der Luft hing, nicht aussprechen, tat es dann aber doch.
»Deine Überlebenschancen stehen ohne das Gegengift nicht besonders gut.«

Es war komplett dunkel. Tim wurde von einer heftigen Panik erfasst, wollte instinktiv seinen Kopf heben, stieß ihn sich jedoch bei dem Versuch. Wo bin ich hier?, fragte er sich. Seine Hände ertasteten Holz, und er stöhnte auf, als ihn ein neuer Gedanke erfasste. Ein Sarg? Aber wie...? Er schlug gegen den

Holzdeckel, schrie, so laut er konnte. Doch das brachte nichts, seine Schreie wurden vom Holz des Behälters, in dem er sich befand, verschluckt. Erschöpft ließ er sich zurücksinken, er fühlte sich, als wäre er gerade einen Marathon gelaufen. Sein Kopf wurde von einem merkwürdigen Pochen erfüllt, der Ursprung war die Stelle, an der er sich zuvor gestoßen hatte. Als er seine Füße heben wollte, um damit weiter auf sich aufmerk-sam zu machen, bemerkte er, dass sie ihren Dienst versagt hatten. Er konnte sie nicht mehr bewegen, sie fühlten sich unterhalb seiner Knie komplett taub an. Habe ich... Er beugte sich nach vorne, versuchte mit seinen Händen seine Beine zu ertasten, um sich wenigstens ein bisschen beruhigen zu können, scheiterte jedoch. Unterhalb der Knie war nichts als Luft, und plötzlich kam auch dort der Schmerz dazu. Es fühlte sich an, als würde ihm jemand die Beine vom Körper reißen, doch selbst seine lautesten Schreie nützten rein gar nichts. Er verschluckte sich, hustete, und spuckte etwas zur Seite. Es landete auf seinem Handrücken, und trotz der Dunkelheit, die ihm nichts von seiner Umgebung sehen ließ, wusste er, was es war. Blut. Tim wollte erneut schreien, aber er hatte keine Stimme mehr. Er öffnete den Mund, versuchte, irgendeinen Ton hervorzubringen, scheiterte jedoch kläglich. Sein Schrei erfüllte seinen Körper von innen, schaffte es aber wieder nicht, an die Oberfläche zu gelangen. Es war zum Verzweifeln, wobei er mittlerweile nicht mal mehr dazu fähig war. Er war komplett leer, einfach nur eine Hülle ohne Innenleben. Und so wartete er einfach nur ab, zu keiner Reaktion fähig, während sich das schwarz vor seinen Augen immer weiter verdunkelte. Irgendwann tat ihm selbst das Atmen weh, seine Lunge schmerzte bei jedem Zug. Seine Kehle fühlte sich so rau an, als hätte man sie mit Schmirgelpapier bearbeitet, und er wünschte sich nichts sehnlicher, als jetzt einfach zu sterben. Es wäre eine Erlösung für ihn gewesen. Doch es passierte nicht, und er musste sich weiter der Tatsache hingeben, dass er nichts fühlte, nichts spürte, und nichts mehr merkte. Er vegetierte in der grausamen Holzkiste, aus der ihn niemand befreien konnte, weil er nicht mehr in der Lage dazu war, sich bemerkbar zu machen, einfach so dahin. Einige Zeit später hatte er die gesamte Luft, die sich in der stickigen Holzkiste befand, aufgebraucht. Seine Lunge schmerzte noch heftiger als zuvor, und er wartete die nächsten Sekunden ab, wusste, dass es nicht mehr lange dauern konnte, bis er ersticken würde. Gerade in dem Moment, in dem sich ein schwarzer Schleier, dessen Intensität Tim bisher nicht bekannt gewesen war, über seine Augen legte, sah er ein gleißend helles Licht. Dann spürte er einen Schwall kaltes Wasser über seinen Kopf laufen und hustete.

»Tim!«
Es war Willow. Sie stand über ihn gebeugt da und sah ihn geschockt an.
»Hey, er ist aufgewacht.«
Ein paar Momente später gesellten sich auch Nora und Ian zu ihr.
»Was ist passiert?«
Tim richtete sich auf, erleichtert, dass das alles nur ein schlimmer Albtraum gewesen war. Doch die Schmerzen waren real, er spürte sie in jeder Faser seines Körpers.
»Du bist in Ohnmacht gefallen, als du versucht hast, durch dieses unsichtbare Portal zu gehen.«
»Was für ein Portal?«

Seine Erinnerungen kamen nur bruchstückhaft zurück. Vor seinem inneren Auge sah er viele kleine, blaue Blitze umherzucken.

»Neben der Kathedrale.«

Tim drehte sich nun um, bemerkte, dass es mittlerweile angefangen hatte zu dämmern und meinte:

»Wie lange war ich bewusstlos?«

»Das waren schon ein paar Stunden. Wenn ich eine Uhr bei mir hätte, könnte ich es dir genauer sagen.«

Ian lächelte schwach.

»Was?«

Tim richtete sich auf, stütze sich am Becken des Springbrunnens, neben dem er lag, ab und stand auf.

»Aber woher wusstet ihr, dass ich nicht...«

Willow ließ ihn nicht aussprechen, sondern sagte:

»Du hast einige Male wie wild um dich getreten und geschrien. Aber zu den Zeitpunkten warst du nicht ansprechbar gewesen.«

Sie wirkte erleichtert aufgrund der Tatsache, dass Tim sein Bewusstsein wiedererlangt hatte.

»Kannst du dich daran erinnern, was du geträumt hast?«, fragte Ian.

»Das muss was ziemlich Schreckliches gewesen sein.«

Tim nickte.

»Das war es auch. Ich war in einem Sarg, lebendig begraben und ich konnte nicht auf mich aufmerksam machen. Es war der allerschlimmste Traum, den ich jemals gehabt hatte. Und er war so verdammt real.«

»Das wird was mit deiner Ohnmacht zu tun haben. Du hast einen ziemlich starken Stromschlag bekommen, vermute ich.«

»Irgendeine unsichtbare Barriere, eine Art Kraftfeld. Ich habe

mir das vorhin mal genauer angesehen...«, brachte Ian sich ins Gespräch ein.
»...ohne es zu berühren. Aber das ist eine merkwürdige Sache. Fast, als würden sie versuchen, uns davon abzuhalten, diesen Platz hier zu verlassen.«
Tim sah ihn an.
»Wie meinst du das?«
»Es ist jetzt überall. Auch in der Seitenstraße, aus der wir gekommen sind. Wir kommen hier nicht weg, wir müssen durch die Kathedrale gehen. Uns bleibt keine Möglichkeit. Es gibt kein Zurück.«
»Das ist alles ein verdammt beschissenes Spiel.«
»Ja. Aber es gibt auch positive Neuigkeiten: während Willow und Nora vorhin bei dir geblieben waren, habe ich die Kirche genauer erkundet. Es gibt einen Schlafsaal, genug zu Essen und eine Karte mit weiteren Informationen für den nächsten Tag. Das hier ist auch unsere Endstation für heute, der Weg, der morgen auf unserem Plan steht, ist noch versperrt. Wir haben keine andere Möglichkeit, als unser Schlaflager hier aufzuschlagen.«
»Könnte schlechtere Nachrichten geben.«
Nora lächelte schwach.
»Es wird aber ja auch bald dunkel. Viel weiter wären wir heute also wahrscheinlich sowieso nicht gekommen.«
Sie betraten die Kathedrale und bezogen den Schlafsaal. Nachdem Tim seinen Rucksack dort abgelegt hatte, erkundeten er und Willow gemeinsam das Gebäude. Ian und Nora hingegen blieben im Raum mit den Betten.
»Wahnsinn«, sagte Tim, als sie den großen Innenraum erreichten.

Er ließ seinen Blick schweifen. Die Fliesen auf dem Boden wiesen ein schwarzweiß kariertes Muster auf und ähnelten einem Schachbrett. Links und rechts von ihnen waren viele Bänke zu sehen, Tim zählte pro Seite fünfundzwanzig Stück. Prunkvolle Kronleuchter hingen von der Decke herab, und neben dem Altar standen zwei große Engelsfiguren.
»Das alles passt hier irgendwie nicht rein, oder?«
Willow nickte.
»Ja. Irgendwie merkwürdig. Aber das ist ja nichts neues.«
»Lass uns mal einen Blick auf den Gang werfen, den Ian vorhin erwähnt hat. Weißt du, wo er ist?«
»Ja, er hat vorhin erzählt, dass wir dazu eine Etage tiefer in den Keller müssen.«
Sie schluckte.
»Bei dem Gedanken daran wird mir jedoch schon ganz anders.«
»Mir geht es damit auch nicht gut«, gab Tim zu.
»Aber wir müssen uns wohl damit abfinden.«
Willow schlang ihre Arme um Tim und zog ihn näher an sich heran.
»Wir sind allein«, flüsterte sie ihm ins Ohr.
Ihr Atem fühlte sich warm auf seiner Haut an.
»Ich bin wirklich froh, dass ich dich noch habe. Ich kann mir gar nicht vorstellen, wie es Nora gehen muss. Auch, wenn Jonas gewissermaßen ein Verräter war.«
Tim schob sie etwas von sich weg und sah ihr tief in die Augen.
»Er war kein Verräter. Er war der beste Mensch unter uns, und ist für seine Sache letztendlich gestorben.«
»Aber er gehörte zu denen. Wenn er sich früher dazu entschieden hätte, sich uns anzuschließen, wären vielleicht einige jetzt noch am Leben.«

»Du darfst so nicht denken. Das ist komplett falsch. Er hat sein Leben für uns aufs Spiel gesetzt.«
Tim verstand nicht, warum Willow gerade jetzt dieses Thema zur Sprache brachte, und war gewissermaßen auch ein wenig enttäuscht. Er wollte sich das aber nicht ansehen lassen, dazu mochte er sie zu gern. Ihr folgendes Lächeln ließ ihn die Diskussion vergessen, und er war erleichtert, als sie nicht näher auf das bisher Gesagte einging.
»Ich glaube, Ian hat sich mittlerweile in Nora verguckt.«
»Wie kommst du darauf?«, fragte Tim überrascht.
»Ich sehe das an seinen teilweise verträumten Blicken in ihre Richtung. Aber ich glaube, das ist nur einseitig. Nora wird noch nicht bereit sein für etwas Neues. Zumindest nicht unter solch stressigen Umständen.«
Sie küsste ihn, er zuckte aus Reaktion zusammen, ließ sie dann aber doch gewähren und kostete den Moment voll aus.
»Wir schaffen das. Alle. Wir finden die anderen und zeigen denen, dass sie es ganz klar mit den Falschen aufgenommen haben.«
Tim nickte zustimmend.
»Genau so muss es sein.«
Sie verließen den Innenraum der Kathedrale wieder und machten sich auf den Weg in den unteren Teil. Hinter der nächsten Tür erwartete sie ein Treppenhaus. Vor den Stufen, die nach unten führten, sah Tim jedoch etwas, was ihm nur allzu bekannt vorkam.
»Hier kommen wir wirklich erst morgen durch. Dieses Kraftfeld…«, murmelte er.
»Es ist in der Lage, die Gedanken zu kontrollieren und sie zu beeinflussen. Es war wirklich die allerschrecklichste Vorstel-

lung, die ich mir machen konnte.«

»Das glaube ich dir. Es muss verdammt unheimlich gewesen sein.«

Sie erreichten ein paar Minuten später wieder den Schlafsaal. Die Tür war geschlossen und im Inneren brannte kein Licht mehr.

»Waren wir wirklich so lange weg?«, flüsterte Willow und öffnete leise die Tür.

»Schaut ganz so aus«, murmelte Tim.

Sie legten sich auf ihre Betten, zogen die Decken zurück und sagten eine ganze Zeit lang gar nichts. Tim war mit seinen eigenen Gedanken zu sehr beschäftigt, er fragte sich, was sie morgen wohl erwarten würde. Und wie ihr Ziel aussehen würde. Er wusste, dass der Weg noch weit war, wollte jedoch nichts dem Zufall überlassen. Er wollte stets bestens informiert sein. Sein nächster Gedanke betraf die andere Gruppe. Er fragte sich, ob Oskar, Louis, Cassie und Annie noch am Leben waren, und wenn ja, was sie gerade taten. Er würde alles dafür geben, eine der ihm mittlerweile vertrauten Stimmen zu hören, die ihm sagen würde, dass alles in Ordnung sei. Doch das würde ein Wunsch bleiben, es hatte seit dem Nachmittag nicht geklappt, eine Funkverbindung aufzubauen. Auch eine gefühlte Stunde später konnte er nicht einschlafen, weil in seinem Kopf immer noch zu viel Chaos herrschte. Willow, Ian und Nora verhielten sich komplett still. Er ging davon aus, dass es ihnen mittlerweile gelungen war, Schlaf zu finden. Er wollte es auch, wünschte sich momentan nichts sehnlicher, als endlich zur Ruhe kommen zu können. *Der morgige Tag wird nochmal um einiges härter*, rief er sich in Gedanken. Er gähnte, und zwei Minuten später war er bereits eingeschlafen.

»Passt gut auf euch auf«, sagte Louis zu Oskar und Cassie, die bereits vor der Tür standen und ihren Weg zurück in die Stadt antreten wollten.
»Wir werden irgendwann tief in der Nacht zurückkehren. Tut uns einen Gefallen und wartet nicht auf uns. Ruht euch aus. Vor allem du, Louis.«
Oskar sah die beiden an.
»Verdammt, ich werde kein Auge zu kriegen, bevor ihr euch nicht bei uns in Sicherheit befindet. Bitte beeilt euch und seid vor allem vorsichtig. Und Oskar…«
Louis hob seinen Blick.
»Tu bitte nichts Unüberlegtes. Ich weiß, dass du ab und an unüberlegt handelst, und dann erst über die Konsequenzen nachdenkst, wenn es bereits zu spät ist.«
Damit traf er den Nagel genau auf den Kopf.
»Ich werde es versuchen. Aber wenn es darauf ankommen sollte, wenn ich mein Leben für das Gegengift riskieren muss, dann werde ich das tun.«
»Nein, das darfst du nicht machen. Bring dich nicht in unnötige Gefahr.«
Oskar wurde die Diskussion mittlerweile unangenehm, er wusste, dass es kein vernünftiges Ende geben würde, und sagte von daher:
»Wir müssen los. Es wird schneller dunkel, als wir es uns wünschen.«
Sie verabschiedeten sich voneinander, und Oskar merkte, dass Louis zitterte, als sie sich umarmten. Er fühlte sich schlecht, wollte gar nicht darüber nachdenken, dass er in naher Zukunft noch einen Freund verlieren konnte.
»Bitte pass auf dich auf«, flüsterte Louis, allerdings nur so laut,

dass Oskar es hören konnte.
»Da kannst du dir sicher sein«, antwortete er und merkte, wie mit diesen Worten Tränen in seinen Augen aufstiegen.

Das Gegengift

Annie wirkte verunsichert, sie wusste nicht, wie sie mit der Situation umgehen sollte.
»Findet einfach nur dieses verdammte Gegenmittel. Bitte… es ist so wichtig.«
Er sah, wie ihr eine Träne über das Gesicht lief, und schloss sie ebenfalls fest in seine Arme.
»Das werden wir. Wir sind bald zurück. Wartet hier auf uns und begebt euch nicht in Gefahr.«
»Wir werden diesen Ort nicht ohne euch verlassen.«
Sie senkte ihre Stimme bei den nächsten Worten wieder. Ein paar weitere Tränen ließen sie erzittern.
»Ich will einfach nur, dass er es schafft.«
»Er wird es ganz bestimmt. Da bin ich mir sicher.«
Auch, wenn Oskar gerade das nicht war, sprach der diese Worte aus, um Kraft zu spenden. Außerdem motivierte er sich selbst damit, und das war nicht gerade ein Nachteil.
Sie traten in die brennende Nachmittagssonne und machten sich auf den Weg zurück in die verlassene Stadt. Cassie streckte ihre Hand aus, und Oskar war froh, sie spüren zu können, verspürte ein wenig Sicherheit bei dem Gedanken, sie bei sich zu wissen.
»Ich bin froh, dass du mitgekommen bist. Danke.«
»Ich kann dich doch nicht alleine losgehen lassen. Und Louis braucht das Mittel, um überleben zu können.«
»Wir gehen damit trotzdem ein hohes Risiko ein.«
»Die Stadt ist komplett verlassen«, räumte Cassie ein.
»Sie war vorhin verlassen. Wir wissen nicht, wie es jetzt ist. Hier ist alles möglich.«

»Also müssen wir uns unauffällig verhalten. Wir dürfen nicht gesehen werden.«

Cassie sah das Ganze als Herausforderung, und obwohl Oskar ihre Einstellung nicht teilen konnte, gefiel sie ihm. Er wünschte, er hätte in diesem Moment so viel Selbstvertrauen wie sie, da sie in ihrer Sache vollkommen sicher wirkte. Es dauerte eine gefühlte Ewigkeit bis sie die verlassene Stadt wieder erreicht hatten. Mittlerweile war der Nachmittag in den Abend übergegangen, es würde nicht mehr lange dauern, bis es anfangen würde, zu dämmern.

»Wir sind da«, meinte Cassie.

»Ich dachte ja, das dauert länger.«

Sie lächelte.

»Ich bin froh, dass es nicht so ist. Aber bevor wir jetzt eine Apotheke suchen, müssen wir nochmal zu unserer Herberge zurück.«

»Wieso?«

»Es wird bald dunkel. Und so wie ich mich erinnere, gab es da Taschenlampen.«

»Stimmt, du hast Recht. Okay, weißt du denn noch, wie wir dahin kommen?«

»Ja, es dauert nicht mehr lange. Wir müssten sie eigentlich sogar gleich erreicht haben. Sie lag ziemlich am Rand.«

Oskar fühlte sich etwas unbehaglich, als sie im schwachen Licht durch die Straßen schlichen. Plötzlich, er sah es nur aus seinem Augenwinkel, wurde in dem Geschäft neben ihm das Licht angeschaltet. Es handelte sich um einen leergeräumten Fahrradladen, und als Oskar durch das Schaufenster sah, entdeckte er einen älteren Mann hinter der Kasse.

»Da ist jemand!«

Er duckte sich, zog Cassie zu sich herüber und versteckte sich hinter der Ecke des Gebäudes.

»In immer mehr Geschäften geht das Licht an«, murmelte Cassie.

»Sieh doch!«

Oskar hob seinen Kopf. Sie hatte recht. Um sie herum konnte er nun durch die Fassade der einzelnen Gebäude sehen, dass fast überall Licht brannte.

»Komm. Wir müssen noch ein bisschen weiter.«

Ein paar Straßen später hatten sie die Herberge erreicht. Oskar trat vor Cassie in die Eingangshalle, lief zu dem Tisch rüber, an dem sie gestern noch gesessen hatten, und nahm sich zwei der Taschenlampen mit.

»Jetzt müssen wir nur noch eine Apotheke finden. Ich glaube aber, dass ich vorhin eine gesehen habe.«

Sie versuchten, möglichst unentdeckt zu bleiben, als sie wieder auf die Straße traten. Das war jedoch gar nicht so einfach, sie konnten gefühlt hinter jedem Fenster die Umrisse einer oder mehrerer Personen sehen. Die Stadt war zum Leben erwacht, und das zu einer Uhrzeit, zu der Oskar nie gedacht hatte, dass es der Fall sein konnte.

»Oskar!«

Cassie war ihm ein paar Schritte voraus und flüsterte leise seinen Namen.

»Was ist?«

Sie legte sich ihren Finger auf die Lippen.

»Pst. Schau mal.«

Sie deutete auf das riesige Fenster eines Gebäudes zu ihrer rechten. In der Nähe konnte Oskar die übergebliebenen Trümmer von dem Hochhaus sehen, welches am Morgen gesprengt worden war. Doch dann sah er, dass das nicht das war, was Cassie ihm unbedingt hatte zeigen wollen. Es handelte sich vielmehr um das, was sich hinter dem Fenster abspielte. Er duckte sich, versuchte, unter der hervorstehenden Fensterbank nicht gesehen werden zu können, und warf einen erneuten Blick auf das was im Inneren passierte. Er sah viele Menschen, die um einen großen Tisch herumsaßen. Zu denen zählten auch Abigail und Ruby. Während Abigail auf den ersten Blick normal wirkte, sah man gleich, dass Ruby einen Verband um ihren Kopf trug. *Das ist in der Höhle passiert*, rief er sich in Erinnerung.

»Wie haben die es denn hierhergeschafft? Ich dachte, wir haben zumindest was die beiden anbelangt, gewonnen.«

Cassie klang enttäuscht, Oskar konnte sie verstehen.

»Es wäre zu schön, wenn nur die beiden hinter allem stecken würden. Aber das sind wahrscheinlich tausende, die im Hintergrund mitwirken und alles genauestens präparieren. Was auch immer die alle davon haben, zwanzig junge Leute einfach in Lebensgefahr zu bringen.«

Zu töten, dachte er, wollte das jedoch nicht aussprechen. *Vielleicht haben wir sogar eine Chance, dem ganzen zu entgehen.* Er fühlte sich plötzlich an den ersten Brief erinnert, den sie damals in der Eiswüste erhalten hatten. *Drei Testphasen. Die Eiswüste war die erste, das jetzt gerade ist die zweite. Es fehlt dann nur noch Nummer drei.* Oskar wollte jetzt nicht darüber nachdenken, was sie wohl in der dritten Phase erwarten würde, weil er wusste, dass er dagegen sowieso nichts machen konnte. *Ich kann es nicht aufhalten. Wir müssen ihr verdammtes Spiel mitspielen, oder einen Plan entwickeln, wie wir sie bezwingen können.*

»Wir sollten weiter.«
Cassie starrte weiterhin gebannt auf das, was hinter dem Fenster passierte. Abigail stand mittlerweile vorne und erzählte etwas. Es war jedoch nicht möglich zu verstehen, über was sie sprach.
»Wir dürfen nicht gesehen werden.«
Oskar legte ihr sanft eine Hand auf den Hals und fuhr ihr danach durch die Haare. Sie drehte sich um.
»Du hast recht. Lass uns los.«
Niemand nahm Notiz von ihnen, während sie sich aus dem Blickfeld der Leute entfernten. An der nächsten Häuserecke versuchte Oskar, sich etwas zu orientieren, und überlegte, wo er die Apotheke gesehen hatte. Drei Querstraßen weiter sah er ein rotes Licht und folgte diesem. Es gehörte zu besagter Apotheke, die zwei Gebäude weiter gut einsehbar zu finden war.
»Scheiße. Da ist auch jemand drin.«
Oskar zeigte leise auf eine Frau, die in der Apotheke gerade den Medikamenten zugewandt stand und irgendetwas sortierte.
»Wir müssen da rein.«
Cassie sah ihn fordernd an.
»Wir brauchen das Medikament für Louis. Sonst schafft er es nicht. Und es muss ja nicht unbedingt gleich schlechtes verheißen, dass sich hier nun doch Menschen aufhalten.«
Oskar wollte ihr gerne zustimmen, konnte er aber nicht. Deswegen hielt er einfach den Mund und folgte ihr ins Innere des Ladens hinein.
»Hallo.«
Cassie war diejenige, die das Wort übernommen hatte, und sprach nun vorsichtig die Frau an. Diese drehte sich sofort um, und sah die beiden geschockt an.
»Was macht ihr hier? Ihr solltet längst woanders sein.«

»Ja, das sollten wir, und das sind wir eigentlich auch. Aber wir brauchen ein Medikament, da einer unserer Freunde verletzt worden ist. Es ist lebenswichtig.«

»Seht zu, dass ihr von hier verschwindet.«

Oskar spürte plötzlich Wut in sich aufkochen, wollte Cassie zur Seite schieben, die ihn jedoch zurückhielt.

»Lass mich das machen«, flüsterte sie ihm zu.

»Ich weiß nicht, was Sie dazu verleitet, so zu denken. Es ist einfach falsch. Wir sind nur hier, weil wir dieses Medikament brauchen. Wir wollen Ihnen nichts Böses.«

Cassie versuchte es auf die einfühlsame Art und Weise, wofür Oskar sie bewunderte. Er selbst war kurz davor gewesen, auf die Frau loszugehen, die sich einfach komplett ignorant verhalten hatte. Doch Cassie war ruhig geblieben, hatte es mit Worten versucht, und es schien tatsächlich zu klappen. Die Verkäuferin zögerte einen kleinen Moment, musterte die beiden genau und sagte dann:

»Ich glaube, ich kann euch nicht weiterhelfen. Was braucht ihr denn genau?«

»Die Tabletten nennen sich Coretilyx«, begann Cassie.

»Diese Kreaturen injizieren ihr tödliches Gift, Coretil, und es gibt bisher nur ein uns bekanntes Gegenmittel.«

»Dann lasst mich mal kurz sehen, was ich finde. Ich bin gleich wieder da.«

Sie drehte sich um und verschwand aus dem Verkaufsraum in das anschließende Lager. Es dauerte knapp zwei Minuten, bis sie mit einer kleinen Pappverpackung in den Händen wieder auftauchte.

»Ist es das hier, was ihr braucht?«

Schon von weitem sah Oskar, dass es das benötigte Medika-

ment war. Er atmete auf.
»Ja, das ist es. Vielen Dank.«
»Keine Ursache. Aber ihr solltet jetzt wirklich verschwinden, bevor jemand anderes mitbekommt, dass ihr hier seid.«
»Das werden wir«, sagte Cassie.
»Passt auf euch auf«, rief die Frau ihnen noch hinterher, als sich die Glastür schloss.
»Du musst manchmal einfach nur ein bisschen Geduld haben und weniger aufbrausend sein.«
Cassie lächelte ihn an, und ohne, dass er es überhaupt wollte, grinste er zurück.
»Das fällt mir manchmal ziemlich schwer.«
»Ich weiß. Man kann es dir aber auch nicht verdenken.«
Die folgende Zeit versuchten sie, das Licht zu meiden und nicht gesehen zu werden. Sie begegneten niemandem auf den Straßen, sahen nur hin und wieder mal die Konturen von einzelnen Menschen hinter den Fenstern. Sie passierten wieder den Raum, in dem sie zuvor Abigail und Ruby gesehen hatten. Das Gruppengespräch war noch in vollem Gange, und Oskar hätte alles dafür gegeben, zu hören, über was gesprochen wurde. Er wusste, dass es zwangsläufig sie alle betreffen musste, und fragte sich, was sie noch alles erwarten würde. Als sie die Stadtgrenze wieder erreicht hatten, war es stockdunkel. Er war froh, dass sie nun die Taschenlampen bei sich trugen, schaltete eine von ihnen an und richtete den Lichtkegel auf den Weg vor ihnen. Die karge Landschaft sah in der Dunkelheit noch unheilvoller aus, als sie es in der Sonne getan hatte, doch als Oskar Cassies Hand nah bei sich spürte, fühlte er sich sicher. Einige Zeit später hatten sie wieder den Felsunterstand mit der Höhle erreicht. In der Dunkelheit wirkte auch dieser bedrohli-

cher als bei Helligkeit und Oskar spürte, wie sich sein Magen verkrampfte als er daran dachte, was sie im Inneren der Höhle erwartet hatte.
»Diese Schriftzeichen haben mich von Anfang an beeindruckt«, flüsterte Cassie.
»Was hast du gespürt, als du die Höhle geöffnet hast?«
Oskar dachte nach.
»Ich weiß es ehrlich gesagt nicht wirklich. Es war keine innere Stimme, die zu mir gesprochen hat, sondern… ach ich weiß es nicht. Es war reine Intuition. Mein Gefühl hat mir in dem Moment irgendwie mitgeteilt, dass es das Richtige ist.«
»Wie sieht deine Hand eigentlich aus?«
Oskar richtete den Lichtkegel der Lampe darauf.
»Es ist nichts mehr zu sehen, aber das ist mir vorhin auch schon aufgefallen. Es schmerzt auch nicht mehr.«
»Ich glaube, von diesen Zeichen geht irgendeine Magie aus. Ich bin gespannt, ob wir darüber noch mehr erfahren.«
Oskar überlegte kurz, ob er noch einmal versuchen sollte, die Höhle zu öffnen, verwarf den Gedanken dann jedoch wieder. *Was soll das bringen?*, fragte er sich selbst. *Wir bringen uns zum einen nur in Gefahr, und zum anderen warten Louis und Annie auf uns.* Er wollte nicht darüber nachdenken, wie es Louis in genau diesem Moment ging, und hoffte einfach nur, dass die Tabletten seinen Zustand verbessern würden. Seitdem Jonas sein Leben auf tragische Art und Weise in der Eiswüste gelassen hatte, sah Oskar in Louis eine Art neuen besten Freund. Sie kamen sehr gut miteinander klar und er war jedes Mal froh, wenn er in seiner Nähe war. *Ich würde es nicht verkraften, wenn ich auch noch ihn verliere.* Das Gespräch am gestrigen Abend in der Herberge hatte seinen Eindruck sogar noch verstärkt. *Du*

bist mir besonders wichtig geworden, und das nicht nur als Anführer. Erneut geisterten die Worte, die Louis gesagt hatte, in seinem Kopf herum. *Was genau meint er damit?* Er kam zu keinem besonderen Schluss, hatte aber auch nicht wirklich Lust, Louis zu fragen. *Ich muss einfach abwarten. Vielleicht ergibt es sich ja von allein.* Hand in Hand schritten sie weiter durch die schwarze Dunkelheit, die nur durch den schwachen Schein der Taschenlampe erhellt wurde. Der Felsunterstand lag nun bereits einige Zeit hinter ihnen, und Oskar bemerkte, dass seine Füße langsam anfingen zu schmerzen. Deshalb war er unglaublich froh, als einige Zeit später endlich die Konturen der Hütte in der Ferne zu sehen waren.

»Wir sind gleich da«, sagte Cassie.

Oskar hoffte, dass es Louis noch nicht allzu schlecht ging. Er wünschte sich, dass es anders sein würde, als damals bei Fynn, aber je näher sie ihrer Hütte kamen, desto düsterer wurden seine Vorstellungen. Wenig später hatten sie den Eingang erreicht, Innen brannte kein Licht mehr, was jedoch nichts zu bedeuten hatte. Oskar öffnete die Tür und trat ein. Sie gingen durch den Flur, versuchten, möglichst leise zu sein, und schlichen sich in das Schlafzimmer. Die Vorhänge waren zugezogen, Annie lag in ihrem Bett und schlief bereits. Louis war nicht im Zimmer, doch durch die Vorhänge war im Licht der Taschenlampe sein Schatten zu erkennen.

»Leg dich schlafen, wir hatten einen anstrengenden Tag.«

Oskar küsste Cassie auf den Mund.

»Ich kümmere mich um Louis. Gib mir mal bitte die Tabletten.«

Sie reichte ihm die Papierverpackung.

»Gute Nacht.«

Sie legte sich auf eines der freien Betten, während Oskar über

die Veranda zu Louis ging. Er saß auf einem Stuhl und blickte in die Nacht hinaus.
»Wie geht es dir?«
»Besser als ich gedacht hätte, aber nicht wirklich gut. Diese Kopfschmerzen sind einfach schrecklich.«
»Wir haben das Medikament bekommen.«
»Wirklich?«
Louis sah ihn an.
»Ja.«
Er reichte ihm die Verpackung.
»Danke.«
Er lächelte schwach.
»Leider ist die Dosierung nur relativ schwach. Es wird dauern, bis ich wieder komplett auf dem Damm bin.«
»Immerhin hast du etwas. Willst du mit reinkommen? Es ist schon relativ spät.«
»Nein, ich schaue mir noch für einen Moment den Himmel an. Die ganzen Sterne, das sieht einfach wunderschön aus.«
Oskar hörte, wie die Stimme von Louis langsam brach. Er beugte sich herunter und legte einen Arm um die Schultern seines Freundes.
»Hey. Wir schaffen das. Alle.«
Tränen bahnten sich über sein Gesicht, er blickte zu Boden und versuchte, sich das nicht anmerken zu lassen.
»Ich will das Ganze nicht nochmal durchleiden. Scheiße, ich dachte, ich habe es damals tatsächlich geschafft.«
Er wog die Verpackung in seinen Händen hin und her.
»Das wird nicht passieren. Du bekommst das Medikament früher als letztes Mal.«
»Ja, aber die Wirkung… ach egal. Hoffen wir einfach das

Beste.«

Oskar gähnte. Er fühlte sich plötzlich unheimlich müde, bemerkte, wie die Strapazen des Tages wie eine riesige Welle über ihn brachen.

»Komm mit rein. Ich fühle mich besser, wenn wir alle zusammen drinnen sind.«

»Du hast recht.«

Louis stand auf und folgte Oskar ins Innere.

»Gute Nacht«, flüsterte er.

»Schlaf gut«, antwortete Oskar.

Er legte sich ins Bett und starrte noch eine ganze Zeit lang in die Dunkelheit. Irgendwann übermannte ihn die Müdigkeit jedoch und er schlief ein.

Der Glockenschlag der Kathedrale weckte Tim, Willow, Ian und Nora aus ihrem Schlaf. Im Schlafsaal war es bereits ziemlich hell, die Vorhänge, die vor den Fenstern hingen, absorbierten nur einen kleinen Teil des hereinfallenden Lichtes.

»Guten Morgen.«

Ian war der erste, der aus dem Bett aufstand und sich anzog.

Die anderen blieben noch eine Weile liegen, folgten ihm dann jedoch.

»Wir haben sogar etwas zu essen hier.«

Ian führte sie in einen Raum, der einer Küche ähnelte, jedoch um einiges kleiner war. Dort sah Tim einen Kühlschrank, er öffnete ihn und entdeckte mehrere Flaschen Wasser und eine Schüssel.

»Was ist das?«, fragte Nora.

»Sieht nach einer Suppe oder so aus.«

Tim holte die Schüssel heraus. Es handelte sich um ein Gericht, was aus Reis, Fleisch, Gurke, Tomate und Zwiebeln bestand. Alles war zusammengemischt worden, und Tim fand, dass es gar nicht mal schlecht aussah.

»Das sieht besser aus als alles, was wir in der letzten Zeit bekommen hatten«, fand Willow.

»Ja. Lasst es uns genießen.«

Sie nahmen sich jeder einen Teller aus einem der Schränke und füllten sich etwas aus der Schüssel auf. Tim zögerte zunächst, nahm dann jedoch die erste volle Gabel in den Mund und probierte das, was vor ihm stand. Es war mit Abstand das Köstlichste, was er seit langer Zeit gegessen hatte. Sein Magen knurrte, und je mehr er aß, desto besser fühlte er sich. Als sie alle satt waren, war nur noch ein kleiner Rest in der Schüssel, die sie auf dem Tisch stehen ließen.

»Wir sollten uns jetzt nochmal die Karte genauer angucken, damit wir wissen, was uns heute erwartet«, sagte Ian.

»Besser gesagt ihr. Ich weiß ja schon Bescheid. Kommt mit.«

Tim gefiel es, wie sich Ians Laune seit dem gestrigen Nachmittag stets gebessert hatte. Sie schwappte buchstäblich zu ihm über, und er konnte sich ein Lächeln nicht verkneifen. Sie folgten ihm in den angrenzenden Raum, es war eine Art Besprechungszimmer. Tim wunderte sich, wie groß diese Kathedrale war, er hätte auf den ersten Blick niemals gedacht, dass sie so viele Räume haben konnte. Die Karte war bereits auf dem Tisch ausgebreitet, es sah so aus, als wäre es nicht das erste Mal, dass Ian sie sich in der Kathedrale ansah. *Bestimmt schon gestern, als ich ohnmächtig war. Da hatte er ja genug Zeit.*

»Wir befinden uns zurzeit hier.«

Ian fuhr mit seinem Finger über die Karte.

»Da ist der Platz, hier die Kathedrale. Unser Weg führt uns dann hier entlang.«

Tim folgte der Linie, die Ian zog.

»Und was ist das für ein Weg?«

Auf der Karte war nichts zu erkennen. Die Fläche hatte durchgängig die Farbe braun, es sah nicht danach aus, als würde überhaupt ein Weg existieren.

»Wir müssen, wie gesagt, eine kleine Tunnelpassage passieren. Danach erreichen wir einen Weg, der hier nicht mehr ersichtlich ist. Ich vermute auch mal, er ist nicht gut zugänglich. Aber wir haben keine andere Wahl.«

»So wirds wohl sein. Wann erreichen wir die Festung?«, fragte Willow.

»Der Entfernung nach zu urteilen, schaffen wir das heute nicht. Wir werden unsere Nacht auf dem Weg verbringen müssen.«

»Wow«, meinte Tim.

»Aber morgen schaffen wir das?«

»Ja. Morgen sollten wir unser Ziel dann auch wirklich erreichen.«

»Das ist ein verdammt weiter Weg«, murmelte Nora.

»Irgendwie gefällt mir das nicht.«

Sie überlegte kurz.

»Meint ihr nicht eher, wir sollten umkehren um nach den anderen zu suchen? Ich würde mich irgendwie besser dabei fühlen, wenn wir gemeinsam auf irgendetwas stoßen.«

»Die Stadt ist weiterhin abgeriegelt.«

Ian sah sie mitfühlend aber auch ernst ab.

»Wir kommen nicht weiter. Dieser Draht, diese unsichtbare Barriere, sie ist überall. Es gibt kein Zurück mehr.«

»Scheiße«, murmelte Nora.

»Wir werden Oskar, Cassie, Louis und Annie aber wiedersehen,

davon bin ich fest überzeugt. Was hätten die denn davon, wenn sie uns jetzt trennen und wir uns danach nicht wiedersehen? Ich finde das macht nicht wirklich Sinn.«
»Ja, du hast Recht. So sehe ich das auch.«
Ian stimmte ihm zu.
»Aber darum sollten wir uns erstmal nicht kümmern, so hart das auch klingt. Wir müssen jetzt den vollen Fokus auf unseren Weg richten und dürfen dabei nicht die Konzentration verlieren.«
Er schob den Stuhl zurück, auf den er sich zuvor gesetzt hatte, und stand auf.
»Lasst uns unsere Sachen zusammenpacken, der Weg wird lang und anstrengend.«

Die Sonnenstrahlen, die durch die hellen Vorhänge der Hütte schienen, weckten Oskar. Er öffnete die Augen, drehte sich um und schlug die Bettdecke zurück. Cassie und Annie schliefen noch, während er sah, dass Louis' Bett leer war. *Er ist doch nicht etwa...* Oskar brauchte den Gedanken jedoch nicht zu Ende denken, die Verandatür öffnete sich im nächsten Moment und Louis trat ein. Er wirkte auf den ersten Blick relativ gefasst, als Oskar jedoch seine Wunde sah, zuckte er zusammen. Sie hatte sich über Nacht etwa um das doppelte vergrößert, und um sie herum waren auf seinem Arm überall Kratzspuren zu sehen.
»Hast du die Tabletten genommen?«
»Alle auf einmal. Ich habe es nicht mehr ausgehalten. Danach bin ich eingeschlafen. Aber irgendwie bessert sich das nicht.«
Er verzog schmerzhaft das Gesicht.
»Es ist sogar eher schlimmer geworden. Oskar...«
Louis wurde etwas leiser, drängte Oskar aus dem Schlafzimmer

in den angrenzenden Raum.
»Falls ich das heute nicht überstehen sollte… ich habe mir das Bunkersystem genauer angesehen, und es ist wirklich schrecklich. Bitte versprich mir, dass du mich von meinen Schmerzen erlöst, wenn es nicht mehr geht.«
Seine Stimme brach, und Oskar glaubte, wieder Tränen in seinem Gesicht zu sehen.
»Louis, bitte sag sowas nicht…«
»Ich muss es aber. Es wurde über Nacht trotz der Tabletten nur noch schlimmer, und ich hoffe nur, dass mich während unseres Weges meine Kopfschmerzen nicht vollkommen außer Gefecht setzen.«
Oskar wollte gerade etwas erwidern, als Louis ihm jedoch wieder ins Wort fiel.
»Ihr dürft mich aber natürlich auch nicht hierlassen. Vielleicht schaffe ich es ja. Ich möchte nur, dass ihr euch nicht wegen mir in Gefahr begebt. Falls ich euch dort unten zur Last fallen sollte, wartet nicht auf mich.«
Oskar sah seinen Freund geschockt an.
»Wie kannst du sowas sagen? Wir werden dich natürlich nicht zurücklassen. Du gehörst zu uns, und ich könnte es nicht verantworten, wenn…«
»Bitte.«
Louis fasste sich an die Stirn und sah zu Boden.
»Lass uns aufhören zu diskutieren. Das bringt jetzt nichts.«
»Okay, es tut mir leid.«
Oskar entschuldigte sich, weil er glaubte, dass es das einzige war, was Louis jetzt hören wollte. Damit lag er jedoch falsch.
»Nein, ist schon gut. Ich kann dich ja verstehen. Ich muss einfach versuchen, meine Schmerzen zu ignorieren und verdammt

nochmal damit klarkommen.«
Er ließ Oskar stehen und ging in das kleine Badezimmer, um seiner Wunde einen neuen Verband anzulegen. Den alten hatte er im Laufe der Nacht entfernt, er hatte es einfach nicht mehr ausgehalten, da die Schmerzen immer schlimmer geworden waren. Er hielt seinen Kopf zu Boden gesenkt und schloss die Tür hinter sich.
»Guten Morgen.«
Cassie legte eine Hand auf seine Schulter, er drehte sich um, und sie küsste ihn sanft.
»Hast du gut geschlafen?«
»Es geht.«
Er antwortete wahrheitsgemäß.
»Und du?«
»Eigentlich schon. Ich bin gestern Abend direkt eingeschlafen, weil ich so erschöpft war.«
»Bei der Strecke ist das kein Wunder.«
Oskar spürte noch immer seine schmerzenden Füße, es hatte sich über Nacht nur wenig verändert.
»Was ist mit Annie?«
»Sie schläft noch. Ich denke, wir sollten sie nicht aufwecken.«
»Okay. Haben wir hier auch irgendetwas zu essen?«
Sie gingen in die Küche und durchsuchten die Schränke. Währenddessen hörten sie, wie sich die Badezimmertür wieder öffnete, und sahen, wie Louis herauskam.
»Guten Morgen, Cassie.«
Er lächelte und umarmte sie.
»Wie geht es dir, Louis?«
Cassie blickte besorgt auf seine Wunde.
»Ach, es war heute Nacht schlimmer. Aber nachdem ich die

Tabletten genommen habe ging es wieder. Ich hoffe, es hält sich. Was macht ihr da?«

Oskar sah ihm direkt an, dass das, was er ihr sagte, nicht stimmte. *Es ist nicht besser geworden*, dachte er. *Er will nur versuchen, seine Fassade aufrechtzuerhalten.*

»Wir suchen nach etwas, das wir essen können. Vielleicht gibt es hier ja was.«

Im nächsten Schrank wurden sie fündig. Es handelte sich zwar bloß um eine Packung Cornflakes, doch sie waren froh, überhaupt etwas entdeckt zu haben. Im Kühlschrank stand Milch, und gerade, als sie die Sachen auf den Tisch geräumt hatten, tauchte Annie hinter ihnen auf.

»Hey.«

Sie wirkte nicht wirklich ausgeschlafen und gähnte, um das Ganze noch zu unterstreichen.

»Die Nacht war viel zu kurz. Aber was solls.«

»Setz dich zu uns. Wir haben Cornflakes und Milch gefunden.«

Sie aßen, alle außer Louis, der einfach nur durch die Gegend blickte. Auf die Nachfrage, warum er nicht essen täte, meinte er bloß, er habe keinen Hunger. Doch an seinem Blick und an seiner Körperhaltung glaubte Oskar zu erkennen, dass mehr dahintersteckte. Er wirkte total niedergeschlagen, der Tatsache zum Trotz, dass sie die Tabletten nun hatten, und sich sein Zustand eigentlich verbessern sollte.

»Iss doch wenigstens etwas«, meinte Cassie an Louis gewandt. »Ich denke, es wird das letzte Mal für eine Zeit sein, dass wir etwas haben.«

»Ich kann jetzt aber nicht essen. Ich habe das Gefühl, dass ich mich dann direkt wieder übergeben würde.«

»Okay. Dann packen wir den Rest eben ein.«

Cassie sah Oskar an.

»Hast du einen Plan, wie der Weg für heute aussieht?«

»Nein, aber dafür haben wir ja die Karte.«

»Die brauchen wir uns nicht anschauen. Habe ich gestern schon zur Genüge getan. Ich weiß, wo wir lang müssen«, warf Louis ein.

»Wann erreichen wir das Bunkersystem?«, fragte Oskar.

»Schwer zu sagen. Ich denke, das wird noch dauern. Aber wir werden die Nacht unterirdisch verbringen müssen. Es ist ein ganzer Tagesmarsch, bis wir die Stadt erreichen.«

»Welche Stadt?«

»Ghiron Nagh. So heißt die versunkene Stadt.«

»Eine versunkene Stadt?«

Cassie sah ihn überrascht an.

»Moment.«

Louis schob seinen Stuhl zurück, ging über das Schlafzimmer wieder auf die Veranda und kam wenige Momente später mit der Karte wieder.

»Hier steht etwas darüber. Ich lese es mal eben vor.«

Er öffnete die Karte.

»Ghiron Nagh galt im neunzehnten Jahrhundert als größtes Handelszentrum im gesamten Umkreis. In der Großstadt gab es alles, von modernen Bauten bis hin zu kleinen, antiken Sehenswürdigkeiten. Eines Tages jedoch wurde die Stadt von einem apokalyptischen Sturm, der Feuer, Wasser, Pest und Tod brachte, komplett zerstört. Seitdem existiert die Ruinenanlage als unterirdische Stadt, und Legenden zufolge wiederholt sich die Katastrophe alle einhundert Jahre.«

»Wow«, murmelte Cassie.

»Wenn das wirklich so sein sollte, bin ich verdammt gespannt,

was uns da unten erwartet.«
»Ich auch. Es klingt auf alle Fälle spannend.«
»Wir sollten uns ausreichend bewaffnen.«
Annie, die zwar zugehört, aber nicht dabei zugesehen hatte, wie Louis die versunkene Stadt beschrieb, hatte unterdessen ein paar Messer in einer der Schubladen gefunden.
»Ja, gute Idee«, sagte Cassie.
»Wir müssen definitiv auf alles vorbereitet sein.«
Sie packten die restlichen Sachen zusammen und Oskar versuchte, Louis möglichst lange zu beobachten, ohne seine Aufmerksamkeit zu wecken. Seine Stimmung veränderte sich gefühlt minütlich, und Oskar fragte sich mehrmals, ob das alles mit seiner Verletzung zusammenhing. *Das kann doch nicht sein.* Er warf ihm einen auffälligen Blick zu, lächelte, und bekam ein Lächeln zurück. Er fühlte sich direkt besser, auch wenn in Louis' Blick etwas lag, was Oskar nicht verstand. *Ich sollte ihn später vielleicht darauf ansprechen, wenn der richtige Zeitpunkt gekommen ist.* Er nahm es sich zwar vor, wusste aber, dass dieser Zeitpunkt nicht kommen würde. *Er wird kommen. Aber ich werde ihn verpassen, oder einfach nicht nutzen.* Und diese Tatsache ließ ihn sich auf einen Schlag wieder schlechter fühlen, und er konnte nicht sagen, warum das so war. *Wahrscheinlich mag ich Louis einfach zu sehr und mache mir viel zu viele Gedanken.* Doch konnte man sich wirklich zu viele Gedanken machen, wenn das Leben eines Freundes auf dem Spiel stand und keiner wirklich wusste, wie es weitergehen würde? *Vermutlich nicht.* Sie packten ihre Sachen zusammen, die Karte, den Rest Cornflakes, die Messer, die beiden Taschenlampen und die Steine aus der Höhle. Cassie betrachtete sie wieder einen kurzen Moment, als sich jedoch nichts tat, legte

sie sie auf die anderen Dinge herauf.
»Was erhoffst du dir von den Steinen?«, fragte Annie.
»Keine Ahnung. Es klingt vielleicht albern, aber ich denke, sie geben mir irgendein Zeichen. Haltet mich bitte nicht für verrückt.«

Es war bereits spät am Nachmittag, als sie den Eingang des Bunkersystems inmitten der Wüstenlandschaft erreicht hatten. Zunächst sah es bloß aus wie eine riesige Plattform, doch als Oskar sich näher heranwagte, erkannte er eine Einbuchtung, die den Eingang darstellen sollte.
»Und das soll uns in diese Stadt führen?«, fragte Cassie erstaunt.
»Ja«, meinte Louis.
»Wahnsinn«, murmelte Annie.
Es waren die ersten Worte, die sie seit langer Zeit gesprochen hatte. Den Weg zu der Plattform hatten sie größtenteils schweigend zurückgelegt, es gab ja auch nichts, über das sie hätten sprechen können. Die Stimmung war eher bedrückt, Oskar hatte Louis die meiste Zeit über beobachtet und war froh, dass seine Schmerzen ihn nicht daran hinderten, mit ihnen zu kommen. Obwohl er einige Male sein Gesicht verzog, war sein Zustand nicht schlechter geworden, von außen her sah es sogar eher so aus, als hätte er sich zu heute Morgen um einiges gebessert.
»Wie geht es dir, Louis?«
»Momentan geht es. Danke.«
Er rang sich ein schwaches Lächeln ab.
»Heute Nacht war es aber wirklich schlimm.«
»Kann ich mir vorstellen.«
Oskar wusste, dass das blöd klingen würde, hatte jedoch keine

Idee, was er sonst hätte sagen können.
»Hier müssen wir rein.«
Cassie hatte nun ebenfalls die kleine Einbuchtung gesehen, die sie unter die Plattform führte.
»Kommt ihr?«
Zögernd folgten ihr Oskar, Louis und Annie in die Dunkelheit hinein. Schon bald spürte Oskar sandigen Boden unter seinen Füßen. Von unterhalb sah die Plattform aus wie eine gläserne Kuppel, durch die die Sonnenstrahlen sich ihren Weg bahnten. Es war stickig, und ihr weiterer Weg wurde bald immer mehr von der schwarzen Dunkelheit verschluckt. Cassie hatte die Führung übernommen, hinter ihr folgten Louis und Annie. Oskar versuchte, mit ihnen Schritt zu halten, was gar nicht so einfach war, da Cassie ihnen schon ein ganzes Stück voraus war.
»Cassie? Kannst du mal bitte warten?«
Sie verringerte schlagartig ihr Tempo, und wartete dann sogar, bis der Rest sie eingeholt hatte.
»Das ist einfach nur der Wahnsinn.«
Oskar wusste direkt, was sie meinte. Die Reste des von außen eindringendem Sonnenlicht zeigten verschiedene Zeichnungen an den Wänden. Sowohl an der Decke als auch neben ihnen waren entweder Karten die ihnen den Weg zeigen sollten, oder wieder diese mysteriösen Schriftzeichen zu sehen.
»Lasst uns die doch mal näher angucken.«
»Das habe ich bereits.«
Oskar sah Cassie an.
»Und?«
»Es sind immer dieselben.«
Sie zuckte mit den Schultern.

»Zumindest, was die Karten angeht. Sieh dir das doch nur mal an.«

Sie zeigte auf eine der Zeichnungen.

»Hier ist der Startpunkt, der Eingang der Höhle. Und die riesige Sonne hier, sie stellt wahrscheinlich den Eingang in die versunkene Stadt dar.«

Oskar folgte ihrem Finger auf der Steinwand, und hörte ihren Ausführungen zu.

»Wenn das wirklich so ist, ist das noch ein verdammt weiter Weg«, murmelte Annie.

»Ich finde, wir sollten rechtzeitig eine Pause einlegen.«

»Es gibt einen guten Ort dafür«, sagte Louis.

»Ich habe in dem Haus noch eine weitere Karte gefunden, auf der genau zu sehen war, wie der Gang hier verläuft. Leider habe ich heute Morgen vergessen, sie mitzunehmen. Das ist aber auch nicht weiter schlimm. Ich habe mir die wichtigsten Dinge gemerkt.«

Plötzlich zuckte er zusammen und fasste sich an die Schläfe. Cassie ging sofort zu ihm und fragte:

»Louis? Was ist los?«

»Ah. Nein, alles gut. Ich hatte gerade nur für ein paar Sekunden stechende Kopfschmerzen.«

Oskar bemerkte, wie sich sein Magen zusammenzog.

»Hattest du…?«

»Das ist vollkommen normal. Ist auch nicht das erste Mal heute.«

Oskar konnte dazu nichts mehr sagen, er wollte einfach nur hoffen, dass die Wirkung der Tabletten noch verspätet eintreten würde.

»Also, um nochmal auf das Thema von eben zurückzukommen:

wir müssen dem Gang einfach nur folgen. Irgendwann später kommt eine Abzweigung, an der wir geschützt unsere Nacht verbringen können.«
»Geschützt?«, fragte Annie.
»Wie meinst du das?«
»Na ja, wir werden hier nicht alleine sein. Diese Wesen werden uns wieder erwarten.«
»Nein, dann können wir doch nicht...«
Annie blickte sich hilfesuchend um.
»Wir müssen, Annie. Es ist jetzt unsere einzige Chance. Wir sind schon so weit gekommen, was ist, wenn wir hier tatsächlich einen Ausweg finden?«, fragte Cassie sie leise.
»Das glaubst du doch wohl selber nicht. Das wäre doch viel zu einfach. Aber wenn es so kommen sollte, dann müssen wir die anderen doch noch holen.«
»Darüber sollten wir uns erst Gedanken machen, wenn es so weit ist.«
Oskar beendete die Diskussion und richtete seinen Fokus wieder auf den Weg.
»Kommt, je eher wir die Stelle erreichen, die Louis eben angesprochen hat, desto schneller befinden wir uns in Sicherheit.«

»Und das soll der richtige Weg sein?«
Willow blickte skeptisch auf den engen Gang, der sich nun vor ihnen erstreckte. Sie waren die Treppenstufen hinabgestiegen, hatten die Tür geöffnet und standen jetzt vor dem Weg, der sie hinausführen sollte.
»Ja«, meinte Ian.
»Es ist der Weg. Unser Weg.«
Tim trat über die Schwelle, und hörte, wie die Tür hinter ihm

ins Schloss fiel. Es war ein lauter Knall, er zuckte automatisch zusammen und ärgerte sich direkt über seine empfindliche Reaktion. *Immer noch Folgen des Stromschlags*, dachte er. Seit er mit dem blauen Draht in Berührung gekommen war und diese Vision gehabt hatte, fühlte er sich irgendwie anders. Die Erfahrung hatte ihn gewissermaßen verändert, er verspürte plötzlich das akute Bedürfnis, sich von der Dunkelheit fernzuhalten. Er konnte sich aber nicht erklären, warum das so war. *Bevor wir hierherkamen, haben wir uns fast ausschließlich in kompletter Dunkelheit aufgehalten. Das sollte unter normalen Umständen gerade jetzt kein Problem sein.* Doch als er daran dachte, verspürte er schon, wie sich sein Magen verkrampfte und ihm übel wurde.

»Ich brauche eine kleine Pause«, sagte er dann an Willow gewandt.

»Was ist los?«

»Es behagt mir irgendwie gar nicht dabei, gleich in die Dunkelheit zu gehen. Ich weiß nicht, woran das liegt.«

»Fühlst du dich nicht gut?«

»Nein, aber ich denke ein kurzer Moment Pause würde schon reichen. Das bessert sich bestimmt gleich wieder.«

Er schloss kurz die Augen, merkte dann jedoch, dass ihm sofort schwindelig wurde. Er stützte sich an der Wand ab, versuchte, sich auf seine Atmung zu konzentrieren, und öffnete seine Augen wieder. Doch es wurde nicht besser. Weiterhin drehte sich alles, der Boden unter seinen Füßen wurde immer wackeliger und schien sich mit ihm zu bewegen. Sein Blick trübte sich, bis er komplett schwarz wurde. Das letzte, was er sah, war etwas Grelles. Es leuchtete und es sah furchterregend aus.

»Ian ist verschwunden.«

Nur leise drang Willows Stimme bis zu Tim vor. Er öffnete die Augen, versuchte, aufzustehen, wurde jedoch von einem scharfen Schmerz gestoppt, der von seinen Beinen ausging.

»Was?«

Er sah sich um, entdeckte neben sich jedoch nur Willow und Nora.

»Ian ist weg.«

Willow sah ihn an.

»Du warst nicht lange bewusstlos, vielleicht fünf Minuten. Aber seitdem ist Ian verschwunden. Er wollte vorausgehen, doch jetzt ist von ihm nichts mehr zu sehen.«

Tim wurde schlagartig übel. *Dieses Gesicht...* Er versuchte, sich zu erinnern, wie es ausgesehen hatte, schaffte es jedoch nicht. Er konnte sich nur noch an das grelle Licht erinnern, was er vor seinem Bewusstseinsverlust gesehen hatte.

»Ian?«

Nora schrie, doch ihre Stimme hallte nur von den Betonwänden des Ganges wider. Sie fand keinen Empfänger.

»Scheiße. Was machen wir jetzt?«, fragte sie.

»Wir müssen weiter«, meinte Willow.

»Tim, kannst du gehen?«

Er versuchte nun ein zweites Mal, auf die Beine zu kommen, und hatte dieses Mal tatsächlich Erfolg. Anfangs tat es jedoch ziemlich weh, es fühlte sich so an, als würden sich viele, winzige Nadeln in die Haut oberhalb seiner Kniescheibe bohren. Zum Glück ließ der Schmerz nach ein paar Sekunden wieder nach und ebbte schließlich sogar ganz ab.

»Ja. Und du sagst, ich war wirklich nur fünf Minuten weg? Wie kann Ian denn da einfach verschwinden?«

»Ich weiß es nicht. Nora und ich haben ihn gehen lassen. Er wollte nur ein Stück voraus.«
Tim kam das alles ziemlich merkwürdig vor.
»Hat er nicht gesagt, warum er das will?«
»Nein. Aber er tauchte auch nicht wieder auf.«
»Dann lasst uns weiter. Wir müssen ihn suchen.«
Willow gab jedem eine Taschenlampe und schaltete ihre an. Der Lichtkegel tauchte ihre Umgebung in ein gelbes Licht. Tim war froh, sich nun nicht mehr in nahezu kompletter Dunkelheit aufhalten zu müssen und spürte, wie sich seine Beklemmung langsam löste. Minuten vergingen, ohne dass sie ein Lebenszeichen von Ian entdeckten. Es war, als wäre er plötzlich einfach so vom Erdboden verschluckt worden. *Wie kann das in fünf Minuten passiert sein?* Tim zerbrach sich darüber den Kopf, doch er konnte einfach keine Antwort finden.
»Habt ihr dieses Symbol auch gesehen?«
Nora schien zunächst zu überlegen, ob sie die Worte wirklich aussprechen sollte, und entschied sich dann dafür.
»Du meinst dieses grelle, lilafarbene Licht?«, fragte Willow.
»Ich habe es gesehen. Direkt danach wurde ich bewusstlos«, murmelte Tim.
»Aber es wirkte auf mich irgendwie unecht. Ich dachte, ich hätte nur eine Vision gehabt. Aber wenn sogar ihr es gesehen habt, dann erklärt das einiges.«
»Es war definitiv da, und ich glaube, es hat etwas mit Ians Verschwinden zu tun. Er kann sich ja nicht einfach so in Luft aufgelöst haben.«
»Ist denn noch irgendetwas besonderes passiert?«
Tim wollte sich nicht mit dem Gedanken abfinden, dass außer diesem Licht nichts Weiteres vorgefallen war.

»Nein.«
Willow sah Nora an.
»Oder hast du noch was mitbekommen?«
»Leider nicht.«
»Dann müssen wir wohl einfach weiter. Aber wir sollten aufpassen. Das, was mir eben passiert ist, kann jedem von uns wieder passieren. Ich weiß nicht, was es war, aber irgendwas geht hier definitiv nicht mit rechten Dingen zu.«
Sie setzten ihren Weg fort. Die Stimmung war eher bedrückend, keiner konnte sich erklären, was sie vorhin gesehen hatten. Der Gang schien sich schier ewig zu ziehen. Es gab keine Abzweigung, keinen anderen Weg, den Ian genommen haben könnte. Es ging über eine sehr lange Strecke nur geradeaus. *Er muss sich also vor uns befinden. Und er kann höchstens fünf Minuten Vorsprung haben... wenn sein Verschwinden nichts mit dem Licht zu tun hat.* Tim spürte, wie Willow nach seiner Hand griff, sie hatte ihre Taschenlampe ausgeschaltet. Nora leuchtete ihnen jetzt den Weg.
»Wir müssen Ian so schnell wie möglich finden.«
»Ja. Er kann uns höchstens fünf Minuten voraus sein. Wir werden ihn denke ich bald einholen.«
Er würde seinen Worten gerne selbst glauben, tat sich damit jedoch sehr schwer. *Aber was soll sonst passiert sein?* Er wollte nicht darüber nachdenken, weil er sich damit zurzeit nur seinen Kopf zerbrach.
»Hört ihr das?«
Noras Stimme unterbrach seine Gedanken und holte ihn wieder in die Realität zurück.
»Was denn?«
»Pst.«

Tim lauschte in die Dunkelheit hinein. Und jetzt verstand er, was Nora meinte. Er bekam eine Gänsehaut, und spürte, wie sich seine Nackenhaare aufstellten.
»Was ist das?«
Es klang nicht wie das Keuchen, was sie von den Wesen in der Eiswüste gewohnt gewesen waren. Doch es ähnelte diesem Geräusch schon in gewisser Weise. Es hörte sich nur um einiges grausamer an.
»Das klingt gar nicht gut. Wir sollte zusehen, dass wir hier wegkommen.«
Tim schluckte. Er wusste, wie lang der Gang noch war, und dass es bisher keine Abzweigungen gab, ließ ihn sich noch schlechter fühlen. *Wenn wir hier wirklich nicht alleine sind, sind wir unseren Verfolgern schutzlos ausgeliefert.*
»Wir müssen jetzt die Ruhe bewahren.«
Er drehte sich zu Nora um und drückte Willows Hand fester.
»Bevor das Geräusch lauter wird, sollten wir das Weite suchen. Ich habe das Gefühl, dass das nicht mehr lange dauern wird.«
»Wir müssen laufen.«
Nora wirkte fest entschlossen.
»Nur so können wir vielleicht die nötige Distanz zwischen uns und diese Monster bringen. Schaltet alle eure Taschenlampen an.«
Es wurde direkt heller als Tim und Willow ihre Lampen anknipsten. Dann liefen sie los. Tim konzentrierte sich nur auf seine Atmung, versuchte alle anderen Faktoren auszublenden. So gelang es ihm auch das merkwürdige Geräusch loszuwerden, das gefühlt mit jedem Meter leiser wurde.
»Wir haben es geschafft«, keuchte Nora, ein paar Minuten später.

»Zumindest aktuell haben wir genug Meter zwischen uns und diese Monster gebracht. Wir sollten uns jedoch darauf einstellen, dass wir jederzeit wieder laufen müssen.«
Es war zumindest ein kleiner Lichtblick, dass sie ihre Verfolger abgehängt hatten. Tim missfiel jedoch, dass sie weiterhin kein Lebenszeichen von Ian entdeckt hatten. Auch, wenn erst wenige Minuten seit seinem Verschwinden vergangen waren, wurde die Sache pro verstrichene Sekunde immer hoffnungsloser. Plötzlich spürte Tim etwas vor seinen Füßen. Er schaffte nicht rechtzeitig, sein Gleichgewicht zu halten, verlor den Halt und fiel auf den Boden.

Simon und die Festung

»Scheiße«, murmelte er.
Willow stand sofort neben ihm und half ihm wieder hoch.
»Was ist passiert?«
»Ich bin über irgendetwas gestolpert.«
Er hob seine Taschenlampe, die er während seines Sturzes fallen gelassen hatte, wieder auf, und beleuchtete die Stelle. Als er sah, was dort lag, schoss sein Puls direkt in die Höhe.
»Ist das ein Skelett?«
»Sieht ganz danach aus.«
Er begutachtete die Knochen vor ihm genauer.
»Wo sind wir hier nur gelandet?«, murmelte Nora.
»Ich habe keine Ahnung. Der Körper scheint aber schon eine ganze Zeit lang hier zu liegen.«
»Und es ist nicht der einzige.«
Tim blickte zu Willow auf, die etwa fünf Meter vor ihnen stand. Als er das sah, wurde ihm direkt mulmig.
»Komm zu uns. Du weißt, was mit Ian passiert ist. Er war auch nur ein paar Meter entfernt.«
»Du hast recht. Tut mir leid. Aber ihr solltet euch das wirklich ansehen.«
Tim stand auf und ging zu Willow, Nora folgte ihm. Sein Blick folgte dem Lichtstrahl ihrer Taschenlampe, und er sah direkt das, was sie entdeckt hatte. Zu ihrer linken befand sich die erste Abzweigung. Der Gang war jedoch mit dem blauen Draht, dem Kraftfeld, gesperrt. Dahinter befand sich ein ganzer Berg aus Schädeln und weiteren Skelettteilen.
»Wow.«

Nora senkte den Strahl ihrer Lampe.
»Ian?«
Nichts.
»Denkt ihr, er hat vielleicht…?«
»Das kann sein«, wandte Tim ein.
»Aber wir können den Weg nicht nehmen. Er ist versperrt.«
»Können wir es nicht irgendwie versuchen? Ich habe das Gefühl, dass das der richtige Weg ist.«
Tim überlegte. *Ich habe vorhin das Bewusstsein verloren, dann folgte dieses merkwürdige Licht. Das letzte Mal, als ich mit dem Kraftfeld in Berührung gekommen bin, hatte ich einen Albtraum. Oder eine Vision?*
»Ich weiß nicht, ob wir es versuchen können. Ich hatte das letzte Mal zwar *nur* einen Albtraum, aber ich weiß nicht, was jetzt passieren wird, wenn ich es nochmal versuche.«
»Wir sollten möglichst wenig Risiko eingehen.«
Willow sah Tim an.
»Lasst uns weiter. Bitte, ich halte das nicht viel länger hier aus.«
»Ich kann dich verstehen. Ist wirklich verdammt unheimlich hier.«

Die Gänge vor ihnen wurden von Zeit zu Zeit immer enger. Irgendwann hatten sie eine Stelle erreicht, an der der Weg vor ihnen endete. Oskar bückte sich, und entdeckte unter ihnen einen kleinen Schacht.
»Louis, geht es hier weiter?«
Er drehte sich um und sah ihn an.
»Ja.«
Louis sah ziemlich mitgenommen aus, die Enge schien ihm noch mehr zu schaffen zu machen als allen anderen. Der

Schweiß lief ihm in Bächen über den Körper und er keuchte, schien kaum noch Luft zu bekommen.
»Wir sollten eine Pause einlegen«, meinte Cassie.
»Nein, wirklich, es geht schon.«
»Louis!«, unterbrach Annie ihn.
»Wir können so nicht weitergehen. Du bist total am Ende!«
»Wir haben unser Ziel aber doch bald erreicht«, stöhnte er.
»Bitte. Wir müssen nur noch diesen Schacht passieren.«
»Okay. Ich gehe voraus«, sagte Oskar.
Es war extrem schwer, sich ohne Taschenlampen in der Dunkelheit orientieren zu können, doch er versuchte, das beste aus der Situation zu machen. Die einzige Quelle, die sie hatten, war ein schwaches Licht, was direkt aus dem Schacht zu kommen schien. Der Durchgang war extrem eng. Oskar stöhnte auf, und versuchte, bei der bedrückenden Enge nicht in Panik zu geraten. Er schloss die Augen, was das Ganze jedoch noch schlimmer machte, weswegen er sie direkt wieder öffnete. *Okay*, dachte er. *Es sind nur noch wenige Meter.* Die Stimme in seinem Kopf beruhigte ihn zumindest etwas, sie gab ihm Kraft und Motivation. Er hatte noch etwa drei Meter vor sich, doch das war noch eine ganze Menge, da er nur sehr schleppend vorankam. Sein Schuh verhakte sich plötzlich an einer Stelle im Stein. Er spürte sofort, dass er enorm zu schwitzen anfing, und war erleichtert, als sich das Problem wieder gelöst hatte. Sein Herz schien aus seiner Brust herausspringen zu wollen, und er wünschte sich zur Zeit nichts mehr, als die enge Passage endlich hinter sich gebracht haben zu können. Den letzten Meter dachte er an gar nichts mehr, nutzte seine Hände nur noch dazu, sich irgendwie herausziehen zu können. Er hatte das Ende erreicht, löste sich von dem Loch und ließ sich in das Wasserbecken fallen, was

unter ihm zu sehen war.
»Okay«, rief er den anderen zu.
»Ihr könnt kommen. Ich bin auf der anderen Seite.«
Wenig später tauchte Cassies Kopf in der Öffnung vor ihm auf. Er streckte seine Hand heraus, und half ihr den letzten Meter ins Wasser.
»Louis? Annie?«
»Ja, ich komme jetzt.«
Annies Stimme war klar zu hören.
Ein paar Minuten später hatte auch sie das Hindernis überwunden, nun war Louis an der Reihe. Oskar atmete auf, als auch er den engen Gang sicher passiert hatte.
»Jetzt müssen wir nur noch ans Ufer.«
Louis schwamm voraus, und es dauerte eine Minute, bis sie wieder trockenen Boden erreicht hatten.
»Hier sind wir sicher«, sagte er.
Oskar sah sich um. Vor sich entdeckte er die Lichtquelle, die ihm den Weg durch den Schacht gewiesen hatte. Es handelte sich dabei um eine Art blauen Draht, der aussah, als würde er unter Strom stehen.
»Was ist das?«
»Ein Kraftfeld. Auch darüber war auf der Karte was zu lesen. Wir sollten damit nicht in Berührung kommen.«
»Okay, dann müssen wir hier wirklich die Nacht verbringen.«
Oskar legte seinen Rucksack ab. Der Boden war staubig, und er wirkte nicht wirklich bequem, doch die Tatsache, dass sie hier sicher waren, war die einzige, die Oskar interessierte.
»Habt ihr Hunger?«, fragte Cassie.
»Wir haben noch Cornflakes und Milch von heute Morgen.«
Louis nickte.

»Ja, jetzt könnte ich auch was vertragen.«
Oskar nahm sich eine Handvoll aus der Packung heraus und steckte sie sich in den Mund. Das Ganze war ziemlich trocken, doch er war zufrieden, wenigstens etwas essen zu können.
»Wir sollten uns den Rest für morgen aufheben«, sagte Cassie, als sie alle ein bisschen davon gegessen hatten.
Sie packte die Dinge wieder in den Rucksack.
»Ein Feuer wäre jetzt gar nicht mal so schlecht. Ich befürchte, dass es heute Nacht sehr kalt wird.«
»Damit müssen wir uns für heute leider abfinden.«
Louis versuchte zu lächeln, es wirkte jedoch eher gezwungen.
»Ich bin dafür, dass wir immer zu zweit Wache halten sollten. Dann können die anderen beiden wenigstens in aller Ruhe schlafen.«
Louis sah Oskar an.
»Oskar, wollen wir die erste Schicht übernehmen? Dann können sich Annie und Cassie ein bisschen ausruhen.«
»Ich denke, das ist okay.«
Er sah Cassie an.
»Was meinst du?«
»Ja, es geht in Ordnung.«
Sie ließ sich wenig davon anmerken, aber Oskar war sicher, dass sie zumindest ein bisschen enttäuscht war, nicht etwas Zeit mit ihm alleine verbringen zu können.
»Wunderbar.«
Er umarmte sie und drückte ihr einen Kuss auf die Stirn. Ihre Kleidung war genauso nass wie seine, doch im Gegensatz zu ihm zitterte sie. *Das alles nimmt sie wohl doch ziemlich mit. Obwohl sie es nicht zeigen kann.* Er wollte sie nicht wieder loslassen, tat es wenige Sekunden später jedoch.

»Schlaf gut.«
Louis hatte sich währenddessen von ihnen entfernt und betrachtete das Kraftfeld näher. Als sich dann auch Annie zurückgezogen hatte, folgte Oskar ihm.
»Hier ist es wenigstens etwas wärmer als drüben. Setz dich ruhig.«
Oskar spürte die Wärme, die von dem Licht ausging, und setzte sich.
»Ich wünsche mir einfach nur, dass das alles hier ein friedliches Ende für euch nimmt.«
Louis sprach diese Worte, nachdem einige Sekunden lang das Schweigen überhandgenommen hatte.
»Louis, wir werden es alle schaffen.«
»Nein.«
Er lächelte schwach, Oskar sah jedoch, dass ihm Tränen in den Augen standen. Er hörte es auch an seiner Stimme.
»Hör zu, das Gegengift…«
Louis wusste nicht, wie er die Worte aussprechen sollte, weshalb er zunächst stockte.
»Wir haben es dir geholt«, sagte Oskar daher.
»Ich weiß. Aber es bringt nichts. Die Sache ist hoffnungslos.«
»So darfst du nicht denken…«
»Doch, Oskar.«
Seine Stimme wurde nun etwas lauter und fester.
»Das Gegengift wirkt nur ein einziges Mal, danach hat der Körper Antikörper dagegen aufgebaut. Sprich: ein zweites Mal dieses Gift in sich zu tragen, ist definitiv tödlich.«
Oskar spürte, wie sich sein Magen zusammenzog. Er schluckte, sein Mund war auf einmal ganz trocken.
»Ich habe nur noch weniger als vierundzwanzig Stunden zu

leben, aber ich habe mich damit mittlerweile abgefunden. Und deswegen hoffe ich einfach nur, dass ihr das übersteht. Ihr, und die anderen. Alle.«

Oskar konnte nicht anders, er rückte näher an Louis heran und umarmte seinen Freund. Dann ließ auch er seine Tränen laufen, es geschah einfach so, und er wollte auch nichts dagegen tun.

»Es tut mir wirklich leid, dass ihr wegen mir nochmal in die Stadt zurückgegangen seid. Aber ich hätte es nicht verkraftet, dass ihr auch noch die Hoffnung verliert.«

»Ich kann dich verstehen. Aber warum erzählst du das ganze nur mir und nicht den anderen?«

»Weil ich nicht möchte, dass sie davon erfahren. Ich würde es am besten finden, wenn sie denken, es sei ein Unfall gewesen.«

»Was hast du vor?«

»Ich möchte nicht bis morgen warten, Oskar. Ich will es vorher beenden.«

Etwa zwei Stunden später endete der Gang. Noch immer hatten Tim, Willow und Nora kein Lebenszeichen von Ian entdeckt. Das angsteinflößende Geräusch war, zur Zufriedenheit aller, nicht zurückgekehrt. Auch sonst war nicht viel passiert. Tim war froh, endlich wieder Tageslicht sehen zu können. Je länger er sich in der bedrückenden Dunkelheit des engen Ganges befand, desto mehr schien ihn seine Angst einzuschnüren.

»Fühlt sich gut an, endlich wieder frische Luft atmen zu können«, meinte Nora.

Eine Tür hatte sie nach draußen geführt, und vor ihnen lag nun ein breiter Weg. Dieser bestand aus Schlamm und feuchter Erde, und schien in absehbarer Nähe kein Ende zu nehmen. Es gab keine Bäume oder Grünflächen, das einzige, was in der

Ferne zu erkennen war, war ein Wald aus abgestorbenen Dornenbüschen. Es wehte ein angenehm kühler Wind.
»Wir kommen unserem Ziel immer näher. Aber wir sollten wirklich darüber nachdenken, ob wir weitergehen wollen.«
»Wie meinst du das?«, fragte Willow an Nora gewandt.
»Ich rede von Ian. Er wird noch irgendwo dort unten sein... ich möchte ihn nicht alleine lassen.«
»Wir haben ihn nicht gefunden und können nichts für ihn tun. Ich weiß, wie hart das klingt, aber wir müssen uns erstmal auf unser Ziel konzentrieren.«
Tim schluckte.
»Vielleicht finden wir ihn noch, aber vielleicht müssen wir ihn auch vergessen.«
»Wir müssen ohne ihn weitermachen.«
Willow nahm Tims Worte auf und hoffte, dass sie irgendwie bei Nora ankamen.
»Okay, ihr habt ja recht.«
Tim überlegte, was er als nächstes sagen konnte.
»Ich bin der festen Überzeugung, dass wir ihn finden werden. Genauso, wie wir die anderen bald wiedersehen.«
Seine eigenen Worte verliehen ihm die Kraft, die er jetzt brauchte. Der Weg gestaltete sich als das Anstrengendste, was ihnen in den letzten Tagen widerfahren war. Der schlammige Untergrund sorgte dafür, dass sie oft einsackten und es war jedes Mal ein Kraftakt, sich wieder zu befreien. Als sie den großen Dornenwald neben sich sahen, nutzte Tim die Gelegenheit, um auf einem kleinen, kahlen Streifen Erde neben dem Weg zu gehen. Willow und Nora folgten ihm.
»Eine ganz schön merkwürdige Umgebung ist das hier«, murmelte Nora.

»Irgendwie noch gar kein Vergleich zu dem, was uns in der Eiswüste erwartet hat. Das, was noch kommt, kann also nur umso härter sein.«

Tim ließ sich ihre Worte genauestens durch den Kopf gehen, und musste sich eingestehen, dass sie damit durchaus recht haben könnte. Er hatte selbst einige Male diesen Gedanken gehabt, da die Ereignisse in der Eiswüste um einiges schlimmer gewesen waren als das, was sie hier bisher erlebt hatten.

»Ich schätze, es geht hier einfach mehr um die Psyche. Wir werden als Gruppe getrennt, verlieren Ian, müssen uns durch verschiedene Dinge durchschlagen… Ich weiß nicht, aber so stelle ich es mir halt vor«, setzte Willow an.

»Kann schon sein. Dann hört sich das alles aber ziemlich geplant an, und das kann ich mir nicht wirklich vorstellen.«

Etwa drei Stunden später, in denen sie aufgrund des anstrengenden Weges mehrere Pausen einlegen mussten, sahen sie vor sich bereits die letzten Ausläufer eines Dorfes am Horizont. Es wurde langsam dunkel, die Sonne war bereits untergegangen.

»Endlich«, sagte Nora erleichtert.

»Ich dachte echt, das dauert noch eine Ewigkeit.«

»Wir sollten froh sein, dass es nicht so ist.«

Tim wischte sich den Schweiß von der Stirn.

»Hoffentlich können wir da unsere Nacht verbringen.«

Es dauerte noch eine halbe Stunde, bis sie direkt vor den ersten Zelten standen. Vor ihnen prangte ein Holzschild, mit der Aufschrift „Festungsdorf". *Festungsdorf*, dachte Tim. *Ein interessanter Name, der direkt an unser Ziel erinnert.* Er ging voraus, Willow und Nora folgten ihm. In der Mitte des kleinen Platzes, den er nun betrat, befand sich ein erloschenes Lagerfeuer. Daneben lagen zahlreiche Baumstämme, die wohl als Bänke benutzt wurden. Doch das Dorf schien komplett verlassen zu sein. Tim sah niemanden, weder vor den Zelten noch in den Ecken des Platzes.

»Hallo?«

Er bemerkte, dass seine Stimme zitterte. Das war nicht beabsichtigt, weshalb er bei seinen nächsten Worten direkt versuchte, sicherer zu klingen.

»Ist da jemand?«

Ein paar Sekunden vergingen, in denen nichts passierte. Dann jedoch war plötzlich ein Geräusch zu hören. Schritte, die näher kamen. Zunächst konnte Tim die Richtung nicht bestimmen, doch als er sich umdrehte, sah er, dass sie von hinten gekommen waren.

»Hallo.«

Vor ihnen tauchte nun ein Mann auf, der zwei bis drei Jahre älter zu sein schien als sie alle. Er hatte schwarze, lange Haare, die ihm an der Stirn klebten. Außerdem war unter diesen eine Narbe an der rechten Schläfe auszumachen. Seine Kleidung hatte einige Löcher und Risse, er trug ein T-Shirt, eine Jeanshose und Schuhe, die bereits einige Strecken gelaufen zu sein schienen.

»Ihr braucht keine Angst vor mir zu haben. Hier seid ihr fürs erste sicher.«

»Wer bist du?«, fragte Tim.

»Simon«, antwortete der Mann und grinste.

»Und du bist Tim. Ihr zwei heißt Willow und Nora.«

»Woher kennst du unsere Namen?«

»Ach, ich habe euch einige Zeit beobachtet. Gerade in der Eiswüste. Ihr habt euch da echt gut durchgeschlagen.«

»Du gehörst zu denen?«
»Nein, keineswegs. Ich habe nur das gleiche erleiden müssen wie ihr.«
Er ging ein paar Schritte zur Seite.
»Setzt euch auf einen der Baumstämme. Ich bereite das Feuer vor. Habt ihr Hunger? Ich habe noch Gulasch da, was ich mir gestern gekocht habe.«
Tim spürte, wie sein Magen knurrte. Sie hatten seit dem Morgen nichts mehr gegessen, und Willow und Nora schien es ähnlich zu ergehen. Simon reichte jedem von ihnen eine Flasche Mineralwasser und ließ sie dann erstmal alleine vor den Feuerresten sitzen. Ein paar Minuten später kam er aus einem der Zelte heraus, er hatte etwas Holz, trockenes Gras, Teller und Besteck dabei.
»Wie bist du hierhergekommen?«, fragte Willow.
Simon zündete das Feuer an und antwortete dann:
»Das ist eine ziemlich lange Geschichte. Ich kann sie euch gleich erzählen, wenn ihr wollt.«
Er nahm einen Schluck Wasser und reichte die Teller herum.
»Es ist noch genug Gulasch da. Lasst es euch schmecken.«
Tim ließ sich von Simon eine Portion auffüllen und nahm mit der Gabel ein Stück Fleisch in den Mund. Es war etwas zäh, doch die Soße schmeckte so lecker, dass er unbedingt mehr wollte.
»Ihr könnt später übrigens in einem der Zelte schlafen. Sie sind alle leer. Wir sind komplett alleine hier.«
»Wieso eigentlich?«, fragte Nora.
»Was?«
»Wieso sind wir die einzigen?«
»Das weiß ich nicht. Als ich in eurer Rolle steckte und hier

ankam, war das Dorf noch voller Leben.«

Das Ganze wird von Minute zu Minute absurder, fand Tim. Dass sie dieses Dorf früher oder später erreichen würden, war ihm klar gewesen. Doch er hatte entweder damit gerechnet, es komplett verlassen oder aber mit vielen Menschen vorzufinden. Beides war nicht der Fall gewesen. Sie saßen jetzt hier auf diesen Baumstämmen und hörten einem Fremden zu, der behauptete, vor gar nicht allzu langer Zeit selbst in ihrer Lage gesteckt zu haben. *Ich muss dringend mit Willow sprechen. Ich bin echt gespannt, was sie dazu sagt.*

»So nahm dann alles seinen Anfang«, murmelte Simon und unterbrach damit den Gedankengang von Tim.

»Wir kamen zu viert hier an.«

»Warte mal kurz«, sagte Nora.

»Wir waren auch zu viert. Und wenn du unsere Namen schon kennst... Ian. Weißt du, wo er ist?«

»Ian? Nein. Wieso? War er mit euch unterwegs? Ich muss zugeben, dass ich euch nur in der Eiswüste beobachtet habe. Danach nicht mehr.«

»Er ist plötzlich einfach so verschwunden, als wir von der Kathedrale aus hierher gegangen sind. In dem unterirdischen Gang. Den einzigen Anhaltspunkt, den wir haben, war ein grelles Licht. Es tauchte allerdings nur kurz auf.«

»Das Teufelslicht«, sagte Simon leise.

»Eines der Dinge, die ich ebenfalls in der Festung erlebt habe. Ich werde da später nochmal näher drauf eingehen. Erstmal die gute Nachricht für euch: er lebt. Nun die schlechte Nachricht: dieses Licht wird bei ihm eine Amnesie hervorgerufen haben. Es kann also sein, dass er dort unten hilflos herumirrt und nicht weiß, wer er ist.«

»Wir müssen zurück.«

Nora sprang auf und sah Willow und Tim fast ein bisschen hilflos an.

»Wir können ihn dort nicht alleine lassen! Das seht ihr doch hoffentlich auch so, oder nicht?«

Tim nickte, wurde jedoch, bevor er etwas sagen konnte, von Simon unterbrochen.

»Das wird nicht klappen, Nora. Der Gang ist um diese Zeit abgesichert. Niemand kommt rein oder raus, ohne zu riskieren, mit dem hochgefährlichen Kraftfeld in Berührung zu kommen.«

Tims Gedanken gingen nun zum gestrigen Abend. Als er das Kraftfeld auf dem Platz vor der Kathedrale das erste Mal gesehen hatte, war er von dem Anblick fasziniert gewesen.

»Was passiert, wenn man damit in Berührung kommt?«, fragte er an Simon gewandt.

Willow und Nora sahen ihn unterdessen überrascht an.

»Es kann schlimmstenfalls zum sofortigen Tod führen. Ansonsten kann alles passieren, es hängt ganz davon ab, wie es konstruiert wurde.«

Wie es konstruiert wurde. Tim wiederholte die Worte in Gedanken.

»Ich habe es gestern Abend aus Versehen berührt.«

»Und, was ist passiert?«

Simon zeigte sich sichtbar interessiert.

»Ich hatte eine Vision... oder besser gesagt einen Albtraum. Keine Ahnung, was das genau war. Ich war auf alle Fälle lebendig begraben und konnte meine Gliedmaßen nicht spüren.«

»Da hast du nochmal Glück gehabt, so merkwürdig das auch klingt. Halt dich lieber von den Teilen fern. Sie sind im Normalfall tödlich.«

»Woher weißt du das alles?«
»Das meiste habe ich in der Festung gelernt, und das wird sich in meiner Erzählung gleich auch widerspiegeln.«
»Dann leg mal los«, meinte Nora.
»Ich bin sehr gespannt.«
»Also gut.«
Simon räusperte sich.
»Hört mir gut zu und unterbrecht mich nicht. Ihr könnt mich danach dann alles fragen, was euch auf der Seele brennt.«

Wir brachen am frühen Morgen auf. Stephan, Lily, Kieran und ich waren diejenigen, die die Eiswüste überlebt hatten. Stephan war mehr oder weniger der Anführer innerhalb der Gruppe, er leitete uns den Weg und wir folgten ihm. Lily trug lange, schwarze Haare und ein Lächeln im Gesicht, in das ich mich schon vor langer Zeit verliebt hatte. Ich wusste zu dem Zeitpunkt nicht viel über meine Gefühle für sie, konnte sie nicht einschätzen oder in eine bestimmte Richtung lenken. Ich fühlte mich zwar nicht sicher, doch wenn sie in meiner Nähe war, ging es mir zumindest gut. Und dann war da noch Kieran, mein bester Freund. Er war derjenige, dem ich am meisten anvertraut hatte, ja, er wusste sogar über meine Gefühle Lily gegenüber Bescheid. Meine größten Geheimnisse waren bei ihm definitiv gut aufgehoben. Wir waren insgesamt eine gute Truppe, zu allem bereit, und freuten uns auf den letzten Kampf. Es war ein naiver Gedanke, doch wir alle hofften zumindest, dass uns hiernach die Freiheit erwarten und das schreckliche Grauen ablösen würde, was wir in letzter Zeit erleben mussten. Wirklich daran glauben konnten wir natürlich nicht, doch manchmal reicht ja die bloße Hoffnung schon dazu aus, sich selbst zu

motivieren und über sich hinauszuwachsen. Und ich glaube, dieser Gedanke war es letztendlich, der mich über den schlammigen Weg in Richtung der Festung leitete. Mit jedem Schritt sank ich gefühlt tiefer ein, doch die Hoffnung trieb mich voran. Sie war mein stetiger Begleiter. Schon bald hatte ich auch die Führung übernommen. Stephan und Lily hatten sich etwas zurückfallen lassen, während Kieran mir auf den Schritt folgte.
»Hoffentlich fangen die beiden jetzt nicht wieder an, sich zu küssen«, flüsterte er und grinste.
Ich lächelte, wollte ihm nicht zeigen, wie es mir jedes Mal dabei ging. Ich hasste Stephan. Er war einfach nur arrogant und hatte übertrieben viel Selbstbewusstsein – mehr, als er sich meines Erachtens nach überhaupt erlauben konnte. Er fühlte sich manchmal wie der tollste Mensch auf Erden und beharrte bei jeder Diskussion, die ich im Laufe der Zeit mit ihm geführt hatte, auf seinem Recht. Selbst dann, wenn er vollkommen danebenlag. Dass Lily dieses Verhalten noch tolerierte, ja, teilweise sogar gut fand, ließ ihn sich bestätigt fühlen. Ich wünschte mir in dem Moment, wir wären am Ende zu dritt über. Stephan vor Lilys Augen selbst zu töten würde sämtliche Sympathien zerstören, von daher hoffte ich, dass das jemand anders erledigen würde. Ich wusste, dass ich so einen Gedanken niemals denken durfte, aber ich konnte nichts dagegen tun. Der Weg zog sich unterdessen schier ewig dahin, und das merkwürdige an der ganzen Sache war, dass es trotz Tagesanbruch nie wirklich hell wurde. Es war fast so, als fürchte sich die Umgebung ebenfalls vor der angsteinflößenden Festung, deren Mauern nun bereits mehr und mehr in der Ferne zu erkennen waren. Mit jedem Schritt fühlte ich mich unwohler, obwohl unser Ziel noch meilenweit entfernt war. Die Anspannung

schien sich auf alle zu übertragen, Kieran, der sonst eher nicht zu der ruhigeren Sorte gehörte, hatte schon seit einer gefühlten Ewigkeit kein Wort mehr gesprochen. Stephan und Lily etwas weiter hinter uns waren auch still, zumindest vernahm ich aus der Richtung keine Geräusche. Lily hielt Stephans Hand fest umklammert, und als ich das registrierte, musste ich erneut meine Wut zurückhalten. *Bleib einfach locker*, dachte ich. Und dann: *Wer zuletzt lacht, lacht am besten.* Ich wusste nicht, woher der Gedanke kam oder auf was er zurückzuführen war, er existierte einfach in meinem Kopf.

Als wir dann irgendwann die Festung erreicht hatten und die riesige Eingangshalle betraten, geschah etwas sehr Merkwürdiges. Ich wusste nicht, wie das alles passiert war, aber wir waren plötzlich nur noch zu dritt. Lily war verschwunden.

Im Nachhinein vermute ich, dass wir wohl eine Zeit lang betäubt gewesen waren. Stephan war total überfordert mit der Situation.

»LILY?«

Er schrie ihren Namen mehrmals, in der Hoffnung, eine Antwort zu bekommen. Es brachte nichts.

»Verdammt. Was ist passiert, Simon?«

Es machte mich stutzig, dass er mich direkt ansprach. Außerdem verriet mir seine Stimme, dass er krank vor Sorge und nicht in der Lage war, rational zu denken.

»Woher soll ich das denn wissen?«

Ich ärgerte mich direkt über meinen patzigen Tonfall, wollte mir das jedoch nicht anmerken lassen. Stephan packte mich am T-Shirt, und war kurz davor, mir direkt ins Gesicht zu schlagen. Kieran hinderte ihn im letzten Moment noch daran.

»Stephan, bist du vollkommen wahnsinnig?«

Er hielt kurz inne, worin ich meine Chance sah. Ich holte meinerseits aus und legte all meine Kraft in den folgenden Faustschlag. Mit Erfolg. Stephan schrie auf, ließ mich los und verlor das Gleichgewicht.
»Du mieses Arschloch!«, schrie er mir entgegen.
Seine Stimme war voller Hass.
»Du hast Lily das angetan!«
Er war kurz davor, komplett den Verstand zu verlieren, das sahen wir jetzt.
»Du hast mir die Nase gebrochen.«
Er sah mich an, sein Gesicht war übersät mit Blut.
»Ich bringe euch beide um.«
Mit diesen Worten drehte er sich um und lief voraus. Als er um die nächste Biegung im Foyer verschwand, sahen Kieran und ich uns kurz an.
»Was ist denn mit dem passiert?«, fragte er mich.
»Ich weiß es nicht. Aber ich befürchte nichts Gutes.«
Zu dem Zeitpunkt fühlte ich mich einfach nur schlecht. Zum einen war Lily verschwunden und zum anderen versteckte sich ein verrückt gewordener Stephan vor uns. Wir mussten jederzeit auf der Hut sein. Der einzige Grund, warum ich in diesem Moment nicht einfach umgedreht war, war natürlich Lily. Ich wollte sie retten, malte mir schon alle möglichen Szenarien dazu aus. Natürlich ohne Stephan. Ich hoffte, ihn nie wieder sehen zu müssen, wünschte mir nichts stärker.
Die nächsten Minuten waren Kieran und ich deshalb so aufmerksam wie nie zuvor. Die Gefahr, von Stephan überrascht zu werden, war sehr groß. Wir erreichten dann endlich das Foyer des Gebäudes. An der Decke hing ein prunkvoller Kronleuchter und an den Wänden waren viele Bilder zu sehen. Vor

uns führten mehrere Treppen in mehreren Etagen zu verschiedenen Türen. Ich war überrascht. *Was nun?*
»Was glaubst du…?«, setzte ich an, hielt jedoch inne, als plötzlich das Licht ausging.
Es war von der einen auf die andere Sekunde stockdunkel.
»Lass uns einfach erstmal in irgendeinen Raum.«
Ich wollte nicht im Foyer bleiben, fühlte mich dort direkt unwohl. *Wie auf dem Präsentierteller.* Also gingen wir jetzt blind durch die Dunkelheit. Die Treppenstufen schienen nie zu enden, und ich versuchte, nicht zu stolpern. Nach einer gefühlten Ewigkeit verspürte ich endlich Erleichterung, als sich die Tür unter meiner Hand öffnete. Sie fiel jedoch hinter uns wieder ins Schloss, und der Knall war ohrenbetäubend. So standen Kieran und ich einfach nur dort und hofften, dass etwas passierte. Wenige Sekunden später ging das Licht an. Aus Reaktion verkrampfte sich mein Finger um den Abzug meiner Waffe, derer ich mich jetzt erst wieder richtig bewusst wurde. Sie war im Laufe der Zeit zu einer Selbstverständlichkeit geworden, und ich hatte sie in den letzten Tagen nicht einsetzen müssen. *Stephan ist auch bewaffnet,* fiel mir dann ein. Dieser Gedanke verbesserte meinen allgemeinen Zustand nicht wirklich.
Der Raum, den wir nun bei bester Beleuchtung beobachten konnten, bestand nur aus vier weißen Wänden. Mehr gab es nicht zu sehen, keine Fenster oder sonstige Dinge. Nichts, was man zur Orientierung nutzen konnte. Ich drehte mich wieder um und wollte den Raum verlassen, merkte jedoch, dass die Tür nun verschlossen war.
»Wir kommen hier nicht wieder raus.«
Ich schluckte, mein Hals fühlte sich unfassbar trocken an.
Ein paar Augenblicke erfüllte plötzlich eine Stimme den Raum.

Sie kam aus einem Lautsprecher, der irgendwo im Raum hing. Ich hatte ihn bisher noch nicht wahrgenommen.
»Simon und Kieran, ich heiße euch willkommen in Raum Nummer eins. Eure erste Aufgabe ist sehr anspruchsvoll: einer von euch wird diesen Raum nicht mehr lebendig verlassen. Ihr müsst wählen. Und wenn ihr keine Entscheidung treffen solltet, werden wir nachhelfen.«
Die Worte aus dem Lautsprecher lähmten mich in diesem Moment. Es gab keinen Ausweg. Ich wusste nicht, was ich jetzt tun konnte.
»Hör zu.«
Kieran war es schlussendlich, der das Schweigen brach.
»Wir kommen beide hier raus.«
Ich wünschte so sehr, dass ich seinen Worten Glauben schenken konnte. Dass ich sie bestätigen konnte. Doch ich wusste, dass das nicht ging. Die Tür war versperrt und sie würde sich erst wieder öffnen, sobald einer von uns gestorben war.
Eine Minute lang passierte gar nichts. Wir schwiegen, niemand hatte Lust, etwas zu sagen. Dann meldete sich die Lautsprecherstimme wieder.
»Ihr habt noch vier Minuten.«
Vier Minuten. Das könnte eine verflucht lange Zeit werden.
»Wir sollten abwarten«, murmelte Kieran.
Er legte seine Waffe auf den Boden.
»Komm. Leg dein Gewehr auch hin.«
Ich schüttelte den Kopf.
»Ich kann nicht. So fühle ich mich einfach sicherer.«
»Na schön. Wenn du meinst.«
Er griff nach seiner Waffe und richtete sie auf mich. In dem Moment zuckte ich unwillkürlich zusammen.

»Vertraust du mir?«
Ich nickte.
»Ja, das tue ich.«
»Sehr gut.«
Er entsicherte die Waffe.
»Kieran, was hast du vor?«
Langsam wurde ich unsicher. Nun verkündete die Stimme, dass noch drei Minuten Zeit waren.
»Nichts. Noch nicht.«
Ich zielte jetzt ebenfalls auf ihn.
»Du solltest nicht auf die Idee kommen, zu schießen.«
Sekundenlang starrten wir uns einfach nur an. Wir kannten den jeweils anderen mittlerweile so gut, dass wir wussten, dass niemand das Feuer eröffnen würde. Wobei ich tatsächlich darüber nachdachte. Allerdings wollte ich auf etwas anderes hinaus...
Vortäuschen.
»Zwei Minuten.«
Meine Hände begannen zu schwitzen, die Waffe wurde immer rutschiger. Mein Finger hatte sich weiterhin um den Abzug gespannt, ich war jederzeit bereit, abzudrücken.
»Eine Minute.«
Nun verging die Zeit schneller.
»Dreißig Sekunden.«
Das Licht ging aus. Ich hörte, wie Kieran den Abzug betätigte – und schoss. Die Kugel streifte meinen Oberarm, doch sie verfehlte mich. Zum Glück. Ich konnte den Luftzug spüren, und der Knall, der entstand, als sie auf die Metalltür traf, war von einer Intensität, die ich bisher nicht gekannt hatte.
»KIERAN!«, schrie ich.
»Bist du vollkommen verrückt?«

Zehn.
Warten. Einfach warten.
Neun.
Er antwortete nicht. Bereitete er einen zweiten Schuss vor?
Acht.
Einatmen.
Sieben.
Ausatmen.
Sechs.
Nichts zu hören.
Fünf.
Ich spürte eine leichte Vibration. *Was war das?*
Vier. Drei. Zwei. Eins.
Ein weiterer Schuss löste sich. Um der Kugel auszuweichen, warf ich mich auf den Boden. In dem Moment, in dem der Countdown abgelaufen war, war ein grelles Licht zu sehen. Kieran schrie, so laut, wie ich ihn noch nie zuvor hatte schreien gehört. Dann folgte Stille. Ich hatte furchtbare Angst. *Ist er tot?*, fragte ich mich. Meine Beklemmung wuchs mit jeder Sekunde.
»Kieran?«
Meine Stimme zitterte. Als das Licht dann wieder anging, sah ich seinen reglosen Körper in der Ecke liegen. Erst, als ich anfing, an seiner Schulter zu rütteln, öffnete er die Augen.
»Was…?«
»Du lebst.«
Ich spürte einen Anflug von Erleichterung.
»Komm. Die Tür ist auf!«
Ich drehte ihm für einen kurzen Moment den Rücken zu, was jedoch ein folgenschwerer Fehler war. Ich spürte nur noch, wie ich zu Boden gerissen wurde und Kieran sich auf mich stürzte.

Es war zu plötzlich gekommen, ich hatte nicht rechtzeitig reagieren können. Der Aufprall war hart, sein Körper auf meinem Rücken presste mir die Luft aus der Lunge.
»Geh runter!«, keuchte ich und versuchte erfolglos, mich zu wehren.
Sein erster Messerhieb erwischte mich an der Stirn. Ich spürte, wie die Klinge in meine Haut eindrang – jedoch nicht besonders tief. Warmes Blut floss aus der Stichwunde. Instinktiv holte ich mit der Faust aus und schlug ihm ins Gesicht. Der erste Treffer saß direkt, er kippte benommen von mir herunter.
»Kieran, verdammt!«
Ich nutzte den Moment, und brüllte ihm die Worte entgegen.
»Ich bin's, Simon! Was ist mit dir los?«
»Wer?«
Seine Stimme klang schwach und seine Worte verunsicherten mich.
»Was meinst du?«
»Wer bist du und was machst du hier?«
Es fühlte sich an, als würde sich eine Faust in meine Magengrube bohren.
»Simon«, sagte ich daher nur.
»Und du bist Kieran. Wir sind zusammen hier.«
»Ich...«
Es war vorerst sein letztes Wort. Er verlor das Bewusstsein in diesem Moment, hatte nicht einmal seinen Satz beenden können. Als er sich zwei Minuten lang nicht regte, ging ich zögerlich auf ihn zu. Ich hatte tierische Kopfschmerzen, die Wunde, die er mir zugefügt hatte, pochte unaufhörlich an meiner Stirn. Sie fühlte sich an wie eine tickende Zeitbombe, die jeden Augenblick explodieren konnte.

»Kieran?«
Obwohl ich wusste, dass es total sinnlos war, sprach ich ihn an. Es kam natürlich keine Antwort. Ich versuchte nun, ihn irgendwie in eine aufrechte Lage zu befördern um den Raum möglichst schnell verlassen zu können, bevor dieser wieder verschlossen war. Es war ein Kraftakt, Kieran auf die Beine zu hieven, doch ich schaffte es. Eine Minute später hatte ich eine weitere Hürde überwunden. Wir befanden uns jetzt außerhalb des Raumes. Ich spürte, wie mich eine neuerliche Euphoriewelle erfasste. Kierans Körpergewicht drückte unangenehm gegen meine Schulter, aber ich wusste, dass ich durchhalten musste. *Sonst sind wir verloren.* Ich glaube, dass es letztendlich dieser Gedanke war, der mich weiterhin anspornte. Unter Aufbietung aller meiner Kräfte zog ich Kieran hinter mir die Treppenstufen hoch. Ein paar Stufen später erwachte er aus seiner Bewusstlosigkeit.
»Was ist passiert… Simon?«
Dass er jetzt meinen Namen sagte, sah ich als positives Zeichen.
»Kannst du dich erinnern? Du hast meinen Namen gesagt.«
»Nein.«
Seine Antwort holte mich wieder mit voller Wucht in die brutale Realität zurück.
»Du hast ihn mir vorhin verraten. Ich weiß gar nichts mehr. Du sagtest, ich heiße Kieran?«
Es war hoffnungslos.
»Ja. Bitte… vertrau mir. Auch, wenn es dir jetzt schwerfallen könnte, weil du dich nicht an mich erinnern kannst.«
»Ich versuche es.«
Wir schwiegen, bis wir die nächste Tür erreicht hatten. Dieses Mal war sie aus Holz. Bevor ich jedoch versuchte, sie zu öffnen,

warf ich einen Blick aus dem Fenster, welches sich hinter uns befand. *Erster Stock.*
»Hast du sie getötet?«
Kierans Stimme ließ mich zusammenzucken.
»Was?«
»Lily. Hast du sie getötet?«
Warum kann er sich an ihren Namen, jedoch nicht an mich erinnern?
»Wer ist Lily?«
Ich wollte ihn testen.
»Ich weiß es nicht. Aber du hast sie getötet, oder?«
Ich wusste nicht, was ich sagen sollte. Er hatte scheinbar nicht nur sein Gedächtnis verloren. Waren seine Gedanken manipuliert worden? Ich musste es herausfinden.
»Nein. Wieso denkst du das?«
»Ich sehe dich doch vor mir.«
Seine Stimme klang trocken.
»Du bist voller Blut.«
Ich versuchte, meine Kleidung anzusehen. Ich sah nichts Verdächtiges, spürte nur das Blut an meiner Stirn.
»Die Wunde hast du mir ja auch zugefügt.«
»Wahrscheinlich sogar zurecht. Du bist ein Mörder.«

»Louis, bitte...«
»OSKAR!«
Louis schrie seinen Namen. Oskar zuckte zusammen. Die Stimme hallte von den Wänden wider und erfüllte die Höhle.
»Du musst mich doch verstehen können, verdammt!«
Nun hatte er wieder einen normalen Ton gefunden.
»Ich werde bald sterben. Den morgigen Tag werde ich nicht

schaffen. Ich will euch nicht zur Last fallen!«
»Das tust du nicht. Aber vielleicht gibt es ja noch Hoffnung. Bitte, bleib wenigstens für uns am Leben.«
Louis griff nun in seine Hosentasche und kramte ein zusammengefaltetes Blatt Papier hervor.
»Hier.«
Er reichte es Oskar.
»Bitte versprich mir eins: lies es erst, sobald ihr es geschafft habt.«
Oskar nickte.
»Das werde ich machen. Das verspreche ich dir.«
»Danke. Das bedeutet mir sehr viel.«
Oskar wusste nicht, was er darauf antworten sollte. Einerseits spürte er plötzlich eine unfassbare Müdigkeit, aber andererseits wollte er keinesfalls schlafen. Er wollte bei Louis bleiben.
»Erinnerst du dich noch an den allerersten Tag?«, fragte er plötzlich in die Stille hinein.
»Fynn, Jonas und alle anderen… ich wünschte mir einfach, sie wären hier. Fynn hätte mit dem Medikament überleben können. Wir haben es nur nicht gewusst zu dem Zeitpunkt.«
Oskar hörte den Worten zu und ließ Louis reden.
»Ganz ehrlich? Ich dachte echt, ich hätte es überstanden, nachdem ihr mich und Ian aus den Käfigen gerettet habt. Ich hätte mir damals nie vorstellen können, dass ich das ganze nochmal durchleiden muss, Oskar. Ich spüre jetzt schon, wie ich von Minute zu Minute schwächer werde.«
Als Oskar plötzlich wieder an Jonas dachte, spürte er einen Stich in seinem Inneren. Er erinnerte sich an den Eiszapfen, der ihn kurz vor dem Ende getötet hatte. Dann schweiften seine Gedanken wieder zu Louis herüber, und als er ihn ansah, wusste

er, dass es wieder so kommen würde. *Ich verliere einen weiteren guten Freund.*
»Du solltest dich ausruhen, Louis. Ich übernehme mit Cassie die nächste Schicht.«
Er konnte es nicht mehr ertragen, Louis so sehen zu müssen. Außerdem wollte er mit Cassie sprechen.
»Ja, du hast recht.«
Er hustete, spuckte etwas Blut auf den Boden und schlich dann langsam zu den anderen beiden herüber. Er rüttelte Cassie sanft an der Schulter, sprach ein paar Worte mit ihr und legte sich dann hin.
»Hey.«
Cassie lächelte, als sie ihn erreicht hatte. Oskar versuchte, sich wenigstens ein leichtes Grinsen abzuringen, war dazu jedoch überhaupt nicht in der Lage.
»Ist alles okay?«
»Nein. Ich wünschte, das wäre es.«
Er erzählte Cassie alles, was Louis ihm zuvor gesagt hatte.
»Scheiße.«
Cassie ließ ein paar Sekunden verstreichen, bevor sie antwortete. Oskar konnte es verstehen, er hatte selbst lange gebraucht, um das zu verarbeiten, was Louis ihm gesagt hatte.
»Ich dachte wirklich, dass er es schafft. Es hat sich so gut angefühlt, als wir das Medikament geholt hatten.«
Oskar hörte, dass ihre Stimme langsam brach und mit jedem Wort leiser wurde.
»Ja, ich habe da genauso gedacht. Was denkst du sollen wir jetzt machen?«
»Es war richtig von dir, dass du ihn daran gehindert hast, sich selbst umzubringen.«

Cassie flüsterte, sie wollte nicht riskieren, dass Louis sie eventuell hören konnte.
»Allerdings weiß ich auch nicht, was wir noch für ihn machen können. Sein Zustand wird sich über Nacht wahrscheinlich noch verschlimmern. Ich glaube nicht, dass er den Weg morgen schaffen wird.«
Danach herrschte Schweigen. Oskar versuchte in die Dunkelheit hinein zu lauschen, doch es war komplett still um sie herum. Er ertrug es irgendwann einfach nicht mehr, weshalb er wieder ein Gespräch begann.
»Lass uns beide jetzt auch noch etwas zur Ruhe kommen. Ich denke, es wird auch nicht nötig sein, Annie aufzuwecken. Wir brauchen keinen Wachposten. Hier sind wir sicher, wir haben ja dieses Kraftfeld.«
Cassie nickte. Oskar umarmte sie und gab ihr einen Kuss auf den Mund.
»Gute Nacht.«
»Gute Nacht. Lass uns aber hierbleiben. Ich mag die Wärme, die das Kraftfeld ausstrahlt.«
»Gute Idee.«
Oskar legte sich hin, und spürte schon bald Cassies Kopf auf seinen Schultern. Er atmete tief ein, genoss ihren vertrauten Geruch. Er wünschte sich, dass dieser Moment niemals enden würde, wusste jedoch, dass ihn am Morgen die harte Realität wieder einholen würde. Er konnte sich nicht entspannen, und es fiel ihm schwer, einzuschlafen. Es dauerte schließlich über eine Stunde, bis er endlich Ruhe fand und weggedämmert war.

Am nächsten Morgen war Oskar der Letzte der aufwachte. Cassie, Louis und Annie saßen bereits hinter ihm und frühstück-

ten. Als Cassie merkte, dass er nun auch wach war, stand sie auf und kam zu ihm.
»Hast du Hunger?«
Sie beugte sich zu ihm herunter.
»Louis geht es überhaupt nicht gut«, flüsterte sie.
»Seine Wunde pocht extrem, und er hat starke Kopfschmerzen. Allerdings scheint Annie das noch nicht zu wissen, was er dir gestern erzählt hat. Sie wirkt zwar besorgt, aber nicht niedergeschlagen oder so. Er hat aber auch eben nichts weiter gesagt.«
»Okay«, meinte Oskar.
Er hatte fast damit gerechnet, dass Louis es ausschließlich ihm erzählen würde. Besser fühlte er sich dadurch nicht. *Wie sollen wir das Annie nur erklären? Ich muss mir etwas einfallen lassen.* Er stand nun ebenfalls auf und setzte sich zu den anderen, direkt neben Louis.
»Guten Morgen. Habt ihr gut geschlafen?«
Er wollte sich möglichst wenig anmerken lassen.
»Es geht«, sagte Louis.
»Die Schmerzen sind über Nacht schlimmer geworden.«
»Das wird schon wieder mit dem Medikament.«
Annie klang zuversichtlich. Niemand konnte darauf antworten, keiner wollte ihr in diesem Moment die Hoffnung nehmen, die sie verspürte. Oskar aß ein paar Cornflakes mit Milch. Er schaffte nicht viel, schon nach wenigen Löffeln war er satt.
»Wann erreichen wir die Stadt?«
Annie wandte sich an Louis.
»In etwa zwei bis drei Stunden, wenn wir jetzt losgehen.«
»Bist du fit?«
»Ja.«
Louis versuchte, zumindest vor Annie die Fassade aufrecht zu

erhalten. Er sah Oskar kurz an, drehte sich dann jedoch weg, als direkter Augenkontakt entstand.
»Kommt, wir sollten keine Zeit mehr verlieren.«
Louis übernahm freiwillig die Führung. Oskar nahm den Rucksack wieder auf den Rücken und folgte der Gruppe. Der Einzige, der den Weg kannte, war Louis. Er führte sie die nächsten zwei Stunden durch verschiedenste Gänge und musste zwischenzeitlich nur einmal auf die Karte schauen.
»Lasst uns eine kurze Pause einlegen«, sagte Louis, als sie sich gerade an einer Stelle befanden, an der mehrere Steine den umliegenden Boden säumten. Er setzte sich auf einen und bat Oskar, ihm die Karte zu reichen.
»Hier.«
Louis öffnete sie und studierte das, was dort stand, noch einmal ganz genau.
»Wir haben den falschen Weg genommen«, sagte er plötzlich.
Er klang niedergeschlagen.
»Was?«, fragte Annie.
»Wie konnte das passieren? Ich dachte, du hast genau auf die Karte geschaut…«
»Das habe ich auch, verdammt!«
Louis wurde etwas lauter. Annie zuckte zusammen.
»Entschuldige«, murmelte er im Anschluss.
»Ich… mein Kopf. Ich kann kaum noch klar denken.«
Er wandte sich beschämt ab. Es tat ihm sichtlich leid, Annie angeschrien zu haben. Oskar erinnerte sich an das Gespräch in der Nacht. Dort hatte Louis ebenfalls einfach so angefangen zu schreien. *Es ist also auf seinen Zustand zurückzuführen.* Oskar schluckte. *Er muss mit den Nerven total am Ende sein. Ist aber ja auch kein Wunder.*

Simon und die Festung, Teil 2

»Alles okay, Louis.«
Er stand auf, ging zu ihm, und legte ihm eine Hand auf die Schulter.
»Weißt du denn, wo wir jetzt lang müssen, um in die Stadt zu kommen?«
»Wir müssten wieder komplett umdrehen. Es würde über eine Stunde dauern, bis wir den richtigen Weg wiederfinden. Aber es gibt eine Abkürzung.«
Er hielt kurz inne, und zeigte dann auf die Karte.
»Hier, schau.«
Oskar warf einen Blick über Louis' Schulter und folgte seinem Zeigefinger.
»Da sind wir. Der richtige Weg wäre hier.«
Sein Finger beschrieb eine Linie nach oben.
»Aber hier ist eine Abkürzung. Etwa dreihundert Meter von unserem jetzigen Standort entfernt. Allerdings weiß ich nicht was dieses Zeichen zu bedeuten hat.«
Auf der Karte war ein dunkelblauer Totenkopf zu sehen, der Oskar stutzig werden ließ.
»Das scheint ein Tunnel zu sein.«
Oskar nahm die Karte näher in Augenschein.
»Wir sollten den Weg nehmen. Dadurch sparen wir einiges an Zeit.«

Simon machte eine kurze Pause, trank einen Schluck Wasser und ließ seine Worte erstmal auf Tim, Willow und Nora wirken.
»Das klingt echt heftig.«

»Das war es auch. Ihr könnt euch gar nicht vorstellen, wie mir das alles an die Psyche ging.«
»Erzähl mal weiter«, murmelte Nora.
»Ich kann mir gar nicht vorstellen, wie du da einen Weg herausgefunden hast.«
»Okay.«
Er räusperte sich, ehe er seine Erzählung fortsetzte.

Haben sie vielleicht seine Gedanken manipuliert? Ich wusste nicht, ob das überhaupt auf eine gewisse Art und Weise möglich war, geschweige denn, wie das passiert sein soll. Ich musste jetzt genauestens aufpassen, was, und vor allem wie ich es sage. Ich entschied mich von daher erstmal für eine wage Vermutung.
»Kieran. Ich bin nicht Stephan. Er hat Lily getötet, nicht ich.«
»Wer ist denn Stephan?«
Er lachte auf.
»Das, was du mir alles erzählst, wird ja von Sekunde zu Sekunde absurder.«
Plötzlich spürte ich einen Schlag ins Genick. Ich registrierte Kieran vor mir, spürte, wie meine Knie einknickten und ich auf den Boden sank. Ich sah hoch, und blickte direkt in das blutüberströmte Gesicht von Stephan.
»Na sieh mal einer an.«
Er grinste.
»Tja, Kieran hat wohl recht. Du bist ein Mörder.«
Ich konnte mir nicht erklären, wie es Stephan gelungen war, sich so leise an uns heranzuschleichen. *Wir waren eine Sekunde zu unaufmerksam gewesen. Das rächt sich jetzt.* Stephan ballte die Faust.
»Und dafür wirst du büßen.«

Ich war zum Glück so reaktionsschnell, dass ich mich unter seinem nächsten Schlag wegducken konnte. Er verfehlte mich, probierte es jedoch direkt nochmal, und überraschte mich damit. Ich spürte, wie sich seine Faust in meine Magengrube bohrte, und wurde hart auf den Holzboden gepresst. *Wo ist meine Waffe?*, fragte ich mich. Ich sah nur noch verschwommen, sein letzter Hieb hatte mich erledigt. Stephan entsicherte nun seine Waffe und richtete sie auf mich. Ich schloss in Erwartung einer lauten Explosion meine Augen und wartete darauf, dass es zu Ende ging. Der Knall folgte, jedoch spürte ich keine Kugel. Für einen kurzen Augenblick war ich so verwirrt, dass ich mir die aktuelle Situation nicht erklären konnte. Stephan schien genauso überrascht gewesen zu sein wie ich, und ich nutzte den Moment, in dem er kurz abgelenkt war, um meinen Angriff auszuführen. Ich holte mit der Hand aus, in der ich das Messer trug. Im Augenwinkel sah ich Kierans reglosen Körper, und bevor ich mir der Situation überhaupt bewusst wurde, bohrte sich die scharfe Messerklinge bereits in Stephans Augapfel. Er zerplatzte, und Stephan schrie gellend auf. Mein zweiter Stich war präziser: ich rammte ihm die Klinge mit aller Kraft, die ich aufbieten konnte, in die Brust. Sein unverletztes Auge starrte mich ungläubig an. Er hustete und spuckte mir eine Ladung Blut ins Gesicht, die ich angewidert wegwischte. Dann verlor er das Gleichgewicht und landete auf dem Boden.
»Und wie Kieran recht hatte. Du bist ein Mörder.«
Das Blut in seinem Mundraum erschwerte es ihm, zu sprechen. Ich hatte aber auch überhaupt keine Lust, in den Sekunden seines Todes mit ihm zu diskutieren.
»Ich bin nach Lily schon der zweite. Wie fühlst du dich damit?«
Eigentlich wollte ich ihm ins Gesicht sagen, dass sein Tod eine

gewisse Erleichterung für mich darstellte. Doch ich wollte nicht riskieren, dass Kieran meine Worte mitbekam, weswegen ich weiterhin still blieb und ihn einfach reden ließ. Statt ihm weiter zuzuhören, rüttelte ich Kieran an der Schulter.
»Hey.«
Mein Griff wurde fester. Er stöhnte zwar leise auf, regte sich jedoch nicht. Das reichte mir aber auch schon, es zeigte mir, dass er am Leben war. Mehr interessierte mich in diesem Moment nicht. Stephans Stimme wurde unterdessen immer leiser, hatte mittlerweile nur noch Flüsterlautstärke erreicht.
»Du...«
Er hustete.
»Ich hoffe, ihr beide sterbt ebenfalls hier.«
Ich hielt es nicht mehr aus. Seine Worte nervten mich nicht nur, sie verletzten mich teilweise auch, obwohl ich das ungern zugeben wollte. Einem Impuls folgend rammte ich mein Messer noch tiefer in seine Brust, durchbohrte sein Herz, und ließ ihn direkt vor meinen Augen sterben. Ich empfand nicht den geringsten Anflug von Trauer. *Was ist, wenn Lily noch am Leben ist?* Der Gedanke kam eher ungewollt und plötzlich. *Ich muss ihr das alles dann erklären... oder auch nicht.* Kierans Atmung ging flach, ich beugte mich zu ihm hinunter und versuchte zu erkennen, ob er von Stephans Kugel erwischt worden war. Ich entdeckte schnell ein münzgroßes Loch an seiner Schulter, was das umliegende Blut noch deutlicher hervorhob. Ich zog mein T-Shirt aus, und versuchte, es als eine Art Druckverband zu nutzen, um die Blutung stoppen zu können. Es dauerte etwa fünf Minuten, bis er sein Bewusstsein wiedererlangt hatte. Er drehte sich auf den Rücken und fasste sich an die verletzte Stelle. Doch er sagte kein Wort. Seine Augen wirkten glasig

und leer, es war fast so, als blickte ich in das Gesicht eines Toten. Der Gedanke ließ mich zusammenzucken.

»Kieran?«

Ich wusste nicht, ob es was bringen würde, seinen Namen auszusprechen, tat es aber trotzdem. Er reagierte nicht, sah weiterhin nur durch mich durch. *Als würde er in mein Inneres blicken...* Bei der Vorstellung daran lief es mir eiskalt den Rücken hinunter. Das wollte ich momentan sicherlich niemandem zumuten, denn ich bekam ja selbst teilweise Angst vor dem, was ich dachte.

»Komm. Wir müssen Lily suchen.«

Ich rüttelte erneut an ihm, und versuchte dann, ihn irgendwie auf die Beine zu hieven. Er ließ es tatenlos geschehen, wehrte sich nicht. Die Tür vor uns war abgeschlossen. Ich erinnerte mich wieder an die Worte aus dem Lautsprecher, die verkündet hatten, dass einer von uns sterben müsse. *Aber...* Die Tür, die uns aus dem Raum geführt hatte, war offen gewesen. Wozu? Ich verstand die ganzen Zusammenhänge überhaupt nicht. Tatsache war, dass wir hier festsaßen. Aus Frust schlug ich mit der flachen Hand gegen die Holztür. Ich spürte keine Schmerzen mehr, ich glaube, ich hätte mir in diesem Moment meine Hand absägen können, ohne auch nur das geringste mitzubekommen. *Beängstigend.*

»Komm, wir müssen zurück. Hier geht es nicht weiter.«

Obwohl ich mittlerweile ahnte, dass er nicht auf meine Worte reagieren würde, sprach ich sie trotzdem. Ich wusste nicht, wie ich ihn die Treppe hinunter bekommen sollte. Plötzlich blinkte ein helles Licht auf, genau in der Richtung, in die ich blickte. Es war ein Bildschirm. Zunächst konnte ich nicht viel sehen. Nur den dunklen Himmel über der Festung, der von unnatürlichen Lichtern erhellt wurde. Dann schwenkte die Kamera ein Stück nach links und zeigte ein anderes Bild. Ich stieß zischend die Luft aus, spürte, wie sich etwas um meine inneren Organe legte und immer weiter zusammenzog. Ich sah Lily. Sie war an einen Stuhl gefesselt, ihr Mund mit Klebeband zugeklebt. Sie war bei Bewusstsein, wirkte aber ziemlich unaufgeregt und ruhig. *Sie steht bestimmt unter Betäubung.* Es war die einzig logische Erklärung, die mir einfiel.

»Simon und Kieran, ihr habt eure erste Aufgabe nicht überstanden. Begebt euch zurück in den Todestrakt, ansonsten endet euer Weg hier.«

Erneut schwenkte das Kamerabild, jetzt war Ruby zu sehen.

»Einer von euch muss sterben. Wir erwarten euch auf dem Dach.«

Wir müssen zurück, dachte ich. Ich legte einen Arm um Kierans Schulter und zog ihn hinter mir her. Sein Körper wurde gefühlt mit jeder Treppenstufe schwerer, ich stöhnte laut auf, da mein Nacken bereits anfing zu schmerzen. Nach zehn anstrengenden Minuten hatten wir die untere Etage wieder erreicht. Ich brachte Kieran in eine sitzende Position und lehnte ihn an die Wand.

»Ich bin gleich wieder da.«

Obwohl ich nicht wusste, ob meine Worte ihn überhaupt erreichten, sprach ich sie. Es beruhigte mich einfach ein bisschen und ließ mich für einen kurzen Moment weniger allein fühlen. Es behagte mir gar nicht, ihn in seiner Verfassung allein zu lassen. Doch ich kam mit ihm nicht gut voran, und das störte mich bei meinem Vorhaben, mich hier etwas umzusehen. Ich suchte den direkten Weg zum Dach, zu Lily. Der Raum, den Ruby Todestrakt genannt hatte, war weiterhin geöffnet. Ich passierte ihn, und war froh, als ich wieder das dunkle Foyer erreicht hatte. Die Dunkelheit erschwerte mir mein Vorhaben um einiges. Ich ging die Treppe hinunter und tastete mich an der Wand entlang, um nicht vollkommen orientierungslos zu sein. *Das Dach.* Meine Gedanken schweiften wieder zu Lily herüber, ich sah sie auf meinem inneren Auge direkt vor mir. Die Treppenstufen endeten plötzlich, es kam so unerwartet, dass ich beinahe gestolpert wäre. *Okay, Simon. Konzentration.* Doch das fiel mir sehr schwer, es gab zu viele Dinge momentan, die mich davon abhielten. Dinge, die einfach störten. Kieran, Lily, der tote Stephan... *Wenn er wirklich tot ist.* Der Gedanke kam ohne Ankündigung. *Wie soll er einen Stich ins Herz überlebt haben?* Obwohl das praktisch unmöglich war, beschwor mein Verstand die verrücktesten Bilder herauf. *Kieran...* Ich schüttelte den Kopf. *Er muss für ein paar Minuten allein klarkommen.* Ich ging nun in Richtung der Mitte des Foyers. Links, rechts und eben mittig gab es jeweils eine Treppe, die eine Etage hinaufführte. Es gab also höchstwahrscheinlich drei Möglichkeiten, aufs Dach zu kommen. Meine Sorge um Lily trieb mich schließlich die vierundzwanzig Treppenstufen hinauf, die ich hinter mir lassen musste, um in den nächsten Raum zu gelangen. Der Türgriff fühlte sich nicht so kalt an wie der, den ich zuvor berührt hatte. *War Stephan vielleicht hier gewesen, bevor er uns gefunden hatte?* Unmöglich war das definitiv nicht. Die Tür war offen, und im Inneren des Raumes schlug mir direkt ein kühler Luftzug entgegen. An der Decke brannte eine Glühbirne, sie war das einzige Licht in diesem Abschnitt. Der Raum war in etwa dreimal so groß wie der Todestrakt, und wirkte auf mich wie ein Zellenblock in einem Gefängnis. An der Wand sah ich dann vier Zellen, die mit verschlossenen Gittertüren vom Rest des Raumes getrennt waren. Ich hatte

mich noch nicht einmal fertig umgesehen, da ertönte bereits Rubys Stimme aus einem Lautsprecher an der Decke.
»Simon, du hast die Regeln nicht befolgt. Das scheint dir vollkommen egal zu sein – sollte es aber nicht. Du befindest dich nun im Gefängnis der Festung. Du bist allein. Vielleicht ein Vorteil, denn in seiner aktuellen Verfassung wird Kieran dir bei deiner jetzigen Aufgabe sicher keine Hilfe sein. Vor dir siehst du vier Zellen.«
Die Stimme brach kurz ab, und ich hörte, wie die Tür hinter mir durch einen Mechanismus verschlossen wurde. Ich war in dem Raum gefangen, musste die folgende Aufgabe wohl oder übel bestehen. Doch mir war alles egal, ich wollte nur irgendwie aufs Dach und erst Lily und dann Kieran aus dieser Festung herausholen.
»In jeder Zelle befindet sich eine tödliche Gefahr. Wenn du alle Aufgaben bestanden hast, darfst du durch die vierte Zelle das Treppenhaus betreten, welches dich zum zweiten Raum führt.«
Meine Gedanken überschlugen sich in dem Moment. Mir war bewusst, dass ich mich hier nicht befreien konnte, ohne die erste Zelle überhaupt betreten zu haben. Ich mobilisierte also all meine Kräfte und ging langsam auf die gegenüberliegende Seite des Raumes zu. Die Gittertür von der ersten Zelle war im Gegensatz zu allen anderen geöffnet. Mich empfing tiefste Dunkelheit, als ich mich Schritt für Schritt in die Zelle hineinwagte. Mit jedem Meter wurde ich unsicherer. Ich musste die gesamte Zeit über aufmerksam bleiben, einen solchen Ausrutscher wie zu dem Zeitpunkt, als Stephan mich angegriffen hatte, durfte ich mir nicht noch einmal erlauben. Etwa eine Minute später wusste ich direkt, was mich in dieser Zelle erwarten würde. Das Keuchen, welches jeden Meter lauter wur-

de, war mir nur allzu bekannt. Es stammte von den Crethrens, den riesigen und gefährlichen Kreaturen aus der Kälte. In seltenen Fällen fand man sie auch in warmen Gegenden, doch dort waren sie lange nicht so brutal und gefährlich. Ich wusste nicht, wie viele von diesen Monstern ich ausschalten musste, um die erste Zelle zu überstehen. Ich rechnete lange Zeit mit dem ersten Angriff, doch als er dann irgendwann plötzlich und unvermittelt kam, war ich doch überrascht. Die Krallen der Kreatur blieben in meiner Hose hängen, ihr fester Hieb riss mich zu Boden. Ich hatte sehr viel Glück, denn sobald meine Haut in Berührung mit den scharfen Krallen der Monster kommen sollte, war ich ohne das heilende Medikament erledigt. Und das besaß ich nicht. Der Aufprall war hart und ich spürte, wie die Haut an meinem rechten Ellenbogen aufriss und zu bluten begann. Mit einem Tritt, in den ich all die Kraft legte, die ich gerade besaß, gelang es mir, meinen ersten Verfolger abzuwehren. Es dauerte jedoch nicht lange, bis ich die zweite Attacke abwehren musste. Die Kreatur überraschte mich von der Seite, es schien fast so, als habe sie nur auf diesen einen Moment gewartet. Ich musste mein Messer einsetzen, der Revolver brachte mir nicht viel in diesem Augenblick, da er nicht entsichert war. Ich wich den messerscharfen Krallen aus und nutzte meinerseits den richtigen Zeitpunkt, um die Klinge in den Körper der Kreatur zu rammen, bis mir dickflüssiges Blut entgegenkam. Als sich mein zweiter Gegner langsam von mir löste, wusste ich, dass der Stich an der richtigen Stelle erfolgt war. Das dritte Wesen erledigte ich mit einem harten Tritt gegen den Kopf. Das Genick brach, und es war jetzt nur noch die Hälfte des Weges zurück bis zur Gittertür. Ich entsicherte den Revolver, entschied mich dann jedoch wieder um, da ich mögichst keine Kugeln einfach so verschwenden wollte. *Vielleicht brauche ich sie ja noch. Jede Kugel könnte am Ende zählen.* Ich musste mich ganz auf das blutverschmierte Messer verlassen, das ich immer noch fest in meiner Hand hielt. Mein Arm schmerzte, doch es gelang mir ganz gut, das zu ignorieren. Für mich zählte jetzt nur noch, dass ich unbeschadet nach Zelle vier den nächsten Raum erreichen würde.

»Okay, dann nehmen wir den Weg. Kommt.«
»Aber was, wenn...«, wollte Annie einwenden, wurde jedoch von Oskar unterbrochen.
»Es gibt keine andere Lösung! Wir würden durch den Umweg zu viel Zeit verlieren.«
»Ist ja schon gut. Wir sollten nur aufpassen. Der Totenkopf muss ja irgendetwas bedeuten.«
»Wir packen das schon.«
Louis hustete und spuckte etwas auf den Boden. Oskar wusste, dass es Blut war, er hoffte jedoch, dass Annie das nicht mitbekommen hatte.
»Alles okay?«
Sie war besorgt, versuchte gar nicht erst, das zu verbergen.
»Ja, alles gut. Ich habe mich nur verschluckt.«
Er stand von dem Stein auf, auf dem er die gesamte Zeit über gesessen hatte, und steckte die Karte wieder in Oskars Rucksack.
»Wo geht es lang?«, fragte Cassie.
Sie wirkte aufgeregt.
»Gleich rechts«, murmelte Louis.
Seine Stimme klang heiser.
»Dann haben wir den Tunnel schon erreicht. Oder was auch

immer uns da erwartet.«

Fünf Minuten später hatten sie die Abkürzung erreicht. Cassie hatte sich an die Spitze gesetzt und war nun die erste, die vor der Einbuchtung wartete.

»Hier ist es.«

Sie deutete auf den hohen Stein neben ihr. Oskar erkannte die Schriftzeichen direkt wieder.

»Gib mir mal bitte die Steine.«

Er legte seinen Rucksack ab und reichte Cassie das, was sie haben wollte.

»Ich wusste, dass der Moment irgendwann kommen würde.«

Oskar spürte plötzlich wieder diese Vibrationen. Er erinnerte sich daran, wie er am gestrigen Tag vor der Wand gesessen und das Messer genommen hatte... Im Augenwinkel bemerkte er plötzlich eine ruckartige Bewegung.

»Louis!«

Oskar schlug ihm gerade noch rechtzeitig das Messer aus der Hand. Cassie und Annie waren weiterhin zu sehr damit beschäftigt gewesen, die Steine näher zu betrachten und gegen die Mauer zu halten, so dass sie davon gar nichts mitbekommen hatten.

»Es war...«, stammelte Louis.

»Ich weiß, was du meinst«, murmelte Oskar.

»Es hat sich für dich so angefühlt, als ob du es tun müsstest. Dieser Impuls... ich weiß, wie du dich gefühlt hast.«

Das weiß ich wirklich, dachte Oskar. Er wollte jedoch auch nicht riskieren, dass Louis sich mit dem Messer verletzten würde.

»Ja. Es tut mir leid.«

Cassie war es in der Zwischenzeit gelungen, das Tor zu öffnen.

Sie und Annie beobachteten nun das, was vor ihnen geschah.
»Es hat funktioniert.«
Cassie blickte kurz hoch und warf Oskar, der Louis' Messer umklammert hielt, einen fragenden Blick zu. Er schüttelte den Kopf, und sie sagte nichts weiter dazu.
»Dies ist der Eingang von Ghiron Nagh. Passiert den Tunnel, und ihr findet euch inmitten der versunkenen Stadt wieder.«
Annie las die Worte laut vor, die auf der Steintafel standen. Der Gang, der sich vor ihnen geöffnet hatte, erwies sich als ein enger Schacht, der zur Mitte hin breiter wurde. Der Abstand zwischen den Wänden vergrößerte sich mit jedem Meter. Annie ging vor, Cassie folgte ihr. Oskar und Louis bildeten den Schluss. Das Wasser stand in dem Tunnel etwa hüfthoch und sah nicht wirklich sauber aus. Es war braun, und Oskar musste würgen, als er daran dachte, dass sie sich wahrscheinlich gerade in einem Abschnitt einer ehemaligen Kanalisation aufhielten. Als alle das steinerne Tor hinter sich gelassen hatten, schloss es sich wieder.
»Wow«, murmelte Cassie.
»Das ist echt beeindruckend.«
»Es ist unser einziger Rückweg.«
Annie klang besorgt.
»Unser Weg hier raus führt sowieso durch die Stadt.«
Oskar versuchte, sie etwas zu beruhigen.
»Das Wasser sieht aber nicht wirklich gut aus. Und es stinkt bestialisch.«
Cassie ging ein paar Schritte vor und versuchte, die Luft anzuhalten um so wenig wie möglich von dem Geruch aufzunehmen. Es gelang ihr nicht. Ein paar Schritte später musste sie bereits wieder einatmen, hustete und verzog das Gesicht.

»Okay, kommt. Wir sollte uns nicht allzu lange hier aufhalten.«
Oskar watete als dritter durch das Brackwasser und versuchte nebenbei, Louis immer irgendwie im Augen behalten zu können. Er drehte sich mehrmals um, versicherte sich, dass er noch hinter ihm war und setzte seinen Weg fort. *Er hat nur noch wenige Stunden zu leben.* Oskar konnte sich das nicht vorstellen. Louis machte nicht den Eindruck, als würde es ihm wirklich richtig schlecht gehen. *Vielleicht will oder kann er es uns auch einfach nicht zeigen.*
»Seht euch das mal an.«
Cassie war mittlerweile stehen geblieben und deutete auf etwas Leuchtendes unter Wasser. Oskar holte schnell auf, ließ Louis aus den Augen und hatte eine Minute später ebenfalls die Stelle erreicht.
»Das ist der Totenkopf. Jetzt wissen wir, wofür er steht.«
Cassie griff in das braune Wasser hinein, verzog das Gesicht und versuchte, irgendwie an den leuchtenden Schädel zu gelangen, ohne untertauchen zu müssen. Sie schaffte es ein paar Sekunden später und zog. Was dann jedoch geschah, passierte einfach viel zu schnell. Während Cassie den Kopf hochhob und ihn so über die Wasserfläche beförderte, war ein lauter Knall zu hören. Oskar zuckte zusammen und drehte sich schnell um. Louis befand sich etwa zehn Meter hinter ihnen. Doch er hatte den Knall nicht erzeugt: es waren die riesigen, metallenen Gitterstäbe gewesen, die plötzlich aus dem Brackwasser herausragten und ihn vom Rest der Gruppe abschnitten.

Ich musste mich in der ersten Zelle noch gegen zwei weitere Gegner durchsetzen und hatte die Aufgabe dann erledigt. Die Angriffe waren mehr oder weniger halbherzig gewesen, zudem hatte der Überraschungsfaktor gefehlt. Am Zelleneingang wieder angekommen, atmete ich tief durch. Ich wünschte mir in diesem Moment nichts sehnlicher, als ein Glas kaltes Wasser. Doch ich wusste, dass das nur ein Wunsch bleiben würde, zumindest vorerst. Zelle zwei wirkte von außen noch größer. Motiviert setzte ich nun auch dort meinen ersten Fuß auf den Boden, ich wollte jetzt nur noch so schnell es ging den nächsten Raum erreichen. Vorher musste ich allerdings noch die Zellen zwei bis vier abarbeiten. *Was auch immer mich da erwartet.* Nachdem ich mich ja bereits erfolgreich gegen die Crethrens zur Wehr gesetzt hatte, konnte ich mir nicht wirklich vorstellen, was nun noch kommen würde. Überraschenderweise wurde es mit jedem Meter heller. Und nasser: zwei Minuten später stand mir das Wasser bis zum Hals. Plötzlich spürte ich etwas Scharfes an meinem Hosenbein. Ich drehte mich um und sah einen riesigen Schwertfisch. Mit einem gezielten Messerhieb versuchte ich, meinen jetzigen Widersacher auszuschalten, bevor er mich angreifen konnte. Doch die Sache war viel schwieriger, als ich gedacht hatte. Der Schwertfisch war kleiner und wendiger als die riesigen Kreaturen, und gab daher auch das deutlich schwerere Ziel ab. Das Schwert bohrte sich in meine Handfläche, als ich den Körper verfehlte. Ich ließ das Messer fallen und schrie auf. *Scheiße!* Ich zögerte einen kurzen Moment, überlegte, ob ich riskieren konnte, nach meiner Waffe zu tauchen. Ich entschied mich schweren Herzens dagegen, es war einfach zu gefährlich. Wenn ich untertauchen würde, würde ich dem Schwertfisch ein leichtes Ziel abgeben. Und so aggressiv, wie er sich bisher gezeigt hatte, wollte ich das keinesfalls in Kauf nehmen. Der Stoff meiner Hose wehrte nun auch die nächste Attacke ab, und ich spürte, dass der Fisch so schnell nicht nachlassen würde. Meine Hand blutete weiterhin, das Wasser um mich herum hatte sich bereits rot verfärbt. Ich hatte nichts, was ich als Verband nutzen konnte, mein T-Shirt hatte Kieran und meine restlichen Klamotten waren nass. Ich musste mich jetzt also so durchschlagen, wie ich hier stand. Ich gab einen präzisen Tritt ab und konnte so etwa einen Meter Distanz zwischen mich und den Schwertfisch bringen. Ich versuchte nun, den Vorsprung zu nutzen, und watete durch das Wasser. Der Rückweg schien viel länger gewesen zu sein als der Hinweg, doch das kam mir sicher nur so vor. Langsam wurden die Attacken meines Gegners immer schwächer, mein letzter Tritt schien also erfolgreich gewesen zu sein. Ich versuchte nur noch, die letzten, fehlenden Meter irgendwie hinter mich zu bringen und hatte dann den Zellentrakt wieder erreicht. Meine Hand blutete weiterhin unaufhörlich, und auch der Schmerz wurde immer stärker.

»Habt ihr einen Verband? Ich bin verletzt.«

Ich wusste, dass ich durch Kameras beobachtet wurde, außerdem gab es ja auch die Lautsprecher, durch die man mich hören konnte. Meine Worte sollten also so oder so einen Empfänger gefunden haben.

» Im nächsten Raum findest du alles, was du brauchst.«

Es war natürlich wieder Ruby, die zu mir sprach. Wer auch sonst? Ich spürte, wie die Wunde an meiner Hand immer heißer wurde. Panik keimte in mir auf. *Was, wenn die dasselbe Gift injizieren wie die Crethrens?* Ich war zuvor noch nie in Kontakt mit dem Gift gekommen, doch ich wusste, dass ich jetzt das Medikament benötigen würde. *Also, nächste Zelle. Ab in den nächsten Raum.* Etwas anderes blieb mir nicht übrig. Ich versuchte, die Schmerzen so gut es ging zu ignorieren und

meinen Fokus wieder auf die vor mir liegende Aufgabe zu richten. Ich bereute es, dass ich versucht hatte, mit dem Messer zustechen zu wollen. Ich hatte es dadurch nicht nur verloren, sondern trug jetzt höchstwahrscheinlich auch das Gift in mir. Die Tür von Zelle drei ließ sich nur schwer aufschieben und hinterließ eine schwarze Spur auf dem Boden. Ich wusste nicht, was das zu bedeuten hatte, es war das erste Mal, dass ich das bei einer dieser Türen gesehen hatte. Langsam schlich ich über den Betonboden, meine Knie zitterten und auch allgemein fühlte ich mich mit jedem Schritt zunehmend unwohler. In Zelle drei war es wieder so dunkel, wie bei meiner ersten Aufgabe. Das Keuchen jedoch existierte nicht, es hätte mich allerdings auch gewundert, wenn ich zwei Mal auf dieselben Gegner getroffen wäre. So war es einfach nur dunkel und es geschah einige Minuten lang gar nichts.
»Simon?«
Eine zarte Stimme war es, die mich von meinen Gedanken wieder in die Realität holte.
»Lily?«
Ich war sofort hellwach und alarmiert.
»Wo bist du?«
Nichts. Hatte ich mir ihre Stimme nur eingebildet? Gerade, als ich so weit war, das auch noch zu glauben, ertönte ihr erster Schrei.
»Hilf mir!«
In dem Moment war mir alles egal. Ich rannte in die Dunkelheit hinein, achtete nicht darauf, wo ich hinlief. Ihre Stimme klang jedoch ein paar Minuten später immer noch so weit entfernt, so, als ob sie von ganz woanders kommen würde. Ich blieb stehen und wartete ab, bis sie wieder etwas sagen würde. Als das dann

passierte, schlug ich frustriert gegen die harte Wand. Ihre Stimme war natürlich nicht direkt aus der Zelle gekommen. Erst jetzt bemerkte ich das leise Rauschen, und wusste, dass sie über Lautsprecher zu mir gesprochen hatte.
»Lasst sie in Ruhe, verdammt!«
Ich legte den gesamten Hass, der sich über die letzten Tage und Wochen aufgestaut hatte, in meine Stimme. Ich malte mir in diesem Moment in Gedanken aus, wie ich ihnen allen eine Kugel in den Kopf jagen und im Anschluss Lily retten würde. Es war ein wunderbares Szenario - und es trieb mich an. Ich wusste, dass es in diesem Abschnitt nichts mehr zu sehen gab, und trat enttäuscht, aber auch ein Stück weit motiviert meinen Rückweg in den Trakt an. *Jetzt nur noch die vierte Zelle.* Dann musste ich im nächsten Raum erstmal meine Wunde versorgen und danach Kieran holen. Es gefiel mir weiterhin nicht wirklich gut, ihn in seinem Zustand allein gelassen zu haben, doch mir war nichts anderes übriggeblieben. Es ging für mich jetzt erstmal darum, möglichst viele Leben retten zu können. Kieran war keiner offensichtlichen Gefahr ausgesetzt gewesen. *Hoffentlich.* Ich wandte mich nun wieder ab und sah mir Zelle vier genauer an. An den Gitterstäben der Tür klebte Blut, es war bereits getrocknet, doch alleine der Anblick verursachte schon Magenkrämpfe bei mir. Dazu kam dann noch ein merkwürdiger Geruch, den ich zuvor noch nicht wahrgenommen hatte. All das verursachte dann einen Würgereiz bei mir, ich spürte, wie mir die Galle im Hals hochstieg und versuchte auch gar nicht erst, sie zurückzuhalten. Ich hustete, keuchte, und war erleichtert, als ich meine Übelkeit überwunden hatte. Den ekelhaften Geschmack in meinem Mund konnte ich zwar aufs erste nicht vertreiben, doch das war mir sogar fast egal. Ich griff nach mei-

nem Revolver, entsicherte ihn und wagte mich dann in die letzte Zelle vor. Es war reine Intuition, mein Bauchgefühl sagte mir, dass es so sicherer wäre. Ich wollte aber auch keine Kugeln verschwenden, weswegen ich mich jetzt so gut konzentrierte, wie nie zuvor. Der Geruch wurde mit jedem Meter intensiver. Ich konnte ihn nur schwer definieren, es schien sich dabei unter anderem um Blut zu handeln. Und Angst, die jedoch in allen Belangen von mir ausging. Etwa zwei Minuten spürte ich etwas Nasses unter meinem Fuß, und ich versuchte, im schwachen Licht zu erkennen, in was ich hineingetreten war. *Natürlich.* Vor meinen Füßen war eine Blutpfütze zu sehen, und als ich meinen Blick wieder hob, sah ich direkt die Quelle. Vor mir stand Stephan. Sein Gesicht war so malträtiert, das davon nicht mehr viel übriggeblieben war. Ich erkannte ihn einzig und alleine an seiner Kleidung, seiner Körpergröße und seiner Haltung. Er fiel mir direkt entgegen, begrub mich unter seinem leblosen Körper. Ich verlor das Gleichgewicht und krachte auf meine rechte Schulter. Doch plötzlich... ich blinzelte mehrmals und erhob mich dann wieder stöhnend in eine sitzende Haltung. Der tote Körper war verschwunden, es sah sogar ganz so aus, als ob er nie existiert hätte. Der Schmerz meiner Schulter jedoch war real, es fühlte sich an, als wäre ein Zug mit Höchstgeschwindigkeit über die Stelle gerast. Ich biss meine Zähne zusammen, doch das Gefühl verschwand dadurch nicht, im Gegenteil, es wurde gefühlt immer schlimmer. *Wo ist Stephan hin?*, fragte sich ein Teil von mir. Der andere Teil antwortete dann: *Er liegt im oberen Stockwerk vor der Treppe. Mit einem Messer in der Brust.* War das eben tatsächlich Einbildung gewesen? Ich konnte mir die Situation überhaupt nicht erklären. *Was hat mich denn dann zu Fall gebracht?* Ich wollte mich aufrichten, ließ mich jedoch wieder sinken als ich merkte, dass der Schmerz mir fast meine Sinne raubte. *Ganz klasse. Erst das mit dem Schwertfisch und jetzt die Schulter. Super, Simon. Das bringt dich weiter.* Ich war dermaßen sauer über mich selbst, ärgerte mich, dass ich nicht mit ein bisschen mehr Vorsicht an die Dinge herangegangen war. Ob das jedoch wirklich was gebracht hätte, ließ ich außen vor, ich hatte weder die Zeit, noch die Nerven, darüber nachzudenken. Die Stelle an meiner Schulter blutete nicht, es hätte mich auch gewundert. Ich ging eher davon aus, dass ich meine Schulter geprellt hatte, und hoffte, dass der Schmerz nicht allzu lange andauern würde. Nach mehreren Versuchen gelang es mir dann auch endlich, wieder auf die Beine zu kommen. Ich stützte mich an der Wand ab und versuchte so, die letzten Meter, die noch vor mir lagen, zu überwinden. Ich dachte, die Aufgabe in diesem Raum schon längst geschafft zu haben, täuschte mich damit jedoch. Ich spürte, wie etwas an dem Stoff meiner Hose zog, und warf einen Blick nach unten. Ich spürte direkt Panik in mir aufsteigen, meine Hände wurden schweißnass und mein Herz schien mir aus der Brust herausspringen zu wollen. *Eine Ratte.* Es gab nichts, wovor ich mich mehr fürchtete, als vor diesen kleinen Viechern. Ich konnte mir noch nicht mal erklären, warum das so war, es war halt einfach so – von Geburt an. Zunächst war es nur eine, doch ich sah in der Ferne bereits eine ganze Horde auf mich zu laufen. Mir blieb nichts anderes übrig als den Revolver zu zücken und das Tier zu erledigen, was sich an meinem Hosenbein zu schaffen machte. Die Kugel schlug in den pelzigen Körper ein, und was blieb war ein blutiger Fleck auf dem Boden. Ich feuerte noch zwei weitere Kugeln in das Rudel ab, tötete zwei weitere Tiere und lief dann los. Zumindest teilweise schaffte ich es, den Schmerz an meiner Schulter zu ignorieren. Meine Verfolger hatten mich jedoch schon bald eingeholt, und als eine Ratte gerade davorstand, auf meinen Schuh zu springen, holte ich aus und ließ sie mit vollem Tempo gegen die Wand fliegen. Es machte die anderen jedoch scheinbar nur noch wütender, sie ließen nicht von mir ab, sondern verfolgten mich jetzt sogar noch schneller. Ich schoss ein weiteres Mal, traf dieses Mal jedoch nur die hinter mir liegende Wand, da ich im Moment des Schusses zu sehr damit beschäftigt war, eine weitere Ratte von mir fernzuhalten. Mit jedem Schritt wurden meine Verfolger jetzt weniger. Ich hatte das Ende der Zelle fast erreicht, sah vor mir bereits die Tür. Glücksgefühle durchströmten meinen Körper, es war das erste Mal seit Stunden, dass ich mich so fühlte, als wäre ich zumindest einen kleinen Schritt vorangekommen. Ich wehrte die letzte Ratte ab, die versuchte, mein Hosenbein hochzuklettern, und öffnete dann die Metalltür. Helles Licht schlug mir entgegen, ich blinzelte und setzte mich dann zunächst auf den Boden. Ich betrachtete meine Verletzung an der Hand näher. Der Schwertfisch hatte es geschafft, ein sauberes Loch in meine Handfläche zu bohren. Mittlerweile hatte sich der Blutfluss zwar verringert, der Schmerz jedoch nicht. Dazu kam dann noch meine lädierte Schulter, und ich sah ein, dass ich hier jetzt eine kurze Pause einlegen musste. Ich sah mich um und entdeckte an der Wand einen Verbandskasten. *Ruby hatte also recht gehabt.* Ich erhob mich, ging zu dem Kasten und öffnete ihn. Ich fand obenauf direkt eine Rolle Verband, versuchte, ihn möglichst fest um die Wunde meiner Hand zu wickeln, und ging zum Ende des Raumes. Es handelte sich bloß um einen kleinen Durchgang, vor der Tür am Ende stand eine Kommode mit einer blauen Vase darauf. Ich ging zu

der Tür, streckte meine Hand aus und wollte sie öffnen, im festen Glauben, dass sie nicht verschlossen war. Doch ich hatte mich getäuscht. Sie ließ sich nicht öffnen, war genauso verschlossen wie die anderen Türen zuvor. Ich wurde stutzig.
Was jetzt? Ich wartete auf eventuelle Instruktionen aus dem Lautsprecher, jedoch kam diesbezüglich auch nichts.
»Hallo?«
Ich blickte mich um und sah weder eine Kamera, noch einen Lautsprecher. Der Durchgangsflur hatte nichts zu bieten, außer einer Kommode mit einer Vase. Ich ging dort hin, drehte die Vase um und sah nach, ob dort etwas versteckt war. Vergebens. Mir blieb jetzt nichts anderes übrig, als zu warten. Frustriert schlug ich gegen die Tür. Meine Motivation schwand mit jeder weiteren Sekunde. Aus Wut nahm ich die Vase, warf sie gegen die Tür und betrachtete mit Genugtuung die Scherben, die nun vor mir auf dem Boden lagen. Für einen kurzen Moment sah ich vor meinem inneren Auge Abigail und Ruby, und ich wünschte mir, die beiden umzubringen. *Meine nächste Mission. Zuerst muss ich aber Lily retten.* Ich nahm mir zwei scharfkantige Scherben und steckte sie in meine Hose. Sie waren zwar kein wirklicher Ersatz für mein Messer, welches ich bei dem Schwertfisch verloren hatte, aber sie waren wenigstens etwas, was ich neben dem Revolver als Waffe einsetzen konnte. Wenn auch wahrscheinlich nur ein einziges Mal. Ich musste den passenden Moment abwarten. Als zwei Minuten später immer noch nichts passiert war und ich mich gerade auf den Boden setzen und warten wollte, roch ich plötzlich etwas, was mir ganz und gar nicht gefiel. Rauch. *Brennt es hier etwa?* Ich drehte mich um und lief durch die letzte Zelle in den Zellentrakt. Hier wurde der Rauch bereits dichter und die Luft schlechter, ich

hustete mehrmals und versuchte, nicht allzu oft einzuatmen. Mit jedem Meter wurde es wärmer, ich näherte mich also der Quelle des Brandes. Als ich den Raum verlassen hatte und mich wieder im Foyer befand, sah ich, dass der Rauch direkt aus der Ecke kam, in der ich Kieran alleine gelassen hatte. Mein Puls beschleunigte sich. Ich rannte die Stufen hinunter, stolperte über meine eigenen Füße, konnte einen Sturz jedoch noch gerade so verhindern, weil ich mich rechtzeitig am Geländer festhielt. Die Luft wurde immer schlechter und wärmer, ich lief zu der Tür, hinter der ich Kieran gelassen hatte. Es schien genau dort zu brennen, trotzdem wagte ich mich ohne zu zögern hinein. Mir schlug eine riesige Wolke Rauch entgegen, als ich die Tür öffnete.
»Kieran?«
Ich schrie seinen Namen, erst dann fiel mir ein, dass er mir ja nicht antworten konnte. Zumindest war das bisher ja der Fall gewesen. Nachdem ich den Todestrakt passiert hatte, entdeckte ich ihn an der gegenüberliegenden Wand am Ende der Treppe. Er saß noch genauso dort, wie ich ihn zurückgelassen hatte.
»Komm!«
Das Feuer kam, glücklicherweise, aus der Etage über uns. Einen kurzen Moment lang überlegte ich, ob ich nachschauen sollte, was die Quelle des Brandes war, verwarf den Gedanken dann jedoch direkt wieder. Ich musste jetzt erstmal Kieran in Sicherheit bringen. Er zeigte keinerlei Anstalten, aufstehen zu wollen, also zog ich ihn auf die Beine und versuchte, ihn wieder hinter mir her zu schleifen. Meine Schulter ließ das jedoch nur wenige Meter zu, bevor mich der stechende Schmerz übermannte und ich eine Pause einlegen musste. Ich hustete, der Rauch hatte sich bereits einen Weg in meine Lunge gebahnt. Kieran kam

langsam wieder selbstständig auf die Beine, er versuchte zumindest, mir jetzt zu folgen, und das erleichterte mich. Das Gewicht auf meiner Schulter ließ etwas nach und ich genoss es, etwa eine halbe Minute später die frische Luft des Foyers einatmen zu können. Ich musste Kieran jetzt einfach nur wegbringen, um mich dann wieder in Ruhe umzuschauen. Doch wohin? Das Dorf war zu weit weg, und hier wollte ich ihn nicht allein lassen. Eine der scharfkantigen Scherben, die ich zuvor eingesteckt hatte drückte plötzlich unangenehm gegen meinen Oberschenkel, schien sich fast hineinbohren zu wollen. Es nervte mich so sehr, dass ich kurz stoppen musste, um sie herauszufischen und in meine Hand zu nehmen. Ich wollte sie auf keinen Fall wegschmeißen. Plötzlich hustete Kieran. Es war das erste Lebenszeichen, das er seit langer Zeit von sich gegeben hatte. Ich schleppte ihn nach draußen, ließ ihn los und lehnte mich gegen das Geländer der Zugbrücke. Wir standen nun direkt vor der imposanten Festung und von außen gab es nichts zu sehen, was auf das Feuer im Inneren hinwies.
»Kannst du mich hören?«
Ich sprach die Worte in der Hoffnung, dass sie ihn erreichten. Dass er darauf reagierte. Doch das tat er natürlich nicht. Er konnte es wahrscheinlich nicht mal, und trotzdem war ich in diesem Moment unfassbar wütend. Ich konnte nur seinen Blick deuten, und in dem stand blanke Angst.
»Hast du gesehen, wer das Feuer gelegt hat? War es Stephan?«
Ich sah eine winzige Regung in seinem Gesicht, als ich Stephan erwähnte. Vielleicht hatte ich mir diese auch nur eingebildet, ich wusste es nicht.
»Wo ist er?«
Ich sprach die Worte mehr für mich.

»Sag doch was, verdammt!«
Ich rüttelte an seiner Schulter, hatte jedoch auch damit keinen Erfolg. Ich spürte, wie die Brücke anfing zu wackeln, und warf einen Blick nach unten. Das Wasser sah irgendwie anders aus. Es wirkte in der Dunkelheit tiefschwarz, das einzige Licht, was wir hatten, waren zwei Lampen, die an der Festung angebracht waren. Mir graute die Vorstellung, das Gebäude wieder betreten zu müssen. Ich ging über die Brücke und zog Kieran hinter mir her. Mir blieb jetzt nichts anderes übrig als mit ihm den Weg zurück ins Dorf zu gehen, und gestärkt später wieder zurückzukehren.

»Und jetzt sitze ich immer noch hier«, beendete Simon seine Ausführungen.
»Was ist mit Kieran passiert?«
Nora sprach das an, was Tim sich auch gefragt hatte. Er hatte das alles erstmal verarbeiten wollen, wäre aber früher oder später auch auf die Idee gekommen, diese Frage zu stellen.
»Ich weiß es nicht.«
Simon überlegte kurz, was er als nächstes sagen sollte, und fuhr dann fort.
»Als wir hier angekommen waren, hatte sich sein Zustand extrem verschlechtert. Er hatte den gesamten Weg über gehustet und seine Schussverletzung schien ihm auch ziemlich schwer zu schaffen machen. Ich habe ihn dann gestern Abend in das Zelt gelegt, aber heute Morgen war er nicht mehr da.«
»Er ist von alleine einfach so verschwunden?«
»Ich weiß es nicht.«
Simon klang traurig.
»Ich kann es mir ehrlich gesagt nicht vorstellen. Ich hätte es

normalerweise hören müssen, wenn sie ihn geholt hätten. Wobei er sich natürlich nicht bemerkbar machen konnte.«
»Wir begleiten dich morgen zu der Festung«, murmelte Nora.
»Zusammen schaffen wir das. Wir finden Kieran, befreien Lily, suchen dann die anderen und verschwinden von hier.«
Sie klang motiviert. Tim wünschte sich in diesem Moment, dass es bei ihm auch so wäre – doch er verspürte eher ein anderes Gefühl, eins, welches er nicht einordnen konnte.
»Immerhin habe ich ja die vier Zellen geschafft. Die Tür steht weiterhin offen. Danach im Flur kommt allerdings das erste Problem. Ich habe keine Ahnung was wir machen müssen, um in den nächsten Raum zu gelangen.«
»Wir werden es ja dann sehen.«
Nora aß noch einen Löffel von dem zubereiteten Gulasch, was mittlerweile bereits kalt geworden war. Tim rückte näher ans Feuer heran und genoss die Wärme, die von den Flammen ausging.
»Morgen. Für heute solltet ihr euch ausruhen. Euer Weg war lang und anstrengend.«
Simon stand auf.
»Ich gehe schlafen. Ihr könnt gerne noch etwas am Feuer sitzen und einen Plan für morgen entwerfen, oder euch untereinander besprechen.«
Er verabschiedete sich von den dreien und ging in sein Zelt.
»Ich gehe auch«, meinte Nora.
»Ich bin ziemlich müde, der Tag hat mich ganz schön geschafft. Gute Nacht.«
Nachdem auch Nora verschwunden war, rückte Willow näher an Tim heran.
»Heftig was er alles erlebt hat, oder?«

»Definitiv. Aber einige Dinge ergeben für mich keinen Sinn. Wenn mit Ian wirklich dasselbe passiert ist wie mit Kieran, dann ist er wirklich verloren. Wir müssen ihn morgen suchen.«
»Ich weiß nicht. Simon wird darauf drängen, zurück zur Festung zu gehen. Wir sollten Ian später zusammen mit Oskar, Cassie, Louis und Annie suchen.«
Tim wusste, dass Willow das ernst meinte. Trotzdem konnte er ihre Worte nicht nachvollziehen. *Einerseits können wir Ian nicht alleine lassen. Aber andererseits...* Wenn die Festung wirklich einen Ausweg aus allem darstellte, mussten sie sowieso die andere Gruppe treffen. *Was, wenn die schon einen Ausweg gefunden haben?* Tim wollte den Gedanken nicht zu Ende denken. *Sie hätten uns Bescheid gegeben.*
»Du hast recht. Wir können ja nicht mal davon ausgehen, dass das wirklich ein Ausweg ist.«
Willow rückte noch ein Stück näher an Tim heran und legte ihren Kopf auf seine Schulter. Er schloss die Augen und genoss den Moment, während das Feuer ihn aufwärmte. Ein paar Minuten später meinte Willow:
»Wir sollten aufpassen, dass wir jetzt nicht einschlafen. Lass uns ins Zelt gehen.«
Tim nickte.
»Okay.«
Das Zelt war warm, Tim legte sich auf eine der beiden Hängematten und sah die Decke an.
»Gute Nacht«, sagte Willow.
»Wir sollten jetzt auch schlafen, so, wie Simon es gesagt hat. Wir müssen morgen bei Kräften sein.«
»Schlaf gut.«
Tim versuchte, in eine bequeme Position zu gelangen, schaffte

das jedoch nicht. Er behielt die Augen eine Weile offen, wartete so lange, bis er sicher war, dass Willow eingeschlafen war. Dann schlich er sich aus dem Zelt heraus. Sein Ziel war die Feuerstelle, er musste seine Gedanken sammeln und brauchte dazu absolute Ruhe. Von weitem sah Tim bereits jemanden am Feuer sitzen. Als er näher heranging, wurde ihm klar, dass es Nora war. *Was macht sie hier?* Zunächst überlegte er, ob er wieder umkehren und sich doch schlafen legen sollte, verwarf diese Idee dann jedoch wieder.
»Was machst du denn noch hier?«
»Ich kann nicht schlafen.«
»Ich auch nicht.«
Tim blickte in die Flammen, wartete darauf, dass Nora noch etwas sagen würde – was sie dann auch tat.
»Ian ist irgendwo da draußen. Wenn das stimmt, was Simon sagt... wir können ihn doch nicht alleine lassen, Tim.«
»Du hast recht. Aber was bleibt uns anderes übrig?«
»Wir müssen ihn suchen, noch bevor die Sonne aufgeht.«
»Aber wir können doch nicht einfach von hier verschwinden. Was, wenn Simon und Willow bemerken, dass...«
»Das ist mir egal.«
Sie unterbrach ihn und sah ihn hoffnungsvoll an. Er wusste, dass er ihr diesen Gefallen nicht ablehnen konnte.
»Wir sollten ihnen zumindest eine Botschaft hinterlassen, damit sie sich keine Sorgen machen.«
»Okay. Warte hier.«
Nora verschwand in ihrem Zelt und kam zwei Minuten später mit einem Notizblock und einem Stift wieder zurück ans Feuer.
»Schreib, was immer du denkst.«
Tim nahm ihr die Sachen ab und überlegte. Dann fing er an zu

schreiben.

»Falls du das liest, Willow, brauchst du dir keine Sorgen zu machen. Nora und ich haben uns auf den Weg gemacht, Ian zu suchen. Wir werden noch vor Sonnenaufgang wieder da sein.«
Mehr fiel ihm nicht ein, er riss den Zettel ab, schlich sich in das Zelt hinein, in dem Willow bereits tief schlief, und legte ihn auf einen kleinen Schrank direkt neben ihrer Hängematte. Er nahm zwei Taschenlampen mit, trat wieder ans Feuer und reichte Nora eine.

»Hier, ohne die dürfte es für uns sehr schwierig werden, dem Weg zu folgen.«

»Perfekt.«

Nora lächelte.

»Okay, dann komm. Los.«

Sie verließen das Dorf und gingen los. Der Boden, der zuvor noch ziemlich schlammig gewesen war, hatte sich jetzt zumindest etwas verhärtet. Es war kein enormer Kraftakt mehr, ihn zu passieren, was das Vorankommen gewissermaßen erleichterte.

»Ist schon eine ziemlich unheimliche Umgebung.«

Noras Stimme hatte Flüsterlautstärke erreicht.

»Wir sollten aufpassen.«

»Wovor?«

»Pst.«

Sie legte einen Finger auf ihre Lippen.

»Gib mir bitte deine Hand. Ich fühle mich dann sicherer.«

Tim zögerte einen kleinen Moment. *Was hat sie vor?* Dann kam jedoch ein anderer Gedanke. *Es ist dunkel. Sie hat Angst. Sie fühlt sich unsicher.* Ohne nochmal zu überlegen nahm er ihre Hand entgegen. Nora zitterte und wirkte angespannt. Tim hingegen merkte, wie er mit jedem Meter, den sie vorankamen, müder wurde. Einige Zeit später hatten sie den Dornenwald erreicht. Er erstreckte sich über mehrere hundert Meter rechts von ihnen, und Tim war von dem Anblick beeindruckt. Im gelben Lichtkegel der Taschenlampe wirkte alles nochmal etwas unheimlicher.

»Ich wünschte, Jonas wäre hier. Ich wünschte, er könnte das alles sehen.«

Tim hörte die Traurigkeit in ihrer Stimme.

»Er hat es nicht verdient, so gestorben zu sein. Er hat sein Leben für uns aufs Spiel gesetzt, hat sich umentschieden. Er war ein guter Mensch«, murmelte er.

»Ja, das stimmt. Weißt du… manchmal, wenn ich dich ansehe, muss ich direkt an ihn denken. Ihr ähnelt euch einfach so sehr.«

Ghiron Nagh

Tim wusste nicht, was er darauf sagen konnte, weshalb er einfach nur nickte.
»Danke.«
Er senkte seinen Blick zu Boden. Es war ihm unangenehm, mit Nora über Jonas zu sprechen.
»Hast du das gesehen?«
»Was?«
»Da, zwischen den Dornen. Da war jemand.«
Tim spürte, wie er eine Gänsehaut bekam. *Wir dürften nicht hier sein.*
»Ian?«, rief Nora jetzt.
Der ausgesprochene Name sorgte dafür, dass er direkt hellwach war.
»Du hast Ian gesehen?«
»Ja, ich glaube schon. Lass uns mal die Sträucher ableuchten.«
Er folgte ihr in das Gestrüpp hinein. Die Bäume waren schwarz und teilweise riesig, und Tim war von der Umgebung so fasziniert, dass er einen Moment nicht aufpasste, wo er entlanglief. Der Dornenbusch neben ihm riss den Stoff von seinem T-Shirt auf und bohrte sich in seine Haut. Er biss sich auf die Zunge, stöhnte vor Schmerz auf und meinte:
»Warte mal. Wir dürfen nicht zu tief hinein.«
»Hast du dich verletzt?«
Sie wirkte besorgt.
»Nein, alles okay. Es ist nur…«
Nora kam näher und drückte ihn gegen den Ast des Baumes hinter ihm. Er spürte erneut die scharfen Dornen, sie bohrten

sich in die bereits verletzte Haut seines Rückens. Doch er konnte nicht aufschreien. Ihre Lippen näherten sich seinen immer mehr und er konnte es nicht verhindern. Nora küsste ihn, er musste in dem Moment sofort an Willow denken und schämte sich. *Ich hätte es verhindern müssen. Zum Teufel. Was soll sie von mir denken, wenn sie das je erfahren sollte?*
»Du hast ihn nicht gesehen, oder?«
Es waren Tims erste Worte seit er sich aus ihrer Umklammerung befreit hatte.
»Nein. Aber… du musst mich verstehen.«
»Nora, das hätte nicht passieren dürfen. Das weißt du selber.«
Sie blickte beschämt zu Boden.
»Ja. Es tut mir leid.«
Ihre Stimme wurde immer leiser.
»Wir müssen weg von hier. Wir beide können es schaffen.«
»Wie meinst du das?«
»Diese Festung… ich will da nicht rein. Es läuft doch am Ende wieder alles genau so, wie die es wollen. Und dann haben wir, wenn überhaupt, sowieso erst die zweite Testphase überstanden.«
»Du klangst vorhin noch ganz anders.«
»Ich weiß. Ich wollte nicht, dass Simon von meiner Idee Wind bekommt.«
»Wie stellst du dir das denn vor? Wir beide hauen ab. Okay, und weiter? Wo sollen wir hin? Dein Plan hat weder Hand noch Fuß.«
»Tim, du erinnerst mich einfach zu sehr an Jonas. Jedes Mal, wenn ich dich ansehe, muss ich an ihn denken. Er war mutig. Er hätte das gemacht.«
»Ja, Nora. Er war mutig. Aber er ist tot. Und wir müssen

verdammt nochmal auf uns aufpassen und vor allem zusammenbleiben. Nur so haben wir eine Chance.«

»Wenn wir nach deren Regeln spielen haben wir keine Chance!«

»Uns bleibt kaum etwas anderes übrig.«

»Aber...«

»Nichts, aber«, fiel Tim ihr ins Wort.

»Wir müssen zurück.«

Ohne zu zögern ging Tim wieder aus den Dornen heraus. Er versuchte, nirgendwo mehr hängenzubleiben, und schaffte das sogar. Sein Rücken schmerzte, er spürte, wie aus einigen Wunden immer noch Blut tropfte. Nora folgte ihm mit ein paar Metern Abstand, was Tim nur recht war.

»Warte doch mal bitte.«

»Beeil dich. Wir sollten nicht noch mehr Zeit verlieren.«

Einige Zeit später hatten sie das Ende des unterirdischen Tunnels erreicht. Vor diesem war, wie Simon ihnen bereits prophezeit hatte, das Kraftfeld zu sehen.

»Hier kommen wir nicht weiter. Und ich habe keine Idee, wo wir sonst noch suchen sollen.«

»Er wird da drin sein«, murmelte Nora.

»Wir kommen nicht rein.«

»Ja. Er muss alleine zurechtkommen.«

Sie schluckte.

»So schwer es mir auch fällt, das sagen zu müssen.«

Tim überlegte. *War es wirklich ihr Ziel gewesen, mich hier nach draußen zu locken? Aber warum hat sie das dann nicht früher gemacht? Es hätte sicherlich genug Möglichkeiten gegeben.* Stattdessen machte sie sich jetzt den Aufwand, eine Suche nach Ian zu inszenieren.

»Was hattest du vor, Nora?«
»Ich wollte mit dir abhauen.«
»Denkst du wirklich ich lasse Willow alleine?«
»Ich dachte, du hättest Gefallen gefunden. Nach unserem Kuss.«
Sie lächelte.
»Komm, wir müssen zurück.«
Tim wollte jetzt nur noch schlafen und vor allem weg von Nora. Er wollte nicht mehr mit ihr sprechen und sie schon gar nicht sehen. Scheinbar tat ihr das, was eben passiert war, doch nicht so leid, wie sie es vorgegeben hatte. *Sie wird sich sicherlich was dabei gedacht haben.* Ihr Vergleich mit Jonas hatte ihn zwar einerseits geschmeichelt, aber andererseits... er war tot. Vielleicht war das Risiko, welches er eingegangen war, einfach zu hoch gewesen. *Er war zu leichtsinnig.* Tim gefiel sein Gedankengang generell nicht, konnte das jedoch nicht verhindern. Jonas war in der Eiswüste sein Freund gewesen, er hatte sich unter seiner Führung sicher gefühlt und ihm stets vertraut. Dass er dann gegen Ende einfach so aus ihrer Mitte gerissen wurde, darüber hatte er die letzten Tage oft nachgedacht.
Der Weg zurück war gefühlt nochmal doppelt so lang wie der Hinweg. Tims Füße schmerzten, als sie das Dorf wieder erreicht hatten. Es war nicht mehr komplett dunkel, die Morgendämmerung hatte bereits eingesetzt.
»Gute Nacht«, sagte Nora.
»Bis später.«
Tim erwiderte nichts, sondern nickte einfach nur. Er war in diesem Moment zu sauer auf Nora, als dass er mit ihr noch ein weiteres Wort sprechen konnte. Als er das Zelt betrat, in dem Willow weiterhin tief und fest schlief, nahm er den Zettel von

der Kommode weg und legte sich in seine Hängematte. Seine Gedanken überschlugen sich, hämmerten gefühlt auf sein Gehirn ein. *Was ist passiert?* Irgendwann, es fühlte sich für ihn an, als wären Stunden vergangen, obwohl es nur ein paar Minuten waren, schlief er ein.

Grelle Sonnenstrahlen die sich ihren Weg durch den Stoff des Zeltes gebahnt hatten, weckten Tim aus seinem kurzen Schlaf. Er schlug seine Augen auf und hätte sie direkt wieder geschlossen, wenn er nicht Willow neben seiner Hängematte entdeckt hätte.
»Gut geschlafen?«
Sie lächelte.
»Es geht. Die Nacht war viel zu kurz.«
Er versuchte, aufzustehen, stoppte jedoch kurz in der Bewegung. Sein Rücken brannte, er erinnerte sich wieder an die Nacht, an den Dornenwald. *An das Missgeschick.*
»Nora und Simon sind auch schon wach. Wir warten nur noch auf dich.«
»Ich komme gleich.«
Willow wollte erst warten, entschied sich dann jedoch dagegen.
»Okay.«
Tim stand erst auf, als sie wieder aus dem Zelt verschwunden war. Er schaffte es zunächst nicht, erst beim zweiten Versuch gelang es ihm, sich aufzurichten und seine Wunden zu begutachten. Er hatte an den Armen einige Kratzer, teilweise tiefe Schnitte, alles verursacht durch die Dornen. *Willow darf das nicht sehen. Aber was soll ich tun?* Er hatte keine Idee, weshalb er einfach aufstand, seine Klamotten anzog, die er zuvor abgelegt hatte, und nach draußen ans Feuer trat. Simon trank irgend-

ein Heißgetränk, Nora hatte ihren Blick auf den Boden gesenkt und aß eine Scheibe Brot, während Willow ihn bereits erwartete.
»Komm, setz dich.«
Er setzte sich direkt neben sie und war froh, so wenigstens ein paar Meter Distanz zwischen sich und Nora bringen zu können.
»Hast du Hunger? Simon hat Brot und…«
Sie zögerte kurz, ihre Augen waren an seinem Arm hängengeblieben.
»Was ist denn mit dir passiert?«
Ich hätte mir irgendeine glaubwürdige Erklärung zurechtlegen müssen. Eine Notlüge. Jetzt ist es zu spät. Ich muss ihr die Wahrheit sagen, zumindest teilweise.
»Nora und ich waren gestern Abend noch unterwegs. Wir haben nach Ian gesucht.«
Willows Blick änderte sich von der einen auf die andere Sekunde. Sie hob ihre Augenbraue und wirkte aufmerksamer.
»Was? Warum habt ihr mir nicht Bescheid gesagt?«
»Ich wollte dich nicht wecken. Wir haben aber auch nichts gefunden.«
»Okay. Das erklärt aber noch nicht deine Verletzungen.«
»Wir haben im Dornenwald gesucht, weil… ich dachte, jemanden gesehen zu haben.«
Er warf Nora einen unauffälligen Blick zu und war froh, dass sie nichts sagte.
»Ihr hättet niemals alleine dort hingehen sollen.«
Es waren die ersten Worte, die Simon heute Morgen gesprochen hatte. Er nippte an seinem Getränk und verzog das Gesicht zu einem freundlichen Lächeln.
»Soll ich euch auch einen Brennnesseltee zubereiten?«

»Gerne«, sagte Tim.
Die anderen beiden nickten ebenfalls. Simon stand auf und ging in sein Zelt.
»Euch hätte was passieren können«, murmelte Willow.
»Ach was.«
Tim winkte ab.
»Was denn? Wir sind hier doch bisher außer Simon keiner Menschenseele begegnet.«
In genau diesem Moment kam dieser aus dem Zelt heraus. Er hatte zwei Tassen in seinen Händen und stellte diese vor Willow und Nora ab. Dann verschwand er wieder und kam mit Tims Getränk wieder.
»Lasst ihn euch schmecken. Ist eine spezielle Zubereitung.«
Er grinste. Tim nippte an der Tasse, stellte sie jedoch wieder ab, da der Tee noch viel zu heiß war.
»Trotzdem war es nicht okay von euch«, murmelte Willow.
Tim wusste nicht, was er darauf noch antworten konnte, weswegen er einen Bissen von dem Brot nahm und währenddessen nachdachte. *Natürlich war es nicht okay. Aber wenn wir primär mit dem Ziel gehandelt haben, Ian zu suchen... dann passt das doch.*
»Er ist noch irgendwo da draußen und wir wissen nicht, ob er Hilfe braucht.«
Er hoffte, dass wenigstens dieses Argument bei ihr ziehen würde, und schmückte es noch weiter aus.
»Wie würdest du es denn finden, wenn du vermutlich ohne Gedächtnis irgendwo umherirrst und wahrscheinlich panische Angst hast? Versetz dich nur mal in seine Situation. Was würdest du von der Gruppe erwarten? Wenn er der Einzige wäre, der noch alleine da draußen ist, dann würde ich jetzt noch

einmal umkehren. Aber da sind ja auch noch Oskar, Cassie, Louis und Annie irgendwo. Wir können nur hoffen, dass ihr Weg entweder zu uns oder unser Weg zu ihnen führt. Aber ich denke das wird passieren. Was haben *die* denn davon, wenn sie uns trennen?«

»Ich würde dann wollen, dass alle nach mir suchen. Wenn sich zwei für mich in Gefahr begeben und ihnen wegen einer einfachen Unachtsamkeit was passiert, dann könnte ich mir das nicht verzeihen.«

Tim sah ein, dass die Diskussion so keinen Sinn mehr hatte.

»Okay, du hast ja recht. Wir hätten dir und Simon Bescheid geben sollen, und nächstes Mal machen wir das auch«, wandte er deshalb ein.

»Danke.«

Sie rang sich ein Lächeln ab und Tim war erleichtert.

»Du solltest trotzdem zumindest deine Verletzungen verbinden. Simon?«

»Ja?«

»Hast du einen Verbandskasten hier?«

»Klar. Moment.«

Der Tee war mittlerweile zumindest leicht abgekühlt, Tim nahm noch einen Schluck. Es schmeckte ihm ganz gut, es war Simon gelungen, das Aroma des Brennnessels genau richtig mit Zitronensaft und Zucker zu verfeinern.

»Der Tee ist gut«, meinte er daher.

»Wie hast du den zubereitet?«

Simon grinste.

»Das bleibt mein Geheimnis. Aber die Zutaten sind alle von hier.«

»Wie kommt es denn, dass du so viele Lebensmittel hier hast?«

»Ich weiß es nicht. Sie waren schon hier, als ich... als *wir* angekommen sind.«

Sie saßen am Feuer, aßen ihr Frühstück und sprachen jetzt nicht mehr viel. Tim beobachtete immer wieder Willow und Nora, konnte jedoch in beiden Gesichtern keine Gefühlsregungen erkennen. Er fühlte sich wegen mehrerer Dinge schlecht. Zum einen, weil er Willow nicht die volle Wahrheit gesagt hatte und er sie ein Stückweit hintergangen hatte. Und zum anderen wegen Nora. Im Grunde mochte er sie immer noch, doch da war nicht mehr, zumindest nicht so, wie das von ihrer Seite aus sein musste. *Ich muss das noch mit ihr klären. Doch wann?* Tim wusste, dass er in der nächsten Zeit, zumindest heute, keine Gelegenheit dazu bekommen würde. *Dann muss das halt warten.* Er trank den letzten Schluck aus seiner Tasse und stellte sie neben das Feuer auf das trockene Gras.

»Ich bin bereit, wir können starten.«

»Packt alles zusammen, was ihr braucht. Wir müssen davon ausgehen, dass wir nicht zurückkehren werden.«

»Wie meinst du das?«

»Wenn wir die Aufgaben in der Festung bestanden haben, geht es für uns auf der anderen Seite weiter. Sie ist eine Art Ausweg.«

Ein Ausweg? Tim wurde sofort hellhörig.

»Aber was ist mit der anderen Gruppe?«, fragte Nora.

»Oskar, Cassie, Louis und Annie, wo führt deren Weg hin?«

»Ebenfalls zur Festung.«

»Sie sind zurzeit wahrscheinlich in dem Bunkersystem. Wir haben keine Funkverbindung mehr zu ihnen. Wie können sie auf dem Weg zu uns sein?«

»In dem Bunkersystem erreichen sie eine versunkene Stadt.

Wenn sie die dann passiert haben, werden sie, sofern sie den richtigen Weg gehen, neben dem Brunnen vor der Kathedrale herauskommen.«

Tim fühlte plötzlich, wie eine Last von seinen Schultern fiel.

Wir werden sie wiedersehen!

»Woher weißt du das alles?«

»Wie schon gesagt, ich habe euch und alles weitere beobachtet, bevor ich mit Kieran, Stephan und Lily hier war. Das war vorgestern Abend. Da ich wusste, dass ihr das Dorf früher oder später erreichen würdet, habe ich auf euch gewartet.«

Tim konnte sich aus den Worten nicht wirklich etwas zusammenreimen, hoffte aber, dass sich die Zusammenhänge später noch erschließen würden. Er wollte in diesem Moment nicht nachhaken und entschied sich dazu, Simon zu vertrauen.

»Du glaubst, dass Kieran zurück zur Festung gelaufen ist?«, fragte Nora.

Simon nickte.

»Ich bin fest davon überzeugt. Etwas anderes kann ich mir nicht vorstellen.«

»Denkst du, er ist in Gefahr?«

»Ich weiß es nicht.«

Er wurde plötzlich ernst.

»Wenn das so ist, dann haben wir zwei Leute, die wir befreien müssen. Lily und ihn. Aber ich habe ja meine Waffe.«

Er klopfte auf den Revolver, der am Gürtel an seiner Hose hing.

»Ich werde sie nutzen, um Abigail und Ruby umzubringen, wenn ich die Gelegenheit dazu bekomme. Das verspreche ich euch.«

»Louis!«

Oskar, Cassie und Annie kamen zu der Stelle zurückgeeilt, an der sein Weg nun von ihnen abgeschnitten war.
»Geh den anderen Weg!«, rief Annie ihm zu.
»Wir kommen dir auch entgegen.«
Sie sah die anderen nacheinander an.
»Los, Leute. Macht doch was!«
»Oskar?«
Louis Stimme klang geschwächt.
»Komm mal bitte.«
Er beugte sich zwischen die Gitterstäbe hindurch und flüsterte: »Geh mit Annie weiter. Ich schaffe es nicht, den Umweg zu gehen. Ich habe das Gefühl, dass es gleich zu Ende geht. Bitte sag Cassie, dass sie es erledigen soll.«
Oskar spürte, wie sich sein Magen zusammenzog. Es war klar gewesen, dass dieser Moment irgendwann hätte kommen müssen. Der Moment des Abschiedes. Und doch hatte er gehofft, dass sich alles bessern würde. *Jetzt ist es zu spät.*
»Bitte.«
»Okay.«
»Macht es gut. Besser als ich. Passt auf euch auf.«
Oskar ging langsam zu Annie und Cassie herüber, die nur zwei Meter von ihm entfernt standen.
»Annie, ich muss mit dir reden. Cassie, gehst du derweil zu Louis?«
Sie nickte, schien nach einem kurzen Blick zu Louis direkt zu wissen, was er sagen wollte.
»Wie weit ist der Umweg, den er gehen muss?«, fragte Annie und sah ihn an.
»Deswegen willst du mich doch sprechen, oder? Müssen wir jetzt auch unseren Weg ändern?«

»Nein, Annie, das ist nicht der Grund. Wir müssen über etwas reden, was ich nur sehr ungern anspreche.«

Oskar sah, wie sich ihr Blick veränderte. Von Hoffnung in blanke Panik – innerhalb von einer einzigen Sekunde.

»Es geht um Louis. Als er das zweite Mal von den Wesen verletzt wurde, wurde ihm wieder das Gift injiziert. Wir konnten für ihn zwar das Mittel aus der Apotheke holen, doch es war von Anfang an zwecklos. Nach der ersten Heilung entwickelt der Körper Antikörper, die die Wirkung des Gegengiftes nicht mehr zulassen.«

»Das kann doch nicht stimmen. Woher weißt du das?«

»Louis hat es mir gestern Abend erzählt.«

»Nein. Lass mich durch.«

Oskar stellte sich ihr in den Weg. Er wollte sich nicht umdrehen, wollte das nicht sehen, was Cassie tat. Er legte seinen Fokus voll auf Annie.

»Guck da besser nicht hin.«

»JETZT LASS MICH DURCH!«, schrie sie ihn an, und überraschte ihn, als sie mit ihrer Faust seine Nase traf.

Oskar taumelte ein Stück zur Seite, gerade so weit, dass Annie genug Platz hatte, um durch das hüfthohe Brackwasser zu Cassie und Louis zu laufen.

»NEIN!«

Genau in dem Moment, in dem Annie Cassie erreichte, hatte sie das Messer bereits bis zum Anschlag in Louis' Brust gestoßen. Er hatte sein Lächeln nicht verloren und aus seinem Mund lief Blut, während er sein Gleichgewicht verlor und im Wasser versank. Cassie hielt seine Hand.

»Danke«, röchelte er.

Es war sein letztes Wort, bevor sein Kopf im braunen Wasser

verschwand. Annie war vollkommen außer sich. Oskar sah nur, wie sie Cassie ebenfalls brutal aus dem Weg stieß und versuchte, Louis' Hand zu greifen. Doch sie hatte keine Chance mehr. Sein toter Körper lag bereits auf dem Boden des Tunnels, in unerreichbarer Ferne hinter den Gitterstäben.
»WIE KONNTEST DU IHM DAS ANTUN?«
Annie konnte sich nicht mehr beruhigen. Oskar verstand das allerdings, er wusste, wie sie sich jetzt fühlen musste. Ihm selbst ging es kaum anders. Während er an die Wand gelehnt dort stand, spürte er, wie sich die ersten Tränen den Weg über sein Gesicht bahnten. *Verdammt, warum?* Er konnte sich darauf keine Antwort geben, sah vor seinem inneren Auge Rubys teuflisches Lächeln und wurde von einer Wut überwältigt, die ihm bis dato unbekannt war.
»Du hast ihn umgebracht.«
Annies Stimme wurde leiser.
»Wir hatten keine Wahl«, meinte Oskar.
»Er wäre innerhalb der nächsten Stunden an dem Gift gestorben. Er hatte höllische Schmerzen, Annie. Es gab für ihn keine Rettung.«
Cassie stimmte ihm direkt zu.
»Es ist so, er hat recht.«
Auch aus ihrer Stimme konnte man die Traurigkeit direkt heraushören.
»Warum hat er mir dann nichts gesagt?«, wandte Annie ein.
»Ich denke mal, er wollte es dir nicht anvertrauen. Er wollte dich damit nicht belasten. Ich selbst weiß es nur von Oskar.«
Er nickte.
»Wir hatten nicht die Gelegenheit gehabt, darüber zu sprechen, Annie.«

»Ich glaube euch kein einziges Wort.«
»Es ist aber so.«
»Macht was ihr wollt. Ich werde auf jeden Fall keine einzige Sekunde mehr bei euch bleiben.«
»Annie, wir dürfen uns nicht trennen, du weißt nicht, wo der Weg langführt und die anderen…«
»So, die anderen? Das ist das Einzige, was euch jetzt interessiert, ja?«, schrie sie.
Oskar hörte den Hass aus ihrer Stimme heraus. Er wusste, dass es so keinen Sinn machen würde, mit ihr darüber zu diskutieren. Sie würde nicht einsehen, dass das, was Cassie getan hatte, das Richtige gewesen war, um Louis eine Menge Leid ersparen zu können.
»Wir können dich nicht aufhalten. Wenn du gehen willst, dann geh.«
Cassies Stimme klang kalt und abweisend. Oskar konnte sie verstehen. *Annies Worte waren hart und verletzend gewesen.*
»Das mache ich jetzt auch. Ich hoffe nur, dass ich euch niemals wiedersehen muss.«
Annie hustete kurz und entfernte sich dann von der Gruppe. Sie durchquerte den Tunnel und betrat die versunkene Stadt, dessen Tor sie und Cassie zuvor mit den Steinen geöffnet hatten.
»Lass uns einen Moment abwarten.«
Cassie sah Oskar an.
»Ich möchte ihr erstmal nicht wieder begegnen.«
»Ich verstehe dich. Auch, wenn wir für ihre Situation auch Verständnis haben müssen. Sie wusste nichts davon.«
»Du glaubst gar nicht, wie sehr ich in dem Moment mit mir kämpfen musste. Aber als er mich so flehend angesehen hat… Oskar, ich habe noch nie so viel Leid und Schmerz in einem

Blick gesehen.«
Sie schluchzte.
»Ich habe ihn umgebracht.«
»Wir hatten keine andere Wahl.«
»Und danach habe ich auch noch Annie vergrault. Scheiße.«
»Du hast das richtige getan.«
Oskar versuchte, sie mit seinen Worten irgendwie wiederaufzubauen. Das war jedoch vergebens. Plötzlich spürte er, wie das Brackwasser in Bewegung geriet. Zunächst waren es nur leichte Wellen, doch als dann die erste höhere Flut kam, die beide für einen Moment unter Wasser drückte, meinte er:
»Wir müssen hier raus!«
Das Wasser stand ihnen mittlerweile bis zum Hals. Der Geruch war so widerlich, dass Oskar für eine ganze Zeit die Luft anhalten musste. Erst, als sie das Tor passiert hatten, keuchte er wieder und atmete tief ein.
»Das war ja widerlich.«
»Er hätte den anderen Weg nicht gehen können.«
Cassie sprach leise.
»Was meinst du?«
»Er hätte nicht umkehren können. Diese Flut, sie war dazu bestimmt, ihn zu töten. Ich glaube, dass dieser Totenkopf eine Reihe von Fallen in Gang gesetzt hat. Nicht nur in diesem Tunnel.«
»Du denkst also wir werden einen anderen Weg gehen müssen?«
»Ich weiß es nicht. Wir müssen jetzt erstmal den Weg durch Ghiron Nagh heil überstehen, dann können wir uns weitere Gedanken machen.«
Das Steintor führte sie in eine riesige Halle innerhalb der Höhle.

Es fühlte sich ungewohnt an, frei durch die Gegend gehen zu können. Oskar streckte sich und atmete die frische Luft tief ein.
»Wahnsinn«, meinte Cassie.
»Sieh dir das nur mal an. Das muss früher ja ein riesiges Gebäude gewesen sein.«
Sie deutete auf eine alte Ruine, die sich mindestens dreißig Meter weit in die Höhe erstreckte.
»Das hier war früher eine Großstadt«, wandte Oskar ein.
»Ja, ich weiß. Komm, vielleicht finden wir ja etwas, was uns weiterbringt.«
Oskar wusste nicht, worum es sich dabei handeln sollte, folgte ihr aber trotzdem. Es war erstmal wichtig, dass sie jetzt Ablenkung finden würden. Sie betraten die gewaltige Gebäuderuine. Oskar versuchte, nicht über den Fußboden zu stolpern. Der Stein war an einigen Stellen aufgerissen und uneben, was das Vorhaben um einiges erschwerte.
»Hier war früher das Stadtzentrum. Schau dir doch nur mal die ganzen Artefakte an.«
An den Wänden der Ruine waren wieder diese Schriftzeichen zu sehen. Direkt daneben Landkarten inmitten der Steinwand. Außerdem gab es viele wertvolle Dinge. An den heruntergekommenen Wänden hing prächtiger Schmuck, der jedoch aus einer ganz anderen Zeit zu stammen schien. Eine Skulptur stand in der Mitte des riesigen Raumes, es handelte sich dabei um vier versteinerte Löwen. Sie waren teilweise schon zerbrochen und spröde, einem der Löwen war das halbe Gesicht weggebrochen. *Kunst aus einem anderen Jahrhundert.* Der Putz der Wände, damals in hellem Weiß gehalten, sah jetzt nur noch grau und bröckelig aus. *Die Zeit hat einige Fortschritte getan. Doch war während dieser vielen Jahre wirklich niemand hier?* Oskar

konnte es sich kaum vorstellen.
»Guck mal, ich habe ein altes Buch gefunden.«
Cassie, die sich derweil in der etwas weiter entfernten Hälfte des Raumes umgesehen hatte, kam mit einem schwarzen Buch wieder, das nur noch von seinem Lederumschlag zusammengehalten wurde. Sie klopfte eine dicke Staubschicht weg und legte den Titel frei. In altertümlicher Schrift stand dort *Die Geschichte Ghiron Naghs* geschrieben.
»Lass uns das Buch mitnehmen. Wir haben jetzt keine Zeit, darin zu blättern.«
Cassie packte das Buch in Oskars durchnässten Rucksack.
»Sonst noch was interessantes gefunden?«
»Da vorne gibt es Unmengen alter Bücher. Viele davon sind sogar per Hand geschrieben.«
»Irgendwas, was uns weiterhelfen könnte?«
So sehr er Cassies Interesse an der unterirdischen Stadt teilte, wusste er auch, dass diese Dinge sie nicht weiterbringen würden.
»Nein, bisher nicht. Aber ich suche weiter.«
Oskar sah sich ebenfalls um, konnte jedoch nichts mehr entdecken. Er wusste auch gar nicht, wo nach er Ausschau halten sollte.
»Lass uns weiter. Hier gibt es nichts mehr zu sehen.«
Sie verließen das Gebäude wieder und gingen eine Straße weiter. Ein riesiger Steinfelsen ragte neben ihnen auf, er war höher als die Ruine, die sie zuvor betreten hatten. Auf der Spitze war ein Kreuz zu sehen. Oskar konnte die genaue Höhe schwer abschätzen. Doch der Felsen endete dort, wo auch die Höhle ihre maximale Ausdehnung erreicht hatte. Und er wurde angestrahlt von... *Tageslicht?*

»Schau mal. Da oben, wo das Kreuz steht.«
»Was denn?«
»Es ist hell. Das heißt, wir kommen einem Ausweg immer näher.«
»Ach, das meinst du. Ja. Stimmt.«
Den Berg hinaufzuklettern würde zu viel Zeit und Mühe beanspruchen, außerdem glaubte Oskar auch nicht, dass das möglich war. Sie mussten weiter, und versuchen, eine andere Möglichkeit zu finden.
»Ein gutes Zeichen. Endlich mal.«
Der Steinboden unter ihren Füßen wurde immer unebener, mit jedem Meter, den sie nun zurücklegten, entstanden dort mehr Risse. *Die damalige Katastrophe hat hier wohl ihren Höhepunkt erreicht.* Plötzlich erinnerte sich Oskar wieder an den Text, den sie auf der Karte entdeckt hatten. *Alle einhundert Jahre passiert etwas Außergewöhnliches. Wie lange das letzte Mal wohl her ist?* Sie hatten nun die Stadtmitte erreicht. In ihr erstreckte sich ein riesiger Platz und Oskar sah wieder die Skulptur, die sie schon im Haus entdeckt hatten. Vier versteinerte Löwen. *Sie müssen irgendetwas bedeuten.* An diesem Ort waren sie jedoch nicht mehr so gut erhalten wie zuvor. Alle waren im Laufe der Zeit zerbrochen, außerdem wirkte der Stein enorm porös. *Ghiron Nagh.* Eine Stadt, in der einmal das pure Leben war. *Es wäre echt interessant, zu wissen, was das ausgelöscht hat.* Oskar nahm sich fest vor, bei Gelegenheit einen Blick in das Buch zu werfen. Cassie war in der Zwischenzeit weitergegangen. Sie hatte die beschädigte Skulptur passiert und den Platz fast gänzlich überquert.
»Los, komm. Du meintest doch eben, dass wir uns beeilen müssen.«

»Ja okay.«

Oskar erhöhte sein Tempo und hatte Cassie bald wieder eingeholt. Sie wartete nicht auf ihn, sie war viel zu sehr von der Umgebung fasziniert. Oskar hatte sich Ghiron Nagh komplett anders vorgestellt. Der Begriff „versunkene Stadt" passte eher weniger, denn außer der großen Ruine am Anfang war wenig zu sehen, was auf eine Stadt oder dergleichen hinwies. Die wiederauftauchende Skulptur der vier Löwen vielleicht noch, ansonsten war es das aber auch schon. *Der riesige Berg passt nicht ins Bild*, dachte Oskar.

Der Boden wechselte nun von dem rissigen Stein hin zu Marmor, an dem der Zahn der Zeit jedoch auch schon gewaltig genagt hatte.

»Diese Löwen sind echt faszinierend«, meinte Cassie.

»Sie stellen die vier apokalyptischen Reiter dar. Krieg, Hunger, Pest und Tod. Das alles gab es zu der Zeit, als Ghiron Nagh noch bevölkert war. Alle einhundert Jahre kehrte das Grauen in die Stadt zurück, was schließlich auch der Grund dafür war, dass sie nicht mehr bewohnt ist.«

»Woher weißt du das?«, fragte Oskar erstaunt.

»Es steht in dem Buch drin.«

»Und sonst noch was?«

»Nun ja.«

Cassie wusste nicht, wie sie ihre nächsten Worte formulieren sollte.

»Die letzte Apokalypse ist heute auf den Tag genau einhundert Jahre her.«

Der Weg zur Festung führte sie zunächst durchgehend bergauf. Simon ging an der Spitze, Nora folgte ihm, und den Schluss bildeten Tim und Willow. Tim war froh, sich jetzt nicht mit Nora unterhalten zu müssen. Sie hatte den gesamten Weg über nicht miteinander gesprochen und Tim hatte auch nicht vor, das ändern zu wollen.

»Alles okay?«

Willows Stimme weckte Tim aus seinen Gedanken, er blickte zu ihr rüber und sagte:

»Ja, natürlich. Wieso?«

»Du bist so still heute.«

»Es gibt halt nichts, worüber ich reden könnte.«

Er rang sich ein Grinsen ab. Willow schien seinen Worten Glauben zu schenken, sie lächelte zurück und sah dann wieder nach vorne. Der Himmel war heute bedeckt mit vielen Wolken, nur an wenigen Stellen schafften die Sonnenstrahlen es, bis zu ihnen durchzudringen. Es war auch nicht so warm wie zuvor, was Tim nur recht sein konnte. Der Weg bergauf war ziemlich anstrengend, doch er versuchte das auszublenden, indem er sich bloß auf sein Ziel fokussierte. *Die Festung.* Er hoffte, dass sie noch nicht zu spät waren, und wünschte sich, dass sie hier alle einen Weg herausfanden. *Simon, Kieran, Lily, Willow, Nora, Ian, Oskar, Cassie, Annie, Louis und ich. Wir alle werden es schaffen.* Seine eigenen Worte motivierten ihn und ließen die Hürden vor ihm nicht ganz so hoch aussehen wie sie es in Wirklichkeit waren. Sobald sie die Festung erreicht hatten, waren sie auf Simon angewiesen. Tim war sich nicht ganz sicher, ob er ihm zu einhundert Prozent vertrauen konnte. *Er ist einfach nicht der Typ von Anführer, den wir bisher gehabt haben. Er leitet uns zwar, aber er wird erstmal nur in seinem Sinne handeln, und nicht in unserem. Es ist für jeden von uns eine schwierige Situation.*

»Weißt du, wie lange es noch dauert?«, fragte Willow an Simon gewandt.
»Nicht mehr allzu lange. Den Großteil des Weges haben wir bereits geschafft.«
»Sehr gut.«
Etwa zehn Minuten später war bereits die Festung in der Ferne auszumachen. Tim war erstaunt, wie riesig das gemauerte Gebäude war. Es erstreckte sich hoch in den düsteren Himmel.
»Bereitet euch gut auf das vor, was uns gleich erwarten wird.«
Tim spürte, wie seine Anspannung mit jedem weiteren Schritt wuchs. Je näher sie den Festungsmauern kamen, desto nervöser wurde er. Ein kühler Wind verbreitete die richtige Atmosphäre, die Sonne schien zwar, konnte ihre Wärme aber nicht so richtig in der Umgebung verteilen.
»Ich kann mir immer noch nicht wirklich vorstellen, dass Kieran einfach so abgehauen ist. Ihr müsst wissen, sein Zustand war echt nicht gut. Er hatte kein Gedächtnis mehr, war von Stephan angeschossen worden und hatte ziemlich viel Rauch eingeatmet.«
»Aber was denkst du, sollte sonst passiert sein?«, fragte Nora.
»Ich weiß es nicht. Ich zerbreche mir schon die gesamte Zeit den Kopf darüber, finde aber einfach keine Lösung.«
»Ich glaube, wir werden es bald erfahren. Ich kann mir vorstellen, dass er sich irgendwo hinter den Mauern aufhält«, meinte Tim.
»Ich wüsste nicht, warum er sich dafür in Gefahr begeben haben sollte. Das würde doch keinen Sinn machen.«
»Wir finden ihn, Simon.«
Nora klang selbstbewusst. Tim wusste jedoch, dass sie in diesem Moment keine Lust mehr hatte, über das Thema zu spre-

chen. Ihm ging es ähnlich.

Eine halbe Stunde später hatten sie den Graben vor der Festung erreicht. Die Brücke war nicht ausgefahren, es gab für sie also keinen Weg, den Eingang zu erreichen.

»Was soll das denn?«

Simon wagte sich näher heran, bis er mit seinen Füßen direkt über der Kante stand. Unter ihm strömte das Wasser durch den Festungsgraben.

»Wir kommen nicht rüber.«

Willow sprach das Offensichtliche aus.

»Wir müssen warten. Vielleicht wird die Brücke ja noch heruntergefahren.«

»Ich muss da jetzt rein. Lily und Kieran sind auf meine Hilfe angewiesen.«

Simon wirkte entschlossen.

»Was hast du vor?«

»Ich werde nachsehen, ob ich das Innere irgendwie über das Wasser erreichen kann. Wer weiß, wenn das Gebäude einen Keller hat, müsste ich den Eingang irgendwo dort unten finden. Ansonsten muss ich mich mal genauer umsehen.«

»Simon, lass uns doch lieber warten…«

»Ihr könnt mich nicht umstimmen. Mein Entschluss steht fest. Tim?«

»Ja?«

»Hier. Nimm meine Waffe. Wir sehen uns dann hoffentlich drinnen.«

Er reichte Tim seinen Revolver.

»Das ist doch wahnsinnig. Was machst du, wenn du keinen Eingang findest?«

Simon deutete auf das gegenüberliegende Ufer.

»Dann sehen wir uns auf der anderen Seite.«
Er blickte die Kante hinunter. Unter ihm herrschte eine gewaltige Strömung, doch er zögerte keine weitere Sekunde mehr und sprang. Tim hörte den Aufprall, blickte nach unten, und sah nur noch, wie Simon an den Mauern entlang schwamm.
»Na toll. Und was machen wir jetzt?«
Nora sah Tim und Willow an.
»Uns bleibt nichts anderes übrig, als zu warten.«
»Nein, wir können abhauen.«
»Nora.«
Tim wandte sich direkt an sie.
»Wie oft soll ich dir noch sagen, dass es uns nichts bringen würde, abzuhauen? Ich dachte, wir hätten das Thema letzte Nacht hinreichend ausdiskutiert.«
»Simon ist auf uns angewiesen. Sobald wir die Möglichkeit haben, sollten wir ihm über die Brücke in die Festung folgen.«
»Traust du ihm, Willow?«
»Ja, natürlich. Warum sollte ich nicht?«
»Mir kommt das, was er uns erzählt hat etwas komisch vor. Aber mit der Ansicht bin ich wohl die einzige.«
Tim gefiel der Gesprächsverlauf überhaupt nicht. *Das ist doch sinnlos. Wir sollten lieber besprechen, was wir machen, sobald wir die Festung betreten haben.*
»Was meinst du genau?«, fragte Willow.
»Er hat doch erzählt, dass er Stephan getötet hat. Ich frage mich, wie er dann auf die Idee kommen könnte, dass er noch lebt.«
»Er war sich nicht wirklich sicher.«
»Ist doch auch egal«, murmelte Tim.
»Wir brauchen einen Plan. Für später.«
»Simon wird einen haben. Wir sollten ihm vertrauen.«

Willow klang überzeugt.

»Es kann aber sein, dass wir ohne ihn da rein müssen. Wir sollten alle unsere Möglichkeiten abwägen.«

»Er kommt wieder. Zumindest hat er das gesagt.«

»Wir sollten davon ausgehen, dass er das nicht tut, wenn er einen Weg in das Gebäude hineingefunden hat. Er befindet sich schließlich auf seiner eigenen, gefährlichen Mission.«

Simon tauchte unter, genoss es, wie das kalte Wasser den Schmutz der vergangenen Tage von seinem Körper wusch. Es war eine Wohltat. Doch er musste trotzdem den Fokus behalten, weswegen er sich darauf konzentrierte, mit der Strömung zu schwimmen. Es war angenehm, er konnte sich treiben lassen, musste jedoch Ausschau nach einer Tür halten. *Oder nach irgendeinem anderen Eingang in dieses Gebäude.* Fünf Minuten später hatte er die Rückseite erreicht. Er hielt erneut die Luft an und tauchte unter. Es fiel ihm schwer, die Augen unter Wasser offen zu halten, irgendwie schaffte er es jedoch, blinzelte kurz und sah dann unten am Grund tatsächlich etwas, womit er nicht gerechnet hatte. Eine Tür. Jetzt hatte er ein Ziel vor Augen, durchbrach die Wasseroberfläche, um ein letztes Mal Luft holen zu können und tauchte dann erneut unter. Er schwamm in kräftigen Zügen auf die Tür zu, spürte, dass seine Lunge bald wieder Luft benötigen würde, und startete den ersten Versuch, ins Innere zu gelangen. Er schaffte es auf Anhieb, die Tür ließ sich durch einen beherzten Tritt öffnen. Hinter der Tür stand ihm das Wasser bis zum Hals. Unter seinen Füßen spürte er morsches Holz, die Stufen schienen seinem Gewicht nicht standhalten zu können und brachen. Er zog sich am Geländer aus dem Wasser und setzte sich auf den Holzvorsprung. Simon zitterte, in dem Raum, der nur spärlich durch ein kleines Fenster vom Tageslicht erhellt wurde, war es sehr kalt. *Ich muss jetzt ins Innere des Gebäudes gelangen. Mein nächstes Ziel ist das Foyer.* Doch als er sich umblickte, sah er, dass es mehrere Gänge gab. Es waren vier, er befand sich genau in der Mitte und konnte auswählen, welchen er als nächstes gehen wollte. *Scheiße.* Er überlegte kurz. *Die Chance, dass ich auf Anhieb den richtigen Weg nehme, liegt bei fünfundzwanzig Prozent.* Seine Gedanken wurden von einem Geräusch unterbrochen, welches ihm nur allzu bekannt war. Es verursachte eine Gänsehaut bei ihm, hier unten war es intensiver, als er es bisher gekannt hatte. Das Keuchen kam aus irgendeiner Richtung, er konnte nicht einschätzen, welche es war. *Na schön. Dann gehe ich halt den harten Weg. Koste es, was es wolle.* Mit diesem letzten Gedanken machte er sich auf in die Ungewissheit, die in der Dunkelheit des kühlen Festungskellers lauerte.

»Das muss etwas bedeuten«, mutmaßte Oskar.
»Wir sollten zusehen, dass wir hier wegkommen.«
»Auf dem richtigen Weg befinden wir uns zumindest. Also los.«
Oskar folgte Cassie durch die immer enger werdenden Gassen. Das Zentrum war noch relativ gut erhalten, zumindest in Anbetracht der Tatsache, dass diese Stadt aus einer ganz anderen Zeit stammte. Plötzlich vernahm Oskar ein Geräusch. Er wusste zunächst nicht, ob er es sich nur eingebildet hatte, bekam jedoch Gewissheit, dass er sich nicht täuschte, als Cassie ihn darauf ansprach.
»Das klang fast wie Donner.«
»Ja, irgendwie schon.«

Wenige Sekunden später fing es an zu regnen. Zunächst waren es nur einzelne Tropfen, die sich durch die Ritzen im Stein der Decke bohrten, bald jedoch wurde daraus ein gleichmäßiger Landregen. Ein erneuter Donner ertönte, kurz darauf folgte ein Blitz, der direkt neben ihnen einschlug. Oskar zuckte zusammen.

»Es ist noch zu weit bis zum Ende. Lass uns versuchen den Regen irgendwie abzuwarten. Wir sollten uns unterstellen.«

»Dann können wir die nächsten Tage hier verbringen. Dieses Gewitter ist der Startschuss. So lange die Verhältnisse noch nicht allzu chaotisch sind, sollten wir weiter.«

»Das Gewitter soll wirklich der Beginn des Ganzen sein?«

»Ja.«

»Aber... es hat sich nicht angekündigt.«

»Wie auch?«

Cassie deutete nach oben.

»Wir können den Himmel von hier aus ja auch nicht sehen.«

»Worauf willst du hinaus?«

»Na ja, ein Gewitter kündigt sich doch meist durch schwüle Luft oder eben durch schnell aufziehende Wolken an. Hier unten können wir das nicht ausmachen, da die Steine im Weg sind. Der Donner war das einzige Signal, danach ging es sofort los.«

Oskar ließ sich ihre Worte durch den Kopf gehen. Der Regen wurde unterdessen immer lauter, prasselte unermüdlich auf sie ein. Er musste seine nächsten Worte fast schreien, um sicher zu gehen, dass sie auch wirklich bei ihr ankamen.

»Woher kommt der Regen dann?«

Cassie zuckte mit den Schultern.

»Irgendwo von oberhalb.«

Einerseits fühlte es sich gut an, endlich das Brackwasser aus dem Tunnel von der Kleidung loszuwerden, doch andererseits wurde der Regen von Sekunde zu Sekunde nerviger. Ein erneutes Grollen ertönte, dann riss der Boden unter ihnen plötzlich auf. Zunächst war es nur ein schmaler Riss, der sich dann jedoch wie eine Schlange durch die Umgebung windete und an der Wand der nächsten Ruine endete.
»Spring!«
Oskar reichte Cassie seine Hand, sie ergriff diese ohne nachzudenken. Die Spalte wurde immer größer, sie nahmen Anlauf und sprangen beide gerade noch rechtzeitig über die riesige Furche im Boden. Je weiter sie nach Norden aus der Stadt herausgingen, desto stärker wurde der Wind in Ghiron Nagh. Er kam von vorne und erschwerte das Vorankommen um einiges. Ein paar Sekunden später flog ihnen etwas Dunkles entgegen, Oskar konnte sich ducken und stieß Cassie noch im letzten Moment zur Seite. Es hatte sich um einen großen Stein gehandelt, der sich wahrscheinlich von einer der vielen brüchigen Ruinen gelöst hatte.
»Wir müssen aufpassen!«
Cassie nickte nur, sagte jedoch nichts. Es hatte auch keinen Sinn, es war mittlerweile so laut, dass nicht mal mehr schreien zum Kommunizieren ausreichte. Der starke Wind sorgte dafür, dass es sich so anfühlte, als würden sie auf der Stelle treten. Der Starkregen tat sein Übriges, und durch die schlechte Sicht war es auch zunehmend schwerer, sich vor Gefahren in Acht nehmen zu können. Der nächste Stein, er hatte etwa die Größe eines Golfballes, erwischte ihn leicht an der Stirn, doch das reichte schon dazu aus, dass Oskar zu Boden ging.
»Scheiße!«, schrie er.

»Cassie, wir können nicht weiter. Das ist zu gefährlich.«
»Wir können aber auch nicht warten.«
Sie ging auf die Knie und beugte sich über ihn herüber.
»Kannst du aufstehen?«
Sie schien von ihrem Vorhaben fest überzeugt zu sein. Oskar war überrascht.
»Ich versuche es.«
Cassie half ihm auf die Beine, doch der stechende Schmerz, den die Wunde ausstrahlte, hatte fast wieder dafür gesorgt, dass er sich erneut hätte setzen müssen.
»Es geht nicht.«
»Okay, dann lass uns erstmal das Unwetter abwarten.«
Sie klang enttäuscht.
»Es tut mir leid«, sagte Oskar daher.
»Aber der Stein hat mich wirklich ziemlich verletzt.«
Aus der Platzwunde bahnte sich frisches Blut seinen Weg über Oskars Stirn. Er folgte Cassie, sie war nach rechts gegangen, in Richtung einer der zahlreichen Ruinen.
»Zeig mal«, sagte sie, als sie sich im Inneren befanden.
Hier war es deutlich leiser als außerhalb, es reichte aus, in normaler Lautstärke zu sprechen. Der Regen prasselte gegen die Fassade der Ruine und neben dem Gewitter tobte nun auch noch ein kleines Erdbeben. Der Unterstand wurde einmal durchgerüttelt, Oskar konnte jedoch sein Gleichgewicht halten. Er nahm die Hand von seiner Wunde und ließ Cassie einen Blick drauf werfen.
»Du kannst von Glück sprechen, dass dich der Stein nur gestreift hat. Es hätte viel schlimmer ausgehen können.«
»Es schmerzt trotzdem, und das nicht mal wenig.«
»Wir müssen aber dennoch weiter, wenn deine Wunde aufge-

hört hat, zu bluten. Es sind jetzt noch Verhältnisse, bei denen wir die Stadt verlassen können, ohne unser Leben zu riskieren. In ein paar Stunden sieht das ganz anders aus.«
»Woher weißt du das denn alles?«
Oskar war noch immer erstaunt.
»Gib mir mal bitte das Buch.«
Oskar öffnete seinen Rucksack. Sie hatten Glück, der Regen war zwar bis ins Innere vorgedrungen, hatte jedoch nur den Ledereinband des Buches durchnässt. Die Seiten hatten kaum etwas abbekommen.
»Seite fünfundachtzig.«
Er schlug die gewünschte Seite auf und betrachtete den Text, der dort stand.
»Lies mal bitte vor.«
»Die Apokalypse von Ghiron Nagh«, begann Oskar.
»Alle einhundert Jahre wird die einst blühende Stadt Ghiron Nagh von einer Katastrophe heimgesucht. Die vier apokalyptischen Reiter, dargestellt durch steinerne Löwen, prägen schon seit Beginn der Zeit das Stadtbild. Tod, Krieg, Hunger und Pest. In diese vier Bereiche ist die Apokalypse jedes Mal eingeteilt. Ein Unwetter und ein Sturm sind die Vorboten der vier Katastrophen. Als erstes wird es komplett dunkel. Der Tod zieht durch die Straßen und hinterlässt seine Spuren an jeder Hauswand. Danach folgte der Krieg - zu den Zeiten, als Ghiron Nagh noch bevölkert war. Die Menschen gerieten in Hungersnöte, es gab keine Nahrung mehr, die komplette Stadt war ein Ort des Grauens. Zu guter Letzt brach die Pest aus und rottete das restliche Leben komplett aus.«
»Siehst du?«
»Und alle einhundert Jahre hat die Stadt wieder Zeit, sich

aufzubauen. Doch die letzte Apokalypse hatte dafür gesorgt, dass kein Leben mehr möglich ist. Die Stadt versank und existiert fortan nur noch als unterirdisches System aus Ruinen.«
»Und diese Apokalypse ist auf den Tag genau einhundert Jahre her«, ergänzte Cassie.
»Woher weißt du das?«
»Es wäre ja nur logisch, oder nicht? Denkst du etwa, wir sind umsonst hier?«
»Natürlich nicht, aber das ist doch alles ziemlich an den Haaren herbeigezogen. Es kann auch bloß ein einfaches Unwetter sein.«
Die Erde bebte erneut und ließ die Ruine ordentlich wackeln.
»Mit einem Erdbeben und einem Sturm? Eher unwahrscheinlich.«
Cassie stand wieder auf.
»Wir müssen echt weiter. Es sollte nicht mehr lange dauern, bis es in der Stadt komplett dunkel sein wird.«
Sie half Oskar auf die Beine. Seine Platzwunde blutete zwar nicht mehr, aber sie pochte und er fühlte sich unwohl. Der Schmerz war zwar zu ertragen, doch er lähmte sein Vorankommen um einiges.
»Glaubst du, Annie ist hier?«
Er wollte es erst nicht aussprechen, wusste aber, dass sie sie nicht vergessen durften. *Sie gehört noch immer zu uns.*
»Sie wird vor uns sein. Sie muss alleine zurechtkommen, wir können sie jetzt nicht noch suchen. Dann haben wir keine Chance.«
Oskar verstand das und nickte.
»Dann lass uns weiter.«

Auf sich allein gestellt

Außerhalb der Ruine tobte weiterhin der Sturm. Der Regen hatte in der Zwischenzeit auch nicht nachgelassen, er war sogar eher noch stärker geworden. Fünf Minuten später, sie hatten gerade eine Seitenstraße passiert und schlenderten über eine Kreuzung, gingen schlagartig alle Lichter aus. Oskar erschrak, er dachte zunächst, dass er erblindet sei, atmete jedoch erleichtert auf, als Cassie ihn ansprach.
»Scheiße. Jetzt müssen wir wirklich unserem Instinkt vertrauen.«
Sie streckte ihre Hand aus und griff nach seiner.
»Ich habe das Gefühl, dass wir auf dem richtigen Weg sind.«
Er folgte ihr blindlings durch die Dunkelheit. Fünf Minuten später war die Unwetterphase vorüber. Die Dunkelheit war jedoch viel tückischer als das Gewitter. Sie mussten ihr Tempo deutlich senken und konnten sich bloß noch in Schrittgeschwindigkeit fortbewegen, ohne das Risiko einzugehen, gegen irgendetwas gegenzulaufen und sich zu verletzen.
»Der Tod zieht durch die Straßen«, murmelte Cassie.
»Was das wohl zu bedeuten hat?«
»Ich denke, die sehen da eher die Dunkelheit als den Tod. Das würde zumindest Sinn ergeben.«
»Vielleicht haben sie sogar recht damit.«
»Wie meinst du das?«
»Na ja, die meisten Menschen verbinden den Tod ja mit Dunkelheit und Schwärze.«
Sie machte eine kurze Pause.
»Ich jedoch nicht.«

»Nicht?«

Oskar blickte Cassie an.

»Nein. Ich sehe den Tod nicht als Ende, sondern als Chance, ein neues Leben zu beginnen. Zumindest wünsche ich es mir für Louis, Jonas und die anderen.«

»Ja.«

Er wusste nicht, was er sonst hätte sagen können. Er wollte das Thema am Liebsten wechseln, würde sich jedoch auch damit zufriedengeben, wenn Cassie einfach nichts mehr sagen würde. Und genau so kam es dann auch. Schweigend streiften sie durch die Dunkelheit und folgten ihrem Bauchgefühl. Ob sie das wirklich aus Ghiron Nagh herausführen würde, wussten sie nicht, doch sie hatten keine andere Wahl.

Annie hatte den Weg aus Ghiron Nagh bereits herausgefunden, bevor die Katastrophe begonnen hatte. Sie kletterte die Steinstufen herauf, die sie aus der unterirdischen Stadt an die Oberfläche führten. *Hätte ich mich wirklich von den beiden trennen sollen?* Sie zuckte mit den Schultern. *Die kommen ohne mich klar. Sie schaffen es ja auch ohne Louis.* Sie spürte, wie sie die Trauer, die sie eigentlich loswerden wollte, wieder überwältigte. *Konzentriere dich auf den Weg.* Sie folgte der Stimme aus ihrem Inneren und gab dabei ihr bestes. Die Sonnenstrahlen fühlten sich auf ihrer Haut warm an, als sie den Platz vor der Kathedrale betrat. Von hier aus kam man nur durch die Kanalisation nach Ghiron Nagh. Es war ein langer Weg gewesen, den sie nach der Stadt noch hatte zurücklegen müssen, weswegen sie umso erleichterter war. Sie atmete die frische Luft tief ein, schloss die Augen und dachte für einen kurzen Moment an gar nichts. *Freiheit.* Dann holte sie die grausame

Realität wieder ein und riss sie auf den Boden zurück. *Wo will ich eigentlich hin?* Annie ging an dem Steinbrunnen vorbei, tauchte ihre Hände ein und wusch sich den ganzen Dreck der letzten Stunden vom Körper. Es fühlte sich gut an, nicht herrlich, dazu war sie zu angespannt, aber immerhin gut. *Hier müssen die anderen gewesen sein. Ich sollte warten. Oskar und Cassie dürften irgendwie hinter mir sein, und der Rest ist sowieso weg.* Als Annie sich umblickte und die riesige Kathedrale auf dem Platz sah, wurde sie kurz stutzig. *Vielleicht sind sie da drin? Ich sollte nachsehen.* Sie verließ ihren Platz am Springbrunnen und wagte sich näher an das imposante Bauwerk heran. Irgendwie, sie konnte sich selbst nicht erklären, warum das so war, übte die Kathedrale einen unheimlichen Eindruck auf sie aus. *Es ist wohl die gesamte Atmosphäre.* Sie hob ihren Blick wieder, und entdeckte ganz oben ein Fenster. Dahinter… Sie rieb sich die Augen. Blinzelte mehrmals. Konnte das, was sie sah, nicht wirklich glauben. *Louis?* Sie erhöhte ihr Tempo, ihr war in diesem Moment alles egal. Die Treppen führten sie ins obere Stockwerk, sie passierte einen Schlafsaal und hatte das Dach wenig später erreicht. *Was war das? Habe ich ihn eben wirklich gesehen?* Annie überlegte. *Er war da! Hinter dem Fenster mit den bunten Mosaiksteinen. Aber wie…* Sie blendete die Realität aus, dachte nicht weiter über ihre nächsten Schritte nach.

»Louis!«

Sie schrie seinen Namen, erhielt jedoch keine Antwort.

»Bist du da?«

Die nächsten Worte sprach sie etwas leiser. Ein unendliches Gefühl der Leere breitete sich in ihrem Körper aus, nahm dort Platz, wo die letzten Augenblicke über tatsächlich so etwas wie

Hoffnung aufgeschimmert war. *Nein. Nein, das kann nicht wahr sein. Er ist nicht tot!*
»ER IST NICHT TOT!«, schrie sie dann auch schließlich.
Eine Mischung aus Wut und reiner Verzweiflung brachte sie dazu, voller Frust gegen die riesige Glocke zu schlagen, die sich direkt neben ihr ihm Dachgeschoss befand. Der Glockenschlag war ohrenbetäubend laut, Annie wurde durch das harte Gewicht gegen die Wand gedrückt und stöhnte auf. Sie hörte ein leises Rauschen, und sah die nächsten Szenen nur noch verschwommen und bei halbem Bewusstsein. Die Glocke schwang zurück und blieb an der Wand hängen. Ein leises Piepen ertönte, danach folgte ein lauter Knall. In dem Moment, in dem Annie vor ihrem inneren Auge erneut den Schatten von Louis sah, zerbrach das Glas des bunten Mosaikfensters. Die Scherben bohrten sich tief in ihren Rücken, während die Kathedrale explodierte und in sich zusammenstürzte.

Etwa zehn Minuten später, in denen Oskar und Cassie aufgrund der weiterhin herrschenden Dunkelheit nicht viel Strecke zurücklegen konnten, bebte die Erde erneut. Es schien von oberhalb zu kommen, hörte sich aber zum Glück noch einigermaßen entfernt an.
»Was war das?«, fragte Cassie.
»Ich habe keine Ahnung. Es kam aber definitiv nicht von hier unten.«
»Ja, so hat sich das für mich auch angehört.«
Sie drückte seine Hand fester.
»Lass uns etwas schneller gehen. Ich will nur noch weg von hier.«
Oskar spürte plötzlich eine Bewegung direkt neben sich. Kurz

darauf verlor er den Halt und wurde zu Boden gerissen.
»Was ist passiert?«
Cassie klang panisch und versuchte ihm wieder auf die Beine zu helfen.
»Ich weiß es nicht. Da war irgendetwas.«
Ein Fauchen ertönte. Es hörte sich an, als würde es von einem wilden Tier kommen.
»Scheiße«, stöhnte Cassie.
»Das ist einer von den Löwen. Komm!«
Sie stützte Oskar und er versuchte irgendwie, ihr Tempo mithalten zu können. Sein rechter Fuß strahlte einen Schmerz aus, der es ihm nicht möglich machte, aufzutreten.
»Was meinst du mit den Löwen?«
Oskar hatte noch immer nicht ganz verstanden, was Cassie ihm damit hatte sagen wollen.
»Bei der Apokalypse erwachen die versteinerten Löwen aus ihrem einhundertjährigen Schlaf. Ich tat es erst als Schwachsinn ab, als ich das gelesen hatte, doch irgendetwas muss ja dran sein.«
»Es hat sich auch tatsächlich so angefühlt«, gestand Oskar. »Dazu noch dieses merkwürdige Fauchen… es passt einfach, so verrückt das klingt.«
Der Gedanke jagte ihm einen Schauer über den Rücken. *Versteinerte Löwen, die alle einhundert Jahre bei der immer wiederkehrenden Apokalypse aus ihrem Schlaf erwachen und Unheil verbreiten. Man muss schon ziemlich verrückt sein, um sowas zu glauben.* Er schüttelte den Kopf. *Das stimmt wohl.* Er konnte noch immer nicht mit seinem rechten Fuß auftreten, musste sich weiter an Cassie abstützen.
»Wir haben es gleich geschafft«, sagte sie ein paar Minuten spä-

ter.
»Woher weißt du das?«
Sie lächelte.
»Bauchgefühl.«
Und sie hatte tatsächlich recht. Zehn Minuten später, in denen sie nicht besonders gut vorangekommen waren, endete der steinige Boden und es wurde langsam heller. Der Lichtstrahl, der durch eine Lücke im Stein in die unterirdische Höhle fiel, reichte dazu aus, alles betrachten zu können. Der Weg, der sie aus Ghiron Nagh herausführte, bestand zunächst aus Wasser. Es handelte sich wieder um dieses Brackwasser, was sie schon hereingeführt hatte. Oskar stöhnte auf, der Geruch widerte ihn an, doch er wusste, dass sie keine andere Wahl hatten, als dem Weg zu folgen. *Augen zu und durch.* Sie wateten nacheinander durch das hüfthohe, braune Wasser und hatten das Ufer bald erreicht. Es führte in einen engen Schacht, den sie nur nacheinander passieren konnten.
»Geh du zuerst«, meinte Oskar und verzog das Gesicht.
Er setzte sich auf den Boden und streckte seinen Fuß aus. Sein Knöchel fühlte sich noch immer lädiert an, er biss die Zähne zusammen und wartete, bis Cassie die Passage durchquert hatte.
»Jetzt du. Versuch am besten, während des Weges dein Gewicht auf den linken Fuß zu legen. So kommst du besser und schmerzfreier voran.«
Oskar versuchte, auf ihre Worte zu hören und wagte mit dem linken Fuß den ersten Schritt. Er zog sich an den Seitenwänden hoch, streckte seinen rechten Arm aus und bekam einen der zahlreichen Steine zu fassen, die er als Kletterhilfe nutzen konnte. Er atmete tief durch, zählte innerlich leise bis fünf und nahm dann die gesamte Kraft zusammen, die er in diesem Mo-

ment aufbieten konnte. Es gelang ihm tatsächlich, sich an dem schroffen Felsen hochzuziehen und Halt zu finden.
»Ein paar Meter nur noch«, ermutigte Cassie ihn.
»Los, du hast es bald geschafft.«
Ihre Worte verliehen Oskar den letzten Schub Kraft, den er noch benötigte. Der Schacht wurde nach oben hin noch enger als zuvor, es war ein Kraftakt ihn überwinden zu können. Als seine Finger den Stein berührten und er versuchte, den letzten Meter zu überwinden, hörte er Cassie aufschreien. Sie war aus seinem Blickfeld verschwunden, doch der Schrei war so laut, dass Oskar ihn auch aus der Ferne hören konnte.
»Cassie?«
Ein erneuter Schrei. Gerade, als er kurz davor war, den Schacht verlassen zu können, spürte er, wie ihm jemand auf die Fingerspitzen trat. Er warf einen Blick nach oben, sah jedoch nur einen dunklen Schatten. Er wollte sein Gleichgewicht nicht verlieren, weshalb er den Schmerz so gut es ging zu ignorieren versuchte. Als er jedoch ein zweites Mal den Druck auf seine Finger spürte, konnte er sich nicht länger halten. Er rutschte ab, schlug sich an der Steinwand den Arm blutig und fiel in die Tiefe.

Links? Rechts? Geradeaus? Simon wusste nicht, welchen Weg er wählen sollte. Das Holz unter ihm gab Geräusche ab, die nicht gerade ermutigend klangen. Es stand kurz davor, wegzubrechen, weshalb er sich beeilen musste. Er nahm schließlich den Weg, der ihm als der Richtige vorkam. Ein hölzerner Steg führte ihn nun durch tiefes Wasser, das Holz war zwar ebenfalls morsch, doch es hielt seinem Gewicht stand, ohne zu zerbrechen. Das Wasser neben ihm war dauerhaft in Bewegung, aber er sah nicht hin und konzentrierte sich nur auf dem vor ihm liegenden Weg. Plötzlich spürte er eine glitschige Hand, die nach seinem Bein griff. Er verlor das Gleichgewicht, wollte sich aus der Umklammerung befreien, scheiterte jedoch mit dem ersten Versuch. Der Griff saß zu fest und zog ihn zu Boden. Er überlegte, was er machen konnte, um zu verhindern, dass er ins Wasser gezogen werden würde. *Die Scherben!* Er holte aus seiner Hosentasche eine der scharfkantigen Scherben hervor und rammte sie ohne hinzusehen in die Hand seines Angreifers. Ein lauter und hoher Schrei ertönte, bevor die Hand von ihm abließ und wieder im Wasser verschwand. Simons Herz raste. *Das war verdammt knapp.* Vorsichtig wagte er sich zwei Schritte nach vorne, blieb dann aber wieder stehen, um sich erstmal beruhigen zu können. Die Hand war eiskalt gewesen, er spürte den festen Griff noch immer, obwohl er längst verschwunden war. Er kniete sich hin, tauchte seine Hand in das Wasser, streckte sie jedoch sofort wieder zurück und verzog das Gesicht. Es war extrem kalt. *Fast wie in der Eiswüste. Ich darf da auf keinen Fall reinfallen. Wobei...* Er überlegte. *Was war das eben? Gibt es von diesen Dingern noch mehr?* Es musste einfach so sein – alles andere würde für ihn keinen Sinn ergeben. *Wenn ich wissen will, was das ist und wie ich mich verteidigen kann, dann muss ich da rein.* Alles in ihm sträubte sich gegen sein Vorhaben, er wollte nicht in das Wasser. *Dann mache es auch nicht, verdammt,* sagte die eine Stimme in seinem Kopf. *Du wirst nicht erfahren, mit wem du es eventuell später noch aufnehmen musst,* hingegen die andere. *Okay egal,* dachte er. *Es ist erstens viel zu kalt und zweitens zu gefährlich. Vielleicht treffe ich ja auch nur hier auf diese Kreaturen.* Er musste keinen weiteren Angriff mehr abwehren und hatte kurze

Zeit später das andere Ende erreicht. Er entdeckte eine Treppe und spürte, wie ihn Erleichterung übermannte. *Die Treppe ins Foyer?* Er stieg die Stufen hinauf, hielt sich am Geländer fest und hob seinen Blick, als er das Ende erreicht hatte. Die Treppenstufen führten ihn in keinen Raum, sie endeten einfach auf einer Plattform. Simon sah das blubbernde, eiskalte Wasser unter seinen Füßen und wich drei Schritte zurück. *Na toll. Das ist schonmal der falsche Weg.* Sein Blick schweifte von dem Wasser herüber nach rechts. Auf einer kleinen Steininsel im Wasser standen fünf Ölfässer. Eines von denen tropfte leicht, und es hatte sich ein Ölfilm gebildet, der in das eiskalte Wasser floss. *Ich muss jetzt den anderen Weg gehen. Zurück über die Brücke.* Er schluckte. Nachdem er die Treppenstufen wieder bewältigt hatte, rannte er so schnell, wie er noch nie zuvor in seinem Leben gerannt war. Drei Kreaturen fauchten ihn an und schlugen ihre scharfen Krallen in das morsche Holz des Stegs. Als Simon wieder die Wegkreuzung erreicht hatte, stützte er sich auf seinen Knien ab und atmete tief durch. Sein Herz schien ihm aus seiner Brust herausspringen zu wollen, es wütete wie ein Presslufthammer in seinem Inneren. *Einatmen. Ausatmen. Beruhigen.* Das war jedoch leichter gesagt als getan, Simon musste seine Pause verlängern um seinen Blick für die Realität wieder schärfen zu können. Zwei Minuten später entschied er sich dann für die rechte Seite, zuvor hatte er den linken Weg genommen. Der Steg markierte auch hier den Untergrund, es ging fortwährend durch das Wasser. Dieser Teil des Weges war jedoch länger und sah zudem gefährlicher aus. Hin und wieder war eines der vielen Holzbretter verbogen oder komplett herausgebrochen, Simon musste oftmals größere Schritte machen um diese Lücken überwinden zu können. Als er seinen

Fuß nach der zweiten maroden Stelle auf den Boden setzte, spürte er, wie das Holz nachgab. Die nächste Planke brach dann gänzlich weg, er konnte jedoch noch rechtzeitig den Schritt machen und so verhindern, dass er hinfiel. Einige Meter später, der Steg schien weiterhin kein Ende nehmen zu wollen und führte ihn immer weiter in die Dunkelheit, musste er kurz stoppen. Er versuchte, ruhig zu atmen und sich nicht zu bewegen, wusste jedoch, dass er das jetzt nicht schaffen würde. Er war in diesem Moment zu nervös. Etwa zehn Meter vor ihm auf dem Steg, sah er die Konturen mehrerer Wesen. Er schluckte. Ihre Haut war weiß, die Krallen und die Reißzähne messerscharf. *Ist das der richtige Weg?* Simon überlegte fieberhaft. *Ich muss es versuchen.* Bewaffnet mit einer der drei scharfen Scherben wagte er sich mehrere Schritte vor, stellte sich auf den Kampf ein. Die erste Kreatur erblickte ihn, als er sich ihr bis auf zwei Meter genähert hatte. Sie fauchte, schlug die Krallen in das Holz und machte sich kampfbereit. Simon blieb kurz stehen, holte tief Luft und rannte einfach los. Die Offensive des Gegners schien die Kreatur überrascht zu haben, Simon nutzte den Moment der Unachtsamkeit aus und rammte die Scherbe tief in den Kopf. Danach stieß er das Wesen vom Steg herunter in das eiskalte Wasser, verpasste seinem nächsten Gegner einen festen Tritt und beseitigte ihn ebenfalls. Nun hatte er nur noch zwei Wesen vor sich stehen. Es war für ihn keine schwere Aufgabe, sich seinen Weg an diesen auch noch vorbei zu bahnen. Nachdem er alle aus dem Weg geräumt hatte, wurde es langsam heller. *Es scheint wohl doch der richtige Weg gewesen zu sein.* Das Holz knarzte unter seinen Füßen, doch er hörte es kaum noch, er war viel zu konzentriert um auch nur einen Teil davon wahrnehmen zu können. Am Ende des Stegs war eine Tür auszumachen, der Anblick motivierte ihn und ließ ihn sein Tempo erneut steigern. Er streckte seine Hand nach dem Griff aus, bemerkte dann jedoch, wie der Steg unter seinen Füßen wegbrach. Er verlor den Halt und stürzte in das eiskalte Wasser. Die Krallen des ersten Angreifers blieben in seiner Wange hängen und rissen sie auf. Simon war nicht in der Lage, zu schreien, und spürte, wie ihn der Schmerz langsam übermannte und nach seinem Bewusstsein griff. Der nächste Hieb landete genau auf seinem Oberschenkel, der Stoff seiner Hose gab nach und ließ die messerscharfen Krallen auch dort in sein Fleisch eindringen. Simon versuchte jedoch, das so gut es ging zu ignorieren und sich nur darauf zu konzentrieren, wieder an die Oberfläche zu gelangen und Luft in seine Lunge zu bekommen. Der Plan ging erst auf, als er es geschafft hatte, einem seiner Angreifer mit seinem unverletzten Bein gegen den Kopf zu treten und sich so etwas herauszuwinden. Er nutzte den Vorteil von ein paar Sekunden, den er sich verschafft hatte, und zog sich an dem kaputten Ende des Stegs hoch. Seine Wange fühlte sich taub an, er griff nach dem Türgriff und wollte einfach nur weg. Er bemerkte gerade noch, dass er das Foyer erreicht hatte, ehe er auf dem Boden zusammenbrach.

»Bist du okay?«
Cassies sanfte Stimme weckte Oskar aus seiner Bewusstlosigkeit.
»Cassie? Was ist passiert?«
Er stöhnte vor Schmerz auf. Sein Arm brannte, und als er auf ihn blickte, sah er, dass dort eine tiefe Wunde entstanden war.
»Es war Ian.«
Ihre Stimme zitterte.

»Ian?«
Oskar konnte nicht glauben, was sie gerade gesagt hatte.
»Aber wo sind die anderen?«
Er sah sich um. Er lag im Wasser, über ihm erstreckte sich der Schacht, durch den sie klettern mussten, um die Höhle zu verlassen. *Ich habe es fast geschafft. Doch dann dieser Tritt auf meine Finger. Das war Ian gewesen? Ich musste das Bewusstsein für einen kurzen Moment verloren haben, als ich auf dem Boden aufgeschlagen bin.*
»Sie sind nicht hier. Und Ian sagte zu mir, dass er nicht weiß, wer wir sind. Er kann sich an nichts erinnern.«
Ihre Worte trafen Oskar wie ein Schlag ins Gesicht.
»Er hat sein Gedächtnis verloren?«
»Ja. Er hat mir ganz wirre Sachen erzählt, wie zum Beispiel, dass wir beide eine Gefahr für ihn darstellen, und er uns von daher aus dem Weg räumen muss.«
»Wo ist er?«
»Oben. Ich habe ihm gesagt, dass er bitte warten möchte. Bist du verletzt?«
Oskar nickte.
»Mein Arm hat bei dem Sturz einiges abbekommen. Außerdem habe ich auch Kopfschmerzen. Ich müsste eine kleine Pause einlegen, bevor wir weitergehen.«
So wie es mir aktuell geht, komme ich den Schacht nicht hoch. Er schluckte. *Wir werden wahrscheinlich einen anderen Weg gehen müssen.*
»Ich glaube nicht, dass ich den Schacht durchklettern kann«, sagte Oskar nun.
»Ich kann mich mit meinem Arm kaum aufstützen. Wir müssen einen anderen Weg gehen.«

»Okay.«
Cassie nahm seinen Rucksack und holte die Karte heraus. Sie war zwar etwas durchnässt, doch man konnte die wichtigsten Dinge immer noch gut erkennen.
»Wir sind gerade hier. Das hier ist das Gelände von Ghiron Nagh. Wir müssen also hier zurück und dann drei Querstraßen weiter rechts gehen. Das ist sogar eine Abkürzung. Sie führt uns zu einem Durchgang, der uns direkt an die Oberfläche bringt. Allerdings leuchtet auch hier wieder dieser Totenkopf auf.«
Cassie deutete auf die Karte.
»Hier. Denkst du, wir können das Risiko nochmal eingehen?«
»Wir müssen wahrscheinlich. Uns bleibt keine andere Wahl.«
»Du hast recht. Ich werde dann mal Ian holen.«
Oskar sah sie eindringlich an.
»Bist du dir sicher?«
»Er gehört weiterhin zu unserer Gruppe. Wir müssen ihm helfen.«
»Okay, aber bitte beeil dich.«
Cassie nickte.
»Ich bin in zwei Minuten wieder da.«
Oskar gefiel es nicht, dass sie sich nach den Geschehnissen von eben trennten - er wusste aber auch, dass er Cassie nicht von ihrem Vorhaben abbringen können würde. Er sah ihr zu, wie sie Schritt für Schritt wieder den engen Schacht hochkletterte. Als ihr Fuß aus seinem Blickfeld verschwand, wurde ihm direkt mulmig.
»Alles klar da oben?«
»Natürlich.«
»Super. Kannst du schon was sehen?«
Er wollte das Gespräch auf keinen Fall abbrechen.

»Nein, ich bin noch nicht ganz oben. Aber gleich.«
Oskar hörte, wie sie kurz zögerte.
»Was ist los?«
»Er ist hier, aber er ist verletzt. Auf seinem gesamten Gesicht ist Blut, und in seiner Hand...«
Cassie schrie.
»Er hat ein Messer!«
Oskar spürte, wie sich sein Magen zusammenzog.
»Was? Ist was passiert?«
Die nächsten Worte, die gesprochen wurden, kamen von Ian.
»Komm zur Festung, wenn du sie lebend wiedersehen möchtest. Die anderen warten dort auch schon auf dich. Du musst einfach den Spuren folgen.«
Stille. Cassie sagte keinen Ton mehr, von Ian war ebenfalls kein Geräusch zu hören. *Das darf ich nicht zulassen!* Oskar überlegte nicht lange und versuchte, mit seinem unverletzten Fuß irgendwie Halt in dem Schacht finden zu können. Der Schmerz in seinem Arm betäubte ihn nahezu, doch er biss sich auf die Zähne und versuchte, es so gut es ging zu ignorieren. Als er seinen linken Fuß aufsetzten musste, wurde es das zweite Mal kritisch. Es gelang ihm jedoch, und zehn Minuten später hatte er es endlich geschafft, den Schacht zu passieren.
Von Cassie war keine Spur mehr zu sehen. Auch von Ian nicht, die beiden waren wie vom Erdboden verschluckt.
»Cassie?«
Er rief nach ihr, wusste allerdings, dass es nichts nutzen würde. Die nächste Biegung kam direkt und machte den folgenden Gang schlecht einsehbar. Oskar ließ den Schacht hinter sich und stieß ein paar Minuten später auf die erste Gabelung. Er stand nun mitten in einem Raum, aus dem es vier verschiedene Wege

gab. Er zögerte kurz, ging dann näher an jede Passage heran und begutachtete diese. Er entdeckte direkt ein Schild und konnte in dem schummrigen Licht schnell lesen, was dort geschrieben stand. „Schnellster Weg zur Festung. Die anderen drei führen direkt in den Tod." Oskar lief ein Schauer über den Rücken. *Okay, unter normalen Umständen sind sie also diesen Weg gegangen.* Seine Beine zitterten, und er fühlte sich schlecht, wusste jedoch auch, dass Aufgeben nicht in Frage kam. *Wenn ich jetzt nicht weitermache, kann das ihren direkten Tod zur Folge haben.* Alles in ihm weigerte sich, auch nur daran zu denken, dass sie vielleicht in diesem Moment bereits tot war. *Nein. Bitte nicht.* Dann erinnerte er sich wieder an Ians Worte und war zumindest ein Ticken erleichtert. *Er bringt sie zur Festung. Was auch immer mit ihm passiert ist auf dem Weg, den er gemeinsam mit Tim, Willow und Nora gegangen ist.* Der Gedanke daran, Cassie und möglicherweise auch die anderen schnellstmöglich befreien zu wollen, trieb ihn weiter an. *Es muss keiner mehr sterben.* Er spürte, wie ihn die Trauer wieder übermannte, und dachte an das zusammengefaltete Blatt Papier, was Louis ihm kurz vor seinem Tod gegeben hatte. *Ja, ich werde es am Ende lesen. Ganz bestimmt.* Er wusste zwar nicht, was Louis ihnen noch hatte sagen wollen, war aber unfassbar gespannt auf das, was dort geschrieben stehen würde. *Er ist einen ungerechten Tod gestorben. Nur, weil ich in die Höhle wollte, wurde er angegriffen.* Er wollte jetzt nicht daran denken, doch die Schuldgefühle verschwanden erst einmal nicht, sondern blieben fest in seinen Gedanken verankert und verdrängten die Konzentration auf den vor ihm liegenden Weg. Dieser führte steil bergauf. Oskar versuchte, irgendwelche Spuren zu finden die darauf hinweisen, dass Cassie und Ian vor kurzer Zeit noch hier gewesen waren, fand jedoch nichts. Das Wasser und der steinige Untergrund hatten nichts Ungewöhnliches an sich, und auch die Höhlenwände sahen vollkommen normal aus. *Als wäre nie etwas passiert.* Er schluckte. Weitere zehn Minuten später endete die Steigung und es tat sich ein Weg an die Oberfläche auf. Dieser war mit Schutt bedeckt, Oskar räumte die Steine weg und bahnte sich Schritt für Schritt vor. Als er endlich wieder das Tageslicht auf seiner Haut spürte, hustete er kurz und atmete tief ein. Es fühlte sich herrlich an, unterhalb war die Luft eher verbraucht und nie wirklich frisch gewesen. Er blickte sich um, entdeckte einen Springbrunnen und ging auf diesen zu. Es war eine Wohltat, er schöpfte sich eine Handvoll Wasser und trank. *Wenn Cassie nur hier wäre...* Die Entspannung wich von ihm und machte wieder der beklemmenden Kälte Platz. *Ich muss jetzt zur Festung. Ich darf keine Sekunde mehr verlieren.* Er hob seinen Blick wieder und sah, was die Ursache für den ganzen Schutt war. *Das war also der laute Knall gewesen.* Vor ihm lagen die Überreste einer Kathedrale, und als er sich einen Meter näher heranwagte, fiel ihm direkt etwas ins Auge. *Nein, Bitte nicht.* Eine menschliche Hand ragte unter den Trümmern heraus. *Cassie!* Oskar begann, wie von Sinnen den leblosen Körper freizuschaufeln. Er verspürte aufkommende Erleichterung, schämte sich jedoch im selben Moment dafür. Vor ihm lag nicht wie befürchtet Cassie, sondern Annie. In ihrem Hinterkopf steckte ein scharfes Stück Glas, ihre Augen waren blutunterlaufen und leer. *Ich bin zu spät. Ich kann nichts mehr für sie tun.* Oskar bedeckte ihr Gesicht wieder, wandte sich ab und spürte dann, wie ihm Tränen in die Augen stiegen. *Wir hatten zu wenig Verständnis für ihre Situation. Wir hätten sie niemals alleine hier laufen las-*

sen sollen. Wir waren immerhin eine Gruppe. Er hob seinen Kopf wieder und versuchte zu erkennen, ob es einen Weg gab, der ihn zu der Festung führen würde. Er entdeckte ein verschüttetes Schild, räumte es frei und las, was dort geschrieben stand. „Festungs-Kathedrale. Direkter Weg durch den Keller."
Durch den Keller? Oskar überlegte. *Wenn die Explosion im höherliegenden Teil der Kathedrale stattgefunden hatte, sollte der Keller noch zugänglich sein. Irgendwo unter diesen Bergen aus Schutt.* Er wusste nicht, wo er ansetzen sollte, und räumte deshalb erstmal die Umgebung rund um das Schild frei. Neben den vielen Steinen lagen dort auch Glasscherben, er musste extrem aufpassen, dass er sich nicht noch stärker verletzte. Zehn Minuten später hatte er einen großen Teil freigelegt und sah vor sich eine Treppe. *Sie muss in den Keller führen.* Er folgte den teilweise noch gut erhaltenen Stufen und hatte schon bald einen Gang erreicht. *Es muss hier einfach langgehen. Verdammt.* Stickige Dunkelheit empfing ihn und ließ seine Beklemmung nur noch stärker werden. Er ging ein paar Schritte auf dem Steinboden, und spürte plötzlich ein unangenehmes Gefühl. *Was ist denn los?* Der Boden unter ihm vibrierte, und wenig später erschütterte ein Erdbeben den unterirdischen Raum. Das letzte, was Oskar sah, bevor er das Bewusstsein verlor, waren gigantische, lodernde Flammen.
»Sieht ganz so aus, als würde es bald dunkel werden.«
Nora klang zuversichtlich.
»Stimmt.«
Willow sah Tim an.
»Ein gutes Zeichen. Ich bin gespannt, was uns erwartet.«
»Hoffentlich hat Simon bisher alles gut überstanden. Ohne ihn fühle ich mich irgendwie unwohl«, murmelte Willow.

»Er hat sich auf seinen eigenen Weg gemacht und kennt sich da drin ja auch aus. Wir werden wohl ohne ihn zurechtkommen müssen, aber das schaffen wir. Ganz bestimmt.«
Es dauerte ein paar Momente, bis das Außengelände von einer Stimme erfüllt wurde.
»Herzlichen Glückwunsch, ihr habt euer Ziel erreicht.«
Tim erkannte sofort, dass Ruby die Worte gesprochen hatte.
»Tim, ich bitte dich jetzt, zum Eingang zu gehen. Die Festung öffnet ihre Tore, allerdings nur für dich.«
»Bleib bei uns«, sagte Willow.
Sie wirkte unsicher.
»Bitte.«
»Ich habe keine andere Wahl. Wenn wir hier rauskommen wollen, bleibt uns nichts anderes übrig, als genau das zu tun, was die von uns verlangen.«
»Ganz genau.«
Tim drehte sich um und sah, wie Ruby vor der Festung auf der Brücke stand. Sie war umzingelt von vielen Menschen, die allesamt eine Ritterrüstung trugen und Schwerter in die Höhe streckten.
»Wir sind deutlich in der Überzahl. Widerstand ist zwecklos.«
Tim sah Willow an.
»Wartet einfach hier. Bitte. Wir sehen uns bald wieder.«
Er umarmte sie und versuchte, direkten Blickkontakt herzustellen.
»Hast du mich verstanden.«
Sie nickte schwach.
»Super.«
Er sah Nora kurz an.
»Alles klar?«

»Ja. Viel Glück.«

Tim entfernte sich von den beiden und ging langsam in Richtung der Brücke. Das morsche Holz gab ein paar Geräusche unter seinen Schuhen ab, er versuchte jedoch, sich davon nicht irritieren zu lassen.

»Schön, dass wir uns auch mal wiedersehen.«

Ruby lächelte.

»Hätte ich auch gut und gerne drauf verzichten können«, murmelte Tim.

»Schade, dass du meine Freude nicht teilen kannst. Aber es ist mir ehrlich gesagt auch egal. Für dich ist jetzt nur wichtig, die nächste Aufgabe zu bestehen.«

»Was für eine Aufgabe?«

»Das werde ich dir gleich erzählen. Komm mit.«

Ruby trat ins Innere, Tim folgte ihr. Sie befanden sich nun im riesigen Foyer. Es gab drei verschiedene Wege, um in das Obergeschoss zu gelangen. Zu seiner linken, in der Mitte und rechts erstreckte sich jeweils eine Treppe, die eine Etage höher auf einzelne Plattformen führte.

»Was ist das hier für ein Gebäude?«

»Es ist die Festung von Ghiron Nagh. Der Name wird dir nichts sagen, und er ist auch nicht so wichtig. Vor vielen Jahren war Ghiron Nagh Handelszentrum und nahezu eine Weltmetropole- bis die Stadt schließlich durch ein Erdbeben komplett zerstört wurde. Zumindest der innere Teil. Die Festung hier blieb die gesamte Zeit über erhalten.«

»Wohin bringst du mich?«

Ruby schlug den mittleren Weg ein. Als sie die Treppen überwunden und den höher gelegenen Teil des Gebäudes erreicht hatten, drehte sie sich kurz um.

»Wir müssen dich auf deine Prüfung vorbereiten. Sie ist sehr, sehr wichtig.«
»Was für eine Prüfung?«
»Stell nicht zu viele Fragen. Du wirst zu gegebener Zeit alles Wissenswerte erfahren.«
Tim gab sich mit ihrer Antwort nicht zufrieden.
»Was passiert mit Nora und Willow?«
»Das liegt allein in deiner Hand.«
Nachdem sie ein paar Räume passiert hatten, standen sie vor einer Glastür. Tim runzelte die Stirn. Sie sah viel zu modern aus, passte gar nicht in das Erscheinungsbild der Festung. Ruby öffnete die Tür.
»Setz dich bitte.«
Sie deutete auf einen Stuhl, der im angrenzenden Raum stand. Die beiden Gebäudeteile waren durch eine dicke Glasscheibe voneinander getrennt.
»Ich möchte dich jetzt so gut es geht auf das vorbereiten, was dich gleich erwartet. Du wirst in jeglicher Hinsicht an dein Maximum kommen.«
Ruby holte aus ihrer Hosentasche zwei goldene Schlüssel hervor und schob sie unter der Scheibe hindurch. Tim betrachtete sie näher.
»Du kannst dir wahrscheinlich denken, wofür die beiden Buchstaben dort stehen.«
Es war mehr eine Aussage als eine Frage.
»Willow und Nora werden in diesen Moment von meinen Helfern auf das Dach gebracht. Ja, dort wartet auch Lily, die du bereits aus Simons Erzählungen kennst. Bald wird auch Cassie da sein. Ihr könnt sie alle retten, es muss keiner sterben – sofern ihr eure Aufgabe erfüllt.«

Ruby drehte sich um und holte etwas von einem Tisch, den Tim zuvor nicht wahrgenommen hatte. Es handelte sich um eine Handfeuerwaffe.
»Die wird dir sicherlich behilflich sein können.«
Tim nahm sie direkt in die Hand und richtete sie auf Ruby. Diese lachte jedoch nur.
»Du brauchst gar nicht daran zu denken.«
Sie zog ihren dünnen Pullover hoch.
»Das ist ein Sprengstoffgürtel. Sobald ich von einer Kugel getroffen werde, fliegt das gesamte Gebäude in die Luft. Außerdem stirbt dann jeder einzelne auf dem Dach, weil dort ebenfalls einige Sprengsätze angebracht sind. Also, was ist dir lieber?«
Ruby stand auf und klopfte gegen die Scheibe.
»Außerdem würdest du es sowieso nicht schaffen. Das hier ist Panzerglas. Da kommt keine Kugel durch.«
Frustriert senkte Tim die Waffe.
»Wozu hast du sie mir gegeben, wenn ich sie nicht sinnvoll nutzen kann?«
»Du kannst und du wirst sie sinnvoll nutzen müssen bei deiner Prüfung. Es steht viel für dich auf dem Spiel.«
»Was ist der Zweck dieser Prüfung?«
»Am Ende geht es für dich darum, Willow und Nora zu retten, deshalb bekommst du diese zwei Schlüssel. Sie gehören zu den Handschellen, die beiden wahrscheinlich gerade in diesem Moment angelegt werden.«
Tim spürte, wie sich sein Magen verkrampfte.
»Draußen vor dem Gebäude wartet ein Helikopter auf dich. Er bringt dich zu einem nahegelegenen Wald. Dein Ziel ist es, dich dort durchzuschlagen. Du hast fünf Kugeln und musst versu-

chen, damit durchzukommen. Auf der anderen Seite des Waldes wartet das Team, was dich hierher zurückbringt. Du wirst dann direkt auf dem Dach landen und kannst die beiden retten.«
»Okay.«
»Denk dran, du darfst dir keine Fehler erlauben. Es muss alles perfekt sein, ansonsten wird jemand auf dem Dach sein Leben verlieren.«
Die Kälte in Rubys Stimme ließ Tim zittern. Ihm war klar, dass sie das, was sie sagte, todernst meinte.
»Ich wünsche dir viel Glück. Niemand muss sterben, alle können überleben.«
Sie schob den Stuhl zurück.
»Die Tür hinter dir führt dich zu meinem Team. Sie warten bereits auf dich.«
Ruby griff nach einem Funkgerät, was die gesamte Zeit über an ihrem Gürtel unterhalb des Sprengsatzes hing. Sie wirkte entschlossen und selbstsicher.
»Okay Leute, die Mission kann losgehen.«
Ein paar Sekunden später hörte Tim, wie hinter ihm die Tür aufgerissen wurde. Er steckte sich die Waffe irgendwie an seine Hose, bevor er spürte, wie er von kräftigen Händen brutal aus dem Raum gezogen wurde. Anfangs versuchte er noch, sich aus dem festen Griff zu wehren, sah dann jedoch ein, dass diese Aktion nicht erfolgversprechend war. Sein Arm schmerzte, als ihn die schwarz gekleideten Leute in den lärmenden Helikopter hievten. Als sie in die Luft stiegen, schloss er die Augen und wünschte sich einfach nur, dass er schnellstmöglich wieder bei den anderen sein konnte und sie alle lebend wiedersehen würde.

Simon wurde von einem leisen Piepen geweckt. Er schlug die

Augen auf, und sah, dass er sich in einem Bett befand. Im Zimmer war es hell und die Luft fühlte sich stickig an. Er legte die Decke zur Seite und setzte seinen ersten Fuß auf den Boden. Er blickte an sich herunter und sah den Verband, der um seinen rechten Oberschenkel gewickelt war. Die Erinnerungen an die Geschehnisse im eiskalten Wasser kamen nach und nach wieder. *Mein Gesicht.* Als er dort entlang tastete, spürte er ebenfalls Verbandszeug. Mit zitternden Knien ging er in das kleine Badezimmer hinein, schaltete das Licht an und sah in den Spiegel. Er zuckte zusammen. Das, was er dort erblickte, erschrak ihn so sehr, dass ihm sogar übel wurde. Der Verband hing ihm lose im Gesicht herunter und legte die Wunde offen. Er zuckte zusammen, und als er seinen Kopf etwas nach rechts drehte, spürte er erneut, wie der Schmerz ihn übermannte. *Ich sollte mich wieder hinlegen. Aber wo bin ich hier?* Er trat wieder in sein Zimmer zurück und ging zwei Schritte vor bis zur Tür. Er musste sich auf seine Zehenspitzen stellen, um einen Blick aus dem kleinen Fenster an der Tür haben zu können. Bei dem Versuch spürte er jedoch, wie die Wunde an seinem Oberschenkel beharrlich anfing zu pochen. *Ich muss mich noch in der Festung befinden. Sie ist schließlich riesig... nur wo genau?* Er hörte Schritte, die seinem Zimmer immer näherkamen, drehte sich erschrocken um und humpelte zum Bett zurück. Nur wenige Sekunden später öffnete sich die Tür und Abigail trat ein.

»Hallo, Simon.«

Sie legte ein kurzes Lächeln auf, wurde dann jedoch wieder ernst.

»Geht es dir mittlerweile besser? Als wir dich im Foyer aufgegriffen haben war dein Zustand sehr kritisch. Wir haben dir das

Gegengift gerade noch rechtzeitig gespritzt. Die Schmerzmittel scheinen außerdem ganz gut zu wirken.«
»Wo sind die anderen? Wie lange war ich bewusstlos?«
»Ein paar Stunden. Es ist mittlerweile bereits Abend. Die anderen sind gerade dabei, ihre letzte Prüfung für diese Testphase zu erledigen.«
»Und was passiert mit mir?«
»Deine körperliche Verfassung ist nicht die beste. Dein Ziel wird es einfach nur sein, auf dem Dach anzukommen. Hier ist der Schlüssel für Lilys Handschellen.«
Simon wurde sofort hellhörig.
»Was ist mit ihr?«
»Du kannst sie mit diesem Schlüssel befreien.«
»Und wo ist der Haken an der Sache?«
»Nun ja, du musst von hieraus deinen Weg auf das Dach finden. Das ist schon schwer genug. Guck nur mal aus dem Fenster.«
Simon erhob sich vorsichtig aus seinem Bett und ging ein paar Schritte nach vorne, bis er vor dem Fenster stand. Er zog den Vorhang zur Seite und blickte hinaus.
»Wir befinden uns hier in einem zweiten Gebäude. Die Festung ist dort.«
Sie zeigte auf die imposanten Mauern, was eigentlich überflüssig war, denn Simon hätte sie auch ohne ihre Hilfe erkannt. Die Festung lag grob geschätzt etwa fünfzehn Minuten entfernt.
»Ist die Tür geöffnet, vor der ich letztes Mal umkehren musste?«
»Ja. Alle Türen sind geöffnet, außer die Luke, die auf das Dach führt.«
Simon stützte sich auf dem Bett ab.
»Vergiss deine Waffe nicht, du könntest sie gebrauchen. Sie

liegt im Schrank unter den Klamotten, die du dir gleich anziehen solltest.«
»Nenne mir einen Grund, warum ich dich mit dieser Waffe nicht gleich direkt erschießen soll.«
Abigail zuckte mit den Schultern.
»Weil es dir nichts bringt. Ruby hat dort oben Cassie, Lily, Willow und Nora in ihrer Gewalt. Sollte irgendetwas nicht nach Plan verlaufen, wird sie alle töten.«
Der Gedanke an dieses Szenario ließ Simon einen kalten Schauer über den Rücken laufen. Seine Motivation, sich jetzt erst recht keinen Fehler zu erlauben, stieg umso mehr.
»Was ist mit Kieran und Stephan?«
»Sie befinden sich ebenfalls in der Festung. Beide sind noch am Leben.«
»Was passiert mit ihnen?«
»Du kannst sie natürlich auch retten. Das hängt aber ganz an dir.«
»Gut, ich bin bereit.«
»In vier Stunden ist es Mitternacht.«
Abigail deutete auf die Uhr, die sie um ihr Handgelenk trug.
»Bis dahin solltest du dein Ziel erreicht haben. Denn dann öffnet sich die Luke und du hast die Chance, Lily zu retten.«
»Was passiert, wenn ich zu spät komme?«
»Du hast einen kurzen Weg, der in der Zeit eigentlich sogar zwei Mal machbar ist. Darum kannst du dich glücklich schätzen. Die anderen beiden erwartet eine schwerere Aufgabe. Ich wünsche dir viel Erfolg.«
Damit verabschiedete Abigail sich und verschwand aus dem Zimmer. Simon wartete erst einen Moment ab, in dem er über die Worte nachdachte, mit denen sie ihn allein gelassen hatte.

Okay, ich muss nur auf das Dach, Lily befreien und die anderen treffen. Er stellte sich den Moment genau vor, in dem er wieder vor Ruby stehen würde. *Wenn wir alle gerettet haben, habe ich nichts mehr zu verlieren.* Er öffnete den Schrank, zog die frischen Klamotten an und riss den losen Verband aus seinem Gesicht. Die Wunde war bereits vertrocknet und er fühlte sich wohler, wenn sie etwas Luft bekam. Als er seine Waffe erblickte, verspürte er wieder dieses einzigartige Gefühl von Sicherheit. *Wir werden es alle schaffen.* Er öffnete seine Zimmertür und trat auf den leergefegten Flur hinaus. Er wollte möglichst niemandem begegnen, wusste aber auch, dass das schnell passieren konnte. Die Wände fühlten sich kühl an, er ging an ein paar Türen vorbei und hatte bald das Ende des Ganges erreicht. Eine Glastür führte ihn dort nach draußen. Der Boden war schlammig, er erinnerte sich wieder an den Weg, den er damals zur Festung gegangen war. *Ich, Lily, Kieran und Stephan.* Er schluckte. *Alle sind noch am Leben, und ich habe die Chance, alle zu retten. Doch will ich das überhaupt?* Zumindest was Stephan anbelangte, war er sich da alles andere als sicher. *Er wollte mich töten. Hätte ich eine Sekunde länger gezögert, oder wäre nicht alles perfekt gelaufen, hätte er das sogar geschafft. Er stellt unweigerlich eine Gefahr dar.* Simon wollte darüber jetzt jedoch nicht nachdenken, da er merkte, dass es ihm die Motivation ein Stück weit wegnahm. *Positiver. Viel positiver.* Der Boden unter seinen Füßen gab immer weiter nach, jeder Meter fühlte sich kräftezehrender an als zuvor. Dazu kam noch, dass er wegen der Wunde an seinem Oberschenkel zusätzlich gehemmt war. Es war also ein wahrer Kraftakt, den Weg bestreiten zu können. Eine halbe Stunde später hatte er die Rückseite der Festung erreicht. Es dauerte weitere zehn Minuten, bis er die Mauern und den Graben umrundet hatte und direkt vor dem Eingang stand. Das morsche Holz der Zugbrücke gab bei jedem einzelnen Schritt ein anderes Geräusch ab, und zeitweise hatte Simon die Befürchtung, dass sie seinem Gewicht nicht standhalten würde. Dementsprechend war er extrem erleichtert, als er die Tür erreicht hatte und wieder in das Foyer trat. Er hob seinen Blick, und konnte zunächst nicht glauben, was er nun sah. Erst, als sich Kieran nicht in Luft auflöste, sondern geradewegs in seine Richtung ging, war er sich sicher, dass er nicht fantasierte.

»Ian, was ist los?«
Cassie versuchte, sich aus seinem unerwartet starken Griff zu winden, hatte jedoch keinen Erfolg. Er trieb sie durch die Höhle, in Richtung des Lichtes. Sie vermutete, dass es sich dabei um einen Ausgang handelte.
»Sie töten uns alle, wenn wir uns nicht an die Regeln halten. Verdammt nochmal, ich will dir nicht wehtun und das mit Oskar wollte ich schon gar nicht.«
»Du kannst dich doch an alles erinnern?«
»Nicht an alles. Aber einige Erinnerungen sind in der letzten Stunde wiedergekommen.«
»Was hast du denn mit mir vor? Wohin bringst du mich?«
»Wir müssen uns an den Plan halten. Mehr erzählt Ruby dir später. So schwer es auch klingt... vertrau mir.«
Alles in Cassie sträubte sich dagegen, das zu tun. *Er trennt mich erst von Oskar, verletzt ihn sogar noch und jetzt zerrt er mich durch diese Höhle und sagt ich soll ihm vertrauen?* Sie schüttelte den Kopf.
»Das ist nicht dein Ernst, oder?«

Sie startete einen erneuten Befreiungsversuch, wurde jedoch von seinen Armen zurückgehalten. Er erhöhte seine Kraft und drückte ihre Hände enger zusammen.
»Du tust mir weh, Ian.«
Sie hoffte, dass diese direkte Ansprache irgendwas bei ihm auslösen würde.
»Dann verhalte dich nicht so idiotisch!«
Seine Worte klangen scharf.
»Wir können es alle in die letzte Testphase schaffen. Du musst nur auf mich hören und mitkommen.«
»Mir bleibt ja scheinbar nichts anderes übrig«, murmelte sie.
»Was passiert mit Oskar? Er könnte sich verletzt haben!«
»Die kümmern sich um ihn. Er wird in ein paar Stunden zum Ort seiner letzten Prüfung gebracht.«
»Die letzte Prüfung?«
»Ich kann nicht mehr darüber sprechen. Es tut mir leid. Aber du wirst heute Abend alles erfahren.«
Ian führte sie durch den Gang zu ihrer linken. Cassie hatte sich mit der Situation abgefunden, sie hatte weder die Motivation, noch die nötige Kraft, sich weiterhin zu wehren. Und weil sie sich nun auch nicht mehr sträubte, konnten sie den folgenden Weg ohne Probleme hinter sich bringen. Cassie konnte nicht sagen, wie viel Zeit vergangen war, als sie endlich die Oberfläche erreicht hatten. Sie atmete tief ein. Die Luft in der Höhle unterhalb war zwar nicht schlecht, aber irgendwie verbraucht gewesen, weshalb es sich enorm gut anfühlte, die Lunge endlich wieder mit frischer Luft füllen zu können. Der Himmel war stark bewölkt, es sah so aus, als könne es jede Minute anfangen, zu regnen. Plötzlich kam ein Geräusch auf, dass immer lauter wurde. Der Ursprung wurde Cassie schnell klar. *Ein Helikopter.*

Sie sah ihn direkt, er kam aus der Ferne und schwebte dann einige Meter vor ihnen über dem Boden, bis er schließlich landete. Mehrere bewaffnete Männer in schwarzen Anzügen stiegen aus und warteten, bis sie den Helikopter erreicht hatten.
»Rein.«
Der Mann vor ihr nahm seinen Helm kurz ab. Cassie kannte ihn nicht, es musste sich um irgendeinen Wächter handeln. Sie wollte ihm nicht widersprechen, und kroch vor Ian in den Innenraum.
»Wohin bringen die uns?«
»Direkt zur Festung.«
In der Ferne war ein Donnergeräusch zu hören. Kurz darauf folgten dann die ersten Regentropfen. Sie prasselten gegen die Scheibe des Helikopters, während dessen Türen geschlossen wurden und sie in die Luft stiegen. Alles schaukelte. Cassie fühlte sich unwohl, ihr Magen begann, sich zu verkrampfen. Sie wollte nicht aus dem Fenster gucken, sondern hoffte einfach nur darauf, dass der Flug schnell wieder vorbei war. Draußen folgte nun der zweite Donner. Blitze zuckten umher, und der zunächst leichte Regen hatte sich schnell in einen Platzregen verwandelt. Der Wind ließ den Helikopter noch stärker Schaukeln, Cassie schloss die Augen, doch ihr Schwindelgefühl wurde dadurch eher noch stärker. Sie richtete sich auf und wagte das erste Mal einen Blick aus dem Fenster. *Schlimmer kann es ja nicht werden.*
»Du kannst dich beruhigen, wir sind gleich da.«
Ian wandte sich zu ihr.
»Wir schaffen das.«
Seine Worte überraschten sie. *Auf welcher Seite steht er denn nun? Es muss scheinbar unsere sein. Vielleicht hat er ja recht.*

Gemeinsame Ziele

»Wo warst du die gesamte Zeit? Wieso hast du dich von den anderen getrennt?«

Cassie entschied sich dazu, ein Gespräch zu beginnen. Sie musste zwar schreien, um die lauten Geräusche des Helikopters zu übertönen, doch es half ihr dabei, das mulmige Gefühl zumindest etwas loszuwerden.

»Es war dieses Licht, auch bekannt als Teufelslicht. Es ist dafür konzipiert worden, die gesamten Erinnerungen von dem auszulöschen, der davon getroffen wird. Nur war das bei mir nicht der Fall. Das Licht hat mich zunächst von den anderen getrennt, bis ich ein paar Minuten später von den Leuten hier aufgegriffen wurde«, erzählte Ian.

»Was haben sie gemacht?«

»Sie haben mir irgendetwas gespritzt. Ich vermute mal ein Mittel, das gegen den Prozess des Vergessens wirkte. Vielleicht aber auch ein Beruhigungsmittel.«

Er zuckte mit den Schultern.

»Es ist mir ehrlich gesagt auch egal. Danach haben sie auf jeden Fall mit mir gesprochen. Sie brauchten mich gar nicht groß überzeugen, denn ich habe sofort verstanden, was sie mir sagen wollten. Wenn alles perfekt läuft, wir kooperieren und an einem Strang ziehen, dann muss heute niemand sterben.«

»Wozu dann die ganzen Tests?«

»Sie wollen Oskar, Tim und Simon, einen Überlebenden von der Gruppe vor uns den ich aber bisher noch nicht kennenlernen durfte, testen und auf das, was kommt, vorbereiten. Es sind harte, aber machbare Aufgaben. Sie werden es schaffen.«

Aus irgendeinem Grund ermutigten sie seine Worte, obwohl sie ihm nicht wirklich glauben konnte. *Ich sollte nicht weiter nachfragen, sondern einfach abwarten.* Ein paar Minuten später setzte der Helikopter bereits zum Sinkflug an. Cassies Erleichterung wuchs mit jedem Meter, dem sie dem Dach der Festung näherkamen. Von oben sah sie sehr imposant aus. Das Gebäude wurde von einer Mauer und einem Wassergraben umgeben, dahinter war ein riesiger Wald zu sehen.
»Weißt du, was für Aufgaben das sind? Wo finden sie statt?«
Ian schüttelte den Kopf.
»Nein.«
Hoffentlich geht es Oskar gut. Sie sehnte sich nach ihm. *Oskar, Tim und Simon. Nora, Willow und ich.*
»Ich wollte bisher nicht fragen«, unterbrach Ian ihren Gedankenvorgang.
»Aber was ist mit Louis und Annie passiert?«
Annie.
»Louis hat es nicht geschafft.«
Sie spürte, wie sie sich davor zurückhalten musste, ihren Gefühlen freien Lauf zu lassen.
»Scheiße. Wie ist es passiert?«
Ian klang ebenfalls traurig.
»Er ist für mich ein Freund geworden, als wir in den Käfigen eingesperrt waren. Wir haben es dort gemeinsam geschafft.«
Er wischte sich ein paar Tränen aus dem Gesicht und schluckte.
»Ich kann es gar nicht glauben.«
»Er wurde in einer Höhle angegriffen von einer dieser Kreaturen. Wir hatten danach noch Hoffnung, weil Oskar und ich in der Stadt eine Apotheke gefunden hatten, in der wir tatsächlich das Medikament bekommen haben.«

»Und was dann?«

»Louis hat es genommen. Für den Abend war dann alles in Ordnung, am nächsten Tag hat er jedoch uns, oder besser gesagt Oskar, gebeichtet, dass das Gegengift nur einmal helfen würde.«

»Er ist also an seiner Verletzung gestorben?«

»Nicht direkt.«

Es fiel Cassie schwer, ihm zu erzählen, dass sie es war, die den letzten Schritt gemacht hatte. Vor ihrem inneren Auge sah sie erneut das Szenario. Vor ihr stand Louis, er hielt die Gitterstäbe mit seinen Fingern umklammert. Er wirkte jedoch nicht verzweifelt, sondern... eher erleichtert.

»Wir wurden von ihm durch eine Falle, die dort unten eingebaut war, getrennt. Letztendlich habe ich ihn getötet, weil er es wollte. Ich habe ihn von seinem Leid erlöst. Er hatte große Schmerzen und nicht mehr viel Zeit zu leben.«

»Okay.«

Ian legte eine kurze Pause ein.

»Mach dir deswegen bloß keine Vorwürfe, ja?«

Sie sah ihn an. Vor zehn Minuten war sie noch davon überzeugt gewesen, dass Ian auf der anderen Seite war, jetzt wusste sie jedoch, dass dies nicht der Fall war. *Er gehört weiterhin zu uns, hat das getan, was er tun musste. Vielleicht haben sie ihm sogar gedroht.* Seine letzten Worte klangen plötzlich wieder in ihrem Kopf nach. *Wenn wir kooperieren und an einem Strang ziehen, muss niemand sterben.* Sie schwebten jetzt nur noch wenige Meter über dem Boden, und Cassie sah, wie wenig später die Türen wieder geöffnet wurden und die Männer ausstiegen.

»Arthur, bitte hilf den beiden aus dem Heli raus. Daniel, du sicherst gleich bitte unser Gefährt ab. Schalt alle Lichter aus und

stell ihn ab. Der, der draußen im Wald ist, darf nicht auf dumme Ideen kommen.«
»Geht klar, Oliver«, antwortete der Mann knapp.
Der, der draußen im Wald ist. Oskar? Sie spürte einen kurzen Schimmer von Hoffnung. *Bringen sie ihn in den Wald?*
»Wer...?«
»Keine Zeit für Fragen«, unterbrach Arthur sie und half zunächst ihr und dann Ian aus dem Helikopter heraus.
Cassie war froh, endlich wieder festen Boden unter ihren Füßen zu spüren. Die ersten Schritte fielen ihr schwer, da sie sich ziemlich wackelig auf den Beinen fühlte, doch dank Ians Hilfe gelang es ihr, das Gleichgewicht zu halten. Während sich Arthur und Daniel um den Helikopter kümmerten, stand Oliver bereits einige Meter abseits und wartete auf sie.
»Ruby übernimmt gleich«, sagte er nur und entfernte sich dann. »Da hinten.«
Ian deutete in die Richtung, in die sie gehen mussten. Cassie erkannte vier Personen. Ruby, Willow, Nora, und ein Mädchen, was sie bisher noch nicht kannte. *Annie nicht.* Sie schluckte und fühlte sich schlecht. *Was wohl zu bedeuten hat, dass sie es nicht geschafft hat.*
»Cassie!«
Nora kam angestürmt und umarmte sie.
»Wie geht es dir, alles okay?«
Cassie schüttelte den Kopf. Sie fühlte sich schwach.
»Sie werden uns retten. Ruby hat gesagt, dass sie sich einfach nur an die Regeln halten müssen. Dann wird uns nichts passieren.«
Ruby nickte.
»Richtig. Hallo Cassie, freut mich, dich unverletzt zu sehen.«

»Dann fehlt nur noch Annie. Wo ist sie?«
»Ich weiß es nicht. Wir haben sie verloren.«
»Und Louis?«
Cassie wandte sich ab. Sie hatte nicht die Kraft, erneut das zu erzählen, was sie Ian eben bereits gesagt hatte, deswegen trat er hinter ihr hervor und übernahm. Nora sah ihn zunächst ungläubig an, doch als er ihr erklärte, wie er hergekommen war, setzte sie wieder einen freundlicheren Gesichtsausdruck auf.
»Scheiße«, murmelte sie.
»Stimmt das mit dem Medikament?«
Nora sah Ruby an.
»Ja, Coretilyx hat eine einmalige Wirkung. Ein zweiter Angriff und ein zweites Mal diese hohe Menge an Gift ist tödlich.«
»Es muss schrecklich für euch gewesen sein.«
Willow meldete sich zu Wort. Der Regen hatte mittlerweile etwas nachgelassen, trotzdem war Cassie bereits durchnässt. Sie strich sich eine verklebte Strähne aus der Stirn.
»Ja, das war es auch.«
Es folgte bedrückende Stille, bis Ruby nach ein paar Momenten wieder das Wort übernahm.
»Es wird gleich wahrscheinlich wieder heftiger regnen. Ich hoffe, der Helikopter hat keine Probleme.«
»Was für Aufgaben müssen die drei erledigen?«
Lily meldete sich das erste Mal zu Wort, seit Cassie und Ian auf dem Dach angekommen waren. Ruby hatte ihr den Knebel aus dem Mund entfernt, damit sie sprechen konnte.
»Mein Name ist Lily«, sagte sie an Cassie gewandt.
»Ich war in der Gruppe vor euch hier.«
»Cassie«, murmelte Cassie knapp und sah dann wieder Ruby an.

»Unterschiedliche.«
Sie drückte ein paar Knöpfe auf einer Fernbedienung und rief drei verschiedene Kameraansichten auf einem Bildschirm vor ihnen auf.

Oskar wachte auf. Es war dunkel, und er hatte starke Kopfschmerzen. Er stöhnte auf, drehte sich auf die Seite und versuchte, sich aufzurichten. Sein Kopf stieß gegen harten Stein, und aus der Panik heraus streckte er seine Gliedmaßen aus. Es war verdammt eng. *Bin ich in einem Schacht? Aber wie ist das passiert?* Er erinnerte sich, wie er den verschütteten Gang erreicht hatte. Danach... *Ein Erdbeben? Ja, so hatte es sich angefühlt.* Ihm blieb nur übrig, sich durch kriechen vorwärts zu bewegen. Als seine Hand über den Boden glitt, spürte er etwas. *Was...?* Er griff danach, hob es auf, und hielt sich das Gerät vor die Augen. Trotz der Dunkelheit konnte er dank heller Leuchtziffern, die die Uhrzeit anzeigten, erkennen, um was es sich handelte. Ein Aufnahmegerät. *Da ist bestimmt eine Botschaft drauf.* Ohne weiter nachzudenken drückte er auf „Play". Sofort dröhnte Rubys Stimme aus dem kleinen Lautsprecher und erfüllte die Umgebung.
»Hallo Oskar. Willkommen zu deiner letzten Prüfung in Testphase zwei, die du ja bisher nahezu unbeschadet überstanden hast. Du befindest dich... tja, wo eigentlich? Das darf ich dir nicht verraten. Nur folgende Worte, die dir eventuell als Hilfe dienen könnten: folge deinem Herzen. Der Ausgang ist immer zu deiner Linken, rechts bist du verloren. Der Schlüssel führt zum Glück. Du findest ihn in deiner rechten Hosentasche.«
Nach einem lauten Knistern war die Aufnahme beendet. Oskar ließ sich die Worte genauestens durch den Kopf gehen und ver-

suchte dann, irgendwie an seine rechte Hosentasche zu gelangen. Es gestaltete sich als enormer Kraftaufwand, er schaffte es jedoch nach ein paar Versuchen. Die Leuchtziffern des Aufnahmegerätes halfen ihm, einen genaueren Blick auf den Schlüssel werfen zu können. Er bestand aus Gold und war mit einem Buchstaben geprägt. „C". Oskar konnte sich sofort denken, wofür dieser stand. *Cassie. Ian hat sie entführt.* Er spürte plötzlich einen unmenschlichen Hass in sich aufkommen. *Was ist mit ihm passiert? Wie konnte er uns das antun?* Er erinnerte sich wieder an die ersten Momente in der Eiswüste. *Ian war von Anfang an merkwürdig und still gewesen. Was, wenn er genau wie Ruby und Jonas zu denen gehörte?* Oskar wollte nicht weiter darüber nachdenken, merkte jedoch, dass es ihn enorm beschäftigte. *Ich kann ihm das nicht zutrauen. Aber wenn er es wirklich getan hat, dann ist er einfach nur falsch.* Jonas war ein Märtyrer gewesen, er hatte sich für seine Sache aufgeopfert und am Ende auch seinen Tod in Kauf genommen. Was Ian jedoch anbelangte, traf das definitiv nicht zu. *Er hat sich im Hintergrund gehalten, um uns das jetzt anzutun. Das macht eigentlich keinen Sinn.* Jeder Meter, den Oskar weiter kriechen musste, fiel ihm schwerer. Die Worte von dem Aufnahmegerät schwebten weiterhin in seinem Kopf herum, vertrieben die Gedanken rund um Ian. *Ich muss mich verdammt nochmal links halten.* Er wusste nicht, was das zu bedeuten hatte, da ihn der Weg bisher nur geradeaus geführt hatte, konnte sich aber vorstellen, dass er das noch erfahren würde. *Ruby, Abigail, Ian. Wir müssen sie alle ausschalten, bevor sie uns töten.* Er hoffte, dass es den anderen gut ging, und dass sie sich gerade in Sicherheit befanden. *Cassie. Du hast dich befreit und wartest mit den anderen auf mich. Vor der Festung. Die Frage ist nur, wo ich gerade bin.* Er hatte weiterhin keine Ahnung, wo er sich befand. Es gab aber auch keine Zeichen, die auf irgendetwas Vertrautes hinwiesen. *Verdammt.* Als er sich nicht mehr auf seine Gedanken konzentrierte und das einengende Gefühl zuließ, spürte er, wie er kurz davor war, eine Panikattacke zu bekommen. Er wartete einen Moment, atmete drei Mal tief ein und aus und versuchte dann, seinen Fokus wieder auf das wesentliche zu richten. *Cassie. Tim, Willow, Nora und... Ian.* Die Namen seiner Freunde spukten nach und nach in seinem Kopf herum. *Louis.* Er schluckte und spürte wieder diese Beklemmung, die er schon vor ein paar Stunden verspürt hatte. *Als er hinter uns gefangen war und Cassie ihn erlösen musste.* Seine Gedanken in diese Richtung zu lenken half ihm nicht weiter, im Gegenteil, es verschlimmerte seine Situation noch und ließ ihn sich schlecht fühlen. *Louis und Jonas. Louis und Jonas.* Er sprach die Namen seiner beiden toten Freunde wie ein Mantra. *Ich mache das für euch. Nur für euch kämpfe ich weiter und gebe nicht auf.* Seine Worte motivierten ihn, allerdings nur für ein paar Augenblicke. Danach verlor er wieder den Glauben. *Ich bin hier hoffnungslos verloren.* Wenige Minuten später erreichte er eine Biegung. Mittlerweile wurde die Umgebung von schummrigem Licht spärlich ausgeleuchtet, es reichte gerade mal dazu aus, dass Oskar sehen konnte, was sich unmittelbar vor ihm befand. Es ging nach links und rechts. *Links,* erinnerte er sich. *Um dem zu folgen was die sagen.* Er wusste nicht, was er tun sollte, jeder Weg erschien ihm in diesem Moment einfach falsch. *Ich kann hier aber nicht auf ewig verweilen.* Nach kurzem Überlegen entschied er sich für die linke Seite. *Ich sollte möglichst wenig riskieren.* Sein Gefühl riet ihm auch eher davon ab, den gefährlicheren Weg

einzuschlagen. Also streckte er seinen linken Arm aus und versuchte, auf dem Boden halt zu finden. Gerade, als er die rechte Seite hinter sich lassen wollte, hörte er schwach eine Stimme aus dieser Richtung.
»Oskar?«
»Cassie?«
Sein Puls beschleunigte sich und sein Herz fing an zu hämmern.
»Hilf mir, bitte.«
Ihre Stimme klang schwach.
»Es ist alles dunkel hier. Ich habe Angst.«
»Ich komme!«
Ohne überhaupt darüber nachzudenken, kehrte er um und kroch nun genau in die Richtung, die er vor wenigen Sekunden hatte vermeiden wollen. Doch seine Gedanken waren jetzt nur noch bei Cassie. *Sie braucht meine Hilfe.* Je schneller und ruckartiger er sich bewegte, desto schmerzhafter war die Angelegenheit für ihn. Sein Fuß fühlte sich verstaucht an und seine Hand verkrampfte mit jedem weiteren Meter, aber er dachte nicht daran, umzukehren oder gar aufzugeben. *Auf gar keinen Fall.* Er wollte Cassie nicht im Stich lassen, jede Sekunde konnte am Ende zählen. Ihrer Stimme nach zu urteilen, ging es um Leben oder Tod.
»Ich bin gleich bei dir.«
Sie sagte nichts mehr, was eine noch größere Panik in ihm auslöste.
»Wo bist du? Sag doch was!«
Es war nur noch ein leises Schluchzen zu vernehmen.
»Sie haben mich.«
Plötzlich hörte Oskar einen lauten Knall. Er erschrak so sehr, dass er zusammenzuckte und mit seinem Kopf gegen die harte

Decke des engen Schachts stieß. *Scheiße!* Er blickte sich nervös um, und sah dann, dass sich ein Gitter zwischen ihm und den restlichen Weg geschoben hatte. Er erinnerte sich sofort wieder an die Situation mit Louis. *Nein.* Er schlug gegen die Metallstäbe. *Ich werde hier nicht sterben.* Das Gitter ließ sich jedoch nicht von der Stelle bewegen, es schien fest auf dem Boden zu sitzen. Als Oskar sich erneut in die Richtung drehte, in der er Cassies Stimme gehört hatte, entdeckte er ein zweites Aufnahmegerät. Er griff sofort danach und schaltete es an. Es war wieder das Knistern zu hören, bevor erneut Ruby zu ihm sprach.
»Wie war das noch gewesen? Du musst nach links, Oskar. Ich habe es dir eindeutig gesagt. Nun ja, jetzt musst du mit den Konsequenzen leben. Überlege mal, wo du bist. Die Festung ist nah, doch dir wird bald unfassbar kalt werden. Du wirst stark bleiben müssen, um das Ganze durchstehen zu können.«
Sie machte eine kurze Pause.
»Vor dir, am Gitter, hängt ein Messbecher.«
Oskar drehte sich um und sah diesen direkt. Er war ihm zuvor nicht aufgefallen. Er schluckte.
»Cassie?«
Vor ihm war jedoch nur eine Wand, sie markierte das Ende des Schachtes. *Ihre Stimme ist also aus einem Lautsprecher gekommen. Ich hätte es früher merken sollen.*
»Du musst ihn füllen, um deinen Weg fortsetzen zu können, und die anderen bald wiederzusehen. Als Hilfe dafür findest du in deiner Hosentasche ein Messer. Beeile dich, bevor du zu spät kommst. Deine Zeit läuft.«

»Wo warst du die ganze Zeit?«
Simon blickte Kieran ungläubig an.

»Sie haben mich gut versorgt. Ich bin wieder voll auf dem Damm.«
»Hast du dein Gedächtnis wieder?«
»Ja.«
»Was ist in dem Dorf passiert? Du warst am nächsten Morgen einfach verschwunden.«
»Sie haben mich in der Nacht geholt. Ich habe sie aber nicht kommen gehört und konnte mich auch nicht wehren. Letztendlich war es sogar die richtige Entscheidung.«
»Was ist mit Stephan?«
»Ich weiß es nicht. Als ich ihn das letzte Mal gesehen habe, war er halbtot.«
Simon erinnerte sich nur zu gut daran.
»Ja. Ich denke mal, er ist gestorben. Aber dann hätten sie ihn finden müssen.«
»Wir sollten uns eher um Lily kümmern. Sie ist auf dem Dach.«
»Ich weiß«, entgegnete Simon.
»Lass uns aufbrechen.«
Sie ließen das Foyer hinter sich und hatten schon bald wieder den Gang erreicht, in dem er zuvor hatte aufgeben müssen. Simon hob seinen Blick und sah die Tür an. Von den Scherben der Vase war nichts mehr zu sehen, was ihn aber auch nicht wunderte. *Die haben hier ordentlich aufgeräumt in der Zwischenzeit.* Der Knauf der Tür war aus Gold. Er drehte ihn und öffnete sie.
»Dunkelheit«, murmelte Simon.
»Und dieser Geruch.«
Er rümpfte die Nase.
»Ja, ich rieche das auch.«
Kieran verzog das Gesicht.

»Wir müssen trotzdem hier entlang.«
Simon versuchte, den aufkommenden Würgereiz zurückzuhalten, scheiterte jedoch. In dem Raum roch es nach Verwesung. Er war froh, dass das Licht ausgeschaltet war, denn er wollte nicht sehen, was sich hinter dem Geruch verbarg. Plötzlich änderte sich das jedoch. Er kniff die Augen überrascht zusammen, als der riesige Raum, in dem sie nun standen, auf einmal von mehreren hellen Lichtern beleuchtet wurde. An den ehemals weißen Wänden klebte Blut, und obszöne Botschaften standen dort geschrieben. In der hinteren Ecke waren mehrere Holzpfosten zu sehen, um die Stahlketten gelegt waren. *Was ist hier passiert?* Als Simon seinen Blick schweifen ließ, entdeckte er einen dunklen Schatten am letzten Pfosten. Ihm wurde flau im Magen.
»Wir sind nicht allein«, flüsterte er.
Kieran nickte.
»Ja.«
»Wir müssen in die Richtung. Meinst du…«
»Los.«
Kieran ging vor, Simon folgte ihm zögernd.
»Ach du scheiße.«
»Was ist?«
Simon blickte ihn fragend an.
»Das ist Pacey!«
Pacey? Simon spürte, wie ihm noch mulmiger wurde als zuvor. *Er ist doch gestorben.*
»Das kann aber nicht sein. Pacey ist tot.«
»Nein, guck! Er sitzt doch da.«
Er wurde immer schneller und blieb erst vor dem Holzpfosten wieder stehen. Es war tatsächlich Pacey, der dort angekettet

war. Er sah schlecht aus. Eine riesige Schnittwunde ließ sein Gesicht zerschunden und verletzt wirken. Vertrocknetes Blut und Dreck taten ihr übriges.

»Pacey?«

Simon rüttelte zunächst zaghaft, dann heftiger an der Schulter des Bewusstlosen. Er regte sich nicht.

»Scheiße, wir hätten ihn damals nicht zurücklassen sollen«, murmelte Kieran.

»Ich dachte, er wäre tot.«

»Und wie erklärst du dir das?«

»Er hat sich bisher noch nicht geregt.«

Simon bedeutete Kieran, sich leise zu verhalten, während er seinen Kopf senkte, und die Atmung überprüfte.

»Er ist am Leben.«

»Lass uns die Ketten abnehmen.«

»Bist du dir da sicher? Was, wenn er uns angreift?«

»Hat er einen Grund dazu?«

»Nein. Aber die, die uns hierhergebracht haben, können Gedanken manipulieren. Das solltest du doch mittlerweile wissen.«

Kieran machte sich an den Ketten zu schaffen, während Simon weitersprach. Er konnte ihn jedoch verstehen. Kieran war noch Tage nach Paceys vermeintlichen Tod in der Eiswüste nicht ansprechbar gewesen, bis er sich eine lange Zeit danach davon wieder lösen konnte. *Dass sich das jetzt ändert, hätte ja auch keiner für möglich gehalten.* Das monotone Geräusch der Stahlketten, die immer wieder auf den Boden schlugen, blendete Simon aus, während er nochmal das Revue passieren ließ, was in der Eiswüste mit Pacey geschehen war.

Tim spürte, wie er unsanft aus dem Helikopter gestoßen wurde.

Er landete auf seiner Schulter, stöhnte vor Schmerz auf und blieb erstmal auf dem Boden liegen. *Scheiße.* Die Waffe wäre beinahe aus seinem Gürtel gerutscht, doch sie saß weiterhin an seiner Hüfte - wenn auch lockerer als zuvor. Er steckte sie wieder in seinen Gürtel. Es donnerte erneut, dann begann es zu regnen. Blitze zuckten am Himmel umher, doch Tim war nicht fähig, sich zu bewegen. Er genoss die Regentropfen auf seinem Gesicht, wusste jedoch auch, dass er sich nicht zu viel Zeit lassen durfte. *Ich muss zu den anderen. Sofort. Aber wo muss ich lang?* Er drehte seinen Kopf, viel zu schnell, um einen klaren Gedanken fassen zu können. Vor sich sah er nur Bäume. Der Helikopter hinter ihm war bereits wieder abgehoben und flog in die Richtung, aus der sie gekommen waren. Schon bald war er nicht mehr zu sehen. Der Platzregen erschwerte Tims Vorankommen um einiges. Er suchte Schutz unter dem nächsten Baum, wollte zunächst warten, bis das Gewitter vorüber war. Doch es wurde mit der Zeit nur noch stärker. Er nahm seine Waffe in die Hand und richtete sie in die Ferne, wodurch er sich sicherer fühlte. *Ich muss ständig auf der Hut sein. Aber vor was?* Zumindest in seiner direkten Umgebung hatte er keine Gefahren zu erwarten, was ihn sehr erleichterte. *Was ist, wenn ich sie nicht sehe?* Genau in diesem Moment spürte er eine Hand um seinen Fuß. Sie war eiskalt und ließ ihn zusammenzucken. Der Griff war verdammt fest, er konnte sich erst daraus lösen, als er seine Waffe auf die Hand richtete und eine Kugel in ihr versenkte. Er hoffte, dass sein Angreifer ihn in dieser kurzen Zeit nicht verletzt hatte, spürte aber, dass sich sein Fuß plötzlich anders anfühlte. Mit Mühe humpelte er zur nächsten freien Fläche, und als er sich sicher war, dass ihn dort kein Angriff erwarten würde, lehnte er sich an einen Baumstamm und zog sein Hosenbein hoch. Er hatte gar nicht bemerkt, dass die scharfen Krallen tiefe Spuren in seine Haut geritzt hatten. Es blutete, und er versuchte irgendwie, seine Hand auf die Stelle zu pressen und den Blutfluss zu stoppen, scheiterte aber. *Verdammt, was war denn das?* Die Hand war direkt aus der Erde unter seinen Füßen gekommen und hatte ihn gepackt. Es hatte nicht lange gedauert, bis er sich aus dem Griff befreien konnte, doch selbst nach dieser kurzen Zeit trug sein Körper die Spuren davon. Die Wunde wurde immer heißer. *Was, wenn ich vergiftet wurde?* Er bekam Kopfschmerzen, wollte jedoch nicht weiter darüber nachdenken. Der Regen prasselte auf die Erde und verwandelte die Umgebung in ein Schlammfeld. Unter den Bäumen war Tim auch nicht sicher, da das Blätterdach den starken Regen nur leicht abschirmte. Er stand auf, drehte sich nun wieder in die Richtung, in die er gehen musste, und versuchte, irgendetwas zu erkennen. Es war sehr schwer, der Regen sorgte für eine extrem schlechte Sicht. Zudem war ein starker Nebel aufgezogen. Er konnte gerade einmal fünf Meter weit voraus gucken. Als er sich gerade etwas entspannte, sah er vor sich wieder eine schwarze Hand. Sie kam direkt aus der Erde heraus. Die Krallen waren blutig. Tim erschrak, umrundete den Baumstamm und machte sich auf den Weg. Er konnte sich aufgrund der schlechten Sichtverhältnisse nicht allzu schnell fortbewegen und sank immer tiefer im Schlamm ein. Plötzlich, ein paar Minuten weiter, lichtete sich der Wald. Die Bäume wurden Meter für Meter weniger, und es dauerte nicht lange, bis Tim eine Schlucht erreicht hatte. Er ging einen Schritt vor und stand dann direkt an der Kante. Der Untergrund war rutschig und wirkte instabil, er wollte nur einen kurzen Blick riskieren und beugte seinen Kopf nach vorne. Es ging verdammt tief runter. Unten war ein Fluss zu sehen, der am Ende genau in eine Höhle floss. Diese befand sich in der Richtung, aus der er gekommen war. Ein kalter Schauer lief über seinen Rücken und hinterließ eine Gänsehaut, als er daran dachte, dass genau dort die Kreaturen hausen mussten, deren Hände er bisher nur erblickt hatte. *Mehr will ich auch gar nicht sehen.* Er wandte sich ab. Als er sich umdrehte, stolperte er über einen Stein und spürte, wie er den Boden unter seinen Füßen verlor. In dem Moment, in dem er sich nicht mehr an der schlammigen Kante festhalten konnte und in die Tiefe stürzte, entlud sich das Gewitter in einem gigantischen Blitz, der auf die Stromleitungen der Festung traf.

Wir waren zu dem Zeitpunkt zu viert. Kieran, Pacey, Scott und ich. Der Rest der Gruppe, darunter auch Lily und Stephan, war auf einem anderen Weg unterwegs. Die riesige Höhle, die uns Schutz gegeben hatte, nahm einfach kein Ende.
»Ich würde gerne mal wieder Tageslicht sehen«, murmelte Pacey.
Es war Abend geworden. Wir hatten uns um eine provisorische Feuerstelle versammelt, die jedoch bei weitem nicht genug Wärme abgab. Sie reichte im Grunde nur dazu aus, uns etwas Licht zu spenden. In der Dunkelheit fühlte ich mich nicht wohl, seit ich mich erinnern konnte, hatte ich Angst vor den unbekannten Dingen, die mich dort erwarten konnten. Da ich keinen anderen Zeitvertreib hatte, ritzte ich mit meinem Messer ein paar Dinge in das Eis ein. Ich schrieb unsere Namen. Zuerst meinen eigenen, dann Kieran. Es folgten Pacey und Scott.
»Was machst du da?«, fragte Kieran mich.
»Ich versuche mit den ganzen Dingen klarzukommen. Es ist

viel passiert in den letzten Tagen.«
Er nickte.
»Da hast du recht. Verdammt viel.«
»Wir haben es geschafft«, meinte Scott dann.
»Morgen kommen wir hier alle raus. Wir stehen kurz vor dem Ziel. So, wie wir es uns erhofft hatten.«
»Fast.«
Ich blickte ihm in seine blauen Augen. Scott war mit Abstand der größte und gefährlichste von uns allen. Ich schätzte ihn sehr, fühlte mich in seiner Umgebung sicher.
»Es fehlen noch Lily, Stephan und Paz.«
»Wir haben sie das letzte Mal vor Tagen gesehen. Ich glaube ehrlich gesagt nicht, dass sie noch leben.«
Scott sprach das Offensichtliche aus, und so sehr ich mir auch wünschte, dass das, was ich dachte, stimmte, musste ich ihm zustimmen. Wir hatten uns vor einigen Tagen getrennt und waren ihnen seitdem nicht mehr begegnet. Die Höhle hier war zwar riesig, aber auch gespickt mit Fallen, und ich glaubte, dass es nur einen einzigen Ausgang gab. Der Weg, den wir nahmen, mutete zumindest wie einer an.
»Ich hoffe es einfach nur. Sie müssen es schaffen.«
Ich ritzte gerade Paceys Namen in das Eis unter mir, als Kieran sich zu mir drehte.
»Ich ruhe mich jetzt aus. Ich bin unfassbar müde. Zwei Leute sollten Wache halten.«
»Ich melde mich direkt für die erste Schicht«, murmelte ich.
Ich verspürte noch keine Anzeichen von Müdigkeit und hatte keine Lust, zu schlafen. Wir einigten uns darauf, dass Pacey bei mir blieb, während Scott und Kieran in einer Nische verschwanden und zumindest versuchten, etwas Schlaf zu bekommen.

»Morgen haben wir es geschafft. Ich bin ganz deiner Meinung. Und wir werden auf Lily, Stephan und Paz treffen. Ganz sicher.«

Ich musste lächeln. Im Gegensatz zu Scott war Kieran geborener Optimist, er sah in jeder Situation immer die guten Dinge und hielt die Stimmung in der Gruppe stets stabil.

»Ich glaube auch dran. Nur steht der vermutlich schwerste Teil des Weges noch vor uns.«

Ich fröstelte bei dem Gedanken daran, was uns vermutlich am morgigen Tag erwarten würde.

»Gib mal bitte die Karte«, meinte Pacey.

Ich reichte sie ihm herüber. Direkt, als wir in der Eiswüste angekommen waren, hatte man uns eine Karte dieser Höhle gegeben. Seitdem waren viele gestorben. *Wir aber haben es bis hier geschafft. Die anderen drei hoffentlich auch. Und unser Weg ist noch nicht vorüber.*

»Echt heftig. Hast du dir das mal durchgelesen?«

Ich nickte, sagte aber nichts.

»Wir müssen morgen echt aufpassen.«

Ich ritzte den letzten Buchstaben von Scotts Namen in das Eis und hob meinen dann Blick wieder.

»Schlicht und einfach Todeshöhle. Laut der Zeichnung hier wer-den wir nach einem langen Gang auf eine Felsspalte treffen. Ich sehe hier keinen Weg, aber wir haben ja noch das Seil.«

Ich nickte. Das angesprochene Seil lag tief in meinem Rucksack, ich hatte es vor ein paar Tagen ohne darüber nachzudenken aus einer Hütte mitgenommen, in der wir die Nacht verbracht hatten. Dass es sich jetzt wahrscheinlich als entscheidende Hilfe herausstellen würde, war natürlich super. Meine

Hände begannen zu frieren, ich rückte ein kleines Stück näher ans Feuer und genoss die Wärme, die die Flammen ausstrahlten. So fühlte ich mich wohler und konnte zumindest für ein paar Minuten alles um mich herum vergessen, bevor Paceys Stimme mich wieder zurück in die Realität holte.
»Du kannst auch schlafen gehen, wenn du willst. Ich kriege das allein hin.«
»Nein, das passt schon. Ich bin noch wach und fühle mich hier am Feuer einfach besser.«
»Mir geht es da ähnlich. Dann können sich die beiden wenigstens ausruhen.«
Ich nickte.
»Hast du noch was zu trinken?«
Ich öffnete den Rucksack und durchwühlte meine Sachen. Etwas tiefer fand ich eine Glasflasche, die ich ebenfalls aus einer Hütte mitgenommen hatte.
»Ich weiß nicht, was das ist.«
Wir hatten sie bisher nicht geöffnet, da das Wasser gereicht hatte. Doch dieses war jetzt komplett zur Neige gegangen, wir hatten nichts mehr. Pacey öffnete den Deckel und roch am Flaschenhals. Danach nahm er einen kleinen Schluck.
»Das ist gut. Schmeckt nach Zitrone. Probiere mal.«
Er reichte mir die Flasche rüber, ich zögerte kurz, merkte aber, dass meine Kehle extrem trocken war und ich etwas trinken musste. Er hatte mit seiner Behauptung recht gehabt, es schmeckte tatsächlich sehr gut und erfrischend.
»Den Rest sollten wir aufbewahren.«
Ich schraubte den Deckel wieder auf die Flasche und steckte sie zurück in meinen Rucksack. Je mehr Zeit ich am Feuer verbrachte, desto müder wurde ich. Da ich jedoch die Wärme nicht

verlassen wollte, entschied ich mich dafür, einfach im Sitzen die Augen zu schließen und etwas Schlaf zu finden. Irgendwann, ich bekam es nur noch halbwegs mit, stand Pacey auf und weckte Scott auf, der sich nun zu mir ans Feuer gesellte. Er rüttelte an meiner Schulter, ich wollte nicht reagieren, da ich keine große Lust verspürte, mit ihm zu sprechen. Außerdem sollte er denken, dass ich längst eingeschlafen war. So ließ er mich dann in Ruhe und blickte selbst stoisch in die Flammen. Der nächste Morgen kam dann schneller, als ich gedacht hätte. Ich hatte wahrscheinlich nur zwei Stunden geschlafen und war unfassbar müde, als Kieran mich aufweckte.

»Komm, Simon, wir müssen los. Es ist bereits hell geworden.«

Ich blinzelte und versuchte mich an die Helligkeit in der Höhle zu gewöhnen. Gewissermaßen erleichterte sie mich natürlich auch, das bedrückende Gefühl in mir verschwand nach und nach. Es kam immer nur dann, wenn es um mich herum dunkel war. Wahrscheinlich hatte ich mich deswegen unbewusst auch ans Feuer gesetzt. Wir aßen ein paar von den Dingen, die wir vor ein paar Tagen mitgenommen hatten. Dazu gehörten eine Packung Trockenfleisch, Rosinen, Äpfel, Bananen und Müsliriegel. Wir ließen uns dabei viel Zeit, keiner von uns hatte Lust, den Weg fortzusetzen und sich immer tiefer in die Gefahrenzone zu begeben. Irgendwann mussten wir dies jedoch tun, weshalb wir unsere Sachen ein paar Augenblicke später zusammenpackten. Ich spürte, wie sich mit jedem weiteren Meter die Unsicherheit vor dem Ungewissen unter uns breiter machte. Keiner wusste genau, was uns erwarten würde, sodass es uns schwerfiel, die Situation richtig einschätzen zu können. Bald hatten wir die auf der Karte angesprochene Passage erreicht. Es hatte weiterhin kein Lebenszeichen von Lily, Stephan und Paz

gegeben. Daran dachte jedoch zu dem Zeitpunkt keiner mehr von uns, wir waren alle nervös, selbst bei Scott glaubte ich Angst zu erkennen, die er sich selbst jedoch niemals eingestehen würde. Er wollte keinerlei Schwächen zeigen und immer stark bleiben, was auch dazu führte, dass er in einigen Situationen zuvor schon einmal die falsche Entscheidung getroffen hatte. Das konnte ihm jedoch keiner vorwerfen, und es hatte auch nie jemand daran gedacht, dies zu tun. Ich wusste nicht, was die anderen dachten – konnte das also mit einhundertprozentiger Sicherheit nur von mir behaupten. Der Gang vor uns wurde enger und dunkler. Es war zwar weiterhin hell, doch das Licht wurde spärlicher und es taten sich einige nicht einsehbare Stellen auf. Die nächste Biegung folgte und führte uns zu einem Kanal. Wir wussten, dass das der Eingang zu der gefährlichsten Stelle der Höhle war.
»Jungs, wir brauchen einen Plan.«
Scott klang wie immer selbstbewusst. Seine Angst schien er zumindest für den Moment abgelegt zu haben, das sah man auch an seiner Körpersprache. Er hatte seinen Kopf wieder aufgerichtet und sah nicht mehr zu Boden. Sein Stand wirkte sicherer.
»Wir schaffen das alle, hier rauszukommen. Wir dürfen uns jetzt nur keinen Fehler erlauben, denn jeder kleine Fehler kann den Tod für einen von uns bedeuten.«
Ich fasste in meine Hosentasche und holte das Messer hervor, das ich seit dem ersten Tag bei mir trug, aber bisher noch nicht benutzt hatte. Die Schusswaffe hatte bisweilen ihre Dienste getan, aber ich wollte mich in dieser Situation nicht auf sie verlassen. Der hölzerne Griff des Messers ließ auch zu, dass ich mich etwas sicherer und kräftiger fühlte.
»Ich werde nach hinten gehen und notfalls das Geschehen

absichern.«
Scott zückte seinen Revolver.
»Von hinten wird uns so schnell keiner angreifen. Simon, du gehst vor mir, Pacey davor und Kieran an der Spitze. Du kannst am besten von uns schießen, Kieran.«
Seine Worte stimmten. Ich war, zumindest meiner Meinung nach, kein schlechter Schütze, aber Kieran traf wirklich alles, was sich bewegte. Scott konnte ebenfalls ganz gut mit der Waffe umgehen, während Pacey noch einige Schwierigkeiten hatte.
»Danke. Ich werde mein Bestes geben.«
Auch er nahm nun die Waffe in seine Hand und entsicherte sie.
»Ich bin jederzeit bereit. Los.«
Kieran ging die ersten Schritte vor und wir folgten ihm in der festgelegten Reihenfolge. Der Weg gab viele Kurven vor und wurde von Zeit zu Zeit unübersichtlicher. Hinter jeder Biegung konnte eine Gefahr lauern, weswegen wir stets aufmerksam sein mussten. Ein paar Minuten später zeigte sich der erste Gegner. Die Eisfläche unter uns brach und eine Hand mit scharfen Krallen kam zum Vorschein. Sie griff nach meinem Bein, es gelang mir jedoch, auf die Finger zu treten und sie von mir wegzubekommen.
»Was war das denn?«, fragte Kieran und drehte sich um.
»Pass auf!«, schrie Pacey, als vor ihm ein riesiger Stein von der Decke fiel.
Kieran konnte gerade noch rechtzeitig ausweichen. Der Felsbrocken verfehlte ihn nur um wenige Millimeter.
»Danke«, keuchte er und ging weiter.
Der Stein war der Startschuss des gesamten Chaos. Ich wusste nicht, was das ausgelöst hatte, doch die Höhle in der wir uns

befanden, schien mehr und mehr in sich zusammenzufallen.
»Wir müssen schnell hier raus. Es kann sein, dass unser Weg gleich versperrt sein wird!«, schrie Scott von hinten.
»Los.«
Kieran trieb die Leute hinter sich an. Ich achtete nicht groß auf das, was um mich herum passierte, sondern fokussierte mich nur auf den Weg. Weshalb ich auch erschrak, als ich plötzlich eine Hand auf meiner Schulter spürte. Ich handelte in dem Moment rein instinktiv. Ich vergaß alles um mich herum und wollte mich einfach nur verteidigen. Meine Hand mit dem Messer flog reaktionsschnell nach hinten. Als ich sah, wer direkt hinter mir stand, konnte ich die Bewegung nicht mehr stoppen. Die Klinge bohrte sich tief in Scotts Brust, er sah mich schockiert aus großen Augen an.
»Nein!«, schrie ich und zog das Messer sofort wieder heraus. Doch es war zwecklos. Er verlor den Halt unter seinen Füßen und landete auf dem Rücken. Die Wunde an seinem Brustkorb blutete. Ich blickte fassungslos auf das hinab, was ich angerichtet hatte. Pacey und Kieran standen hinter mir und sagten nichts. Scotts Atmung ging flach, er war noch am Leben, doch ich wusste, dass dieser Zustand nicht mehr von langer Dauer sein würde.
»Es tut mir leid.«
Mehr brachte ich nicht zustande. Scott nickte, und ich hörte, wie das Eis um ihn herum anfing, zu brechen. Sekunden später schossen bereits die gierigen Hände hervor und griffen nach seinem Körper. Ich wollte mich auf sie stürzen, sie wegreißen, doch Pacey und Kieran hielten mich zurück. Ich konnte nichts mehr für ihn tun.
»Simon!«

Kieran schrie mir ins Gesicht. Ich wandte meinen Blick ab und versuchte, wieder in die Realität zu gelangen.
»Es hat keinen Zweck!«
Der leblose Körper wurde nun durch das Eis gezogen. Scott regte sich nicht mehr, die Krallen hatten überall an seinem Körper blutende Stellen verursacht und schienen nun ihr Werk vollenden zu wollen. Ich hörte Kierans Worte immer wieder in meinem Kopf. *Es hat keinen Zweck.* Ich schüttelte den Kopf. *Was weißt du schon, du dämlicher Idiot.* Ich verspürte plötzlich einen unfassbar starken Hass auf jeden in meiner näheren Umgebung, am meisten jedoch auf mich selbst. Als Kieran mir hochhelfen wollte, schlug ich seine Hand weg und versuchte, alleine auf die Beine zu kommen.
»Simon, dich trifft keine Schuld«, versuchte er mich zu beruhigen.
Die Wirkung seiner Worte war jedoch genau das Gegenteil von dem, was er sich erhofft hatte.
»Ich habe ihn getötet!«, schrie ich ihn an.
»Vollkommen ohne jeden Grund!«
»Es war dein unbedingter Wille, am Leben zu bleiben. Du dachtest, dass du angegriffen wirst.«
Er hatte natürlich recht, doch das konnte ich in dem Moment nicht zugeben. Die Eisoberfläche brach erneut, wieder sah ich eine Hand aus der Tiefe kommen. Sie schien meinen Fuß als Ziel ausgemacht zu haben, bevor sich die Finger um diesen schlossen sorgte ich mit einem starken Tritt dafür, dass sie brachen. Es war mehr als Genugtuung, verbesserte mein schlechtes Gefühl jedoch überhaupt nicht. Pacey zog mich nach vorne, ich stolperte, behielt aber das Gleichgewicht. Die Hände hatten sich in der Zwischenzeit um einiges vervielfacht. Die

Eisdecke hielt dem Druck nicht länger stand und platzte komplett auf.
»Jetzt komm!«
Ich folgte Kieran und Pacey widerwillig, wusste aber, dass es die einzig richtige Entscheidung in diesem Moment war. Genau dann, als ich wieder den festen Steinboden unter meinen Füßen verspürte, sank die Eisdecke ein paar Meter ab, zerbrach, und fiel dann vollständig in die Tiefe. Hinter uns war bloß noch ein riesiges, schwarzes Loch zu sehen, aus dem schreckliche Geräusche kamen. Scott schrie, er besaß scheinbar noch einen kleinen Funken Leben in sich, der zuließ, dass er spürte, was mit ihm geschah. Ich versuchte, meine Gedanken in eine andere Richtung zu lenken. Die gesamte Höhle wirkte plötzlich instabil. An einigen Stellen rieselten kleine Steine von der Decke, und die Richtung, in die wir gehen wollten, wirkte nicht wirklich vertrauenswürdig.
»Wenn die Höhle einstürzt, haben wir da hinten keine Chance.«
Kieran drehte sich zu mir um.
»Das stimmt. Aber was willst du stattdessen machen?«
»Wir müssen umkehren.«
»Nein, auf keinen Fall.«
Pacey stellte sich direkt vor mich und versuchte, mir in die Augen zu sehen. Ich wich seinem durchdringenden Blick aus.
»Unser Weg in die Freiheit, Simon. Schon vergessen? Jetzt aufzugeben, würde alles kaputt machen.«
»Es bringt aber doch nichts, wenn...«
Ich wurde von einem lauten Knall unterbrochen. Etwa zehn Meter von uns entfernt war die Höhle in weniger als einer Minute komplett in sich zusammengestürzt.
»Seht.«

Ich versuchte, meine Worte einfach wirken zu lassen.
»Wir müssen zurück.«
»Das Seil.«
Ich wusste sofort, wofür Pacey es nutzen wollte, und gab ihm meinen Rucksack.
»Ich habe einen Plan.«
Neben dem Seil hatten wir auch noch ein paar andere durchaus nützliche Dinge bei uns. Mehrere Karabiner, die zur Befestigung dienten, und einen Eispickel.
»Was hast du vor?«, fragte Kieran interessiert.
»Wir müssen versuchen, mithilfe des Seils den Abgrund zu überqueren. Das wird allerdings sehr schwer, da wir drüben nichts haben, womit wir es befestigen können.«
»Ich versuche es über die Wand.«
Kieran klang fest entschlossen, ich war jedoch skeptisch. In dem Loch, was die eingestürzte Eisoberfläche hinterlassen hatte, ging es runter in die dunkle Tiefe. Wie weit der Abstand bis zum Boden wirklich war, wusste ich nicht. Ich konnte und wollte es auch nicht schätzen.
»Das ist doch viel zu gefährlich. Was, wenn du abrutschst? Du weißt nicht, wie tief es in den Abgrund geht, und du weißt auch nicht, was dich dort unten erwartet.«
Paceys Worte stimmten, ich bestätigte sie einfach nur mit einem kurzen Nicken. Kieran schien sich jedoch nicht von seinem Vorhaben abbringen lassen zu wollen.
»Was bleibt uns denn anderes übrig?«
Aus der Richtung, der wir jetzt den Rücken zukehrten, waren die ersten angsteinflößenden Geräusche zu hören. Ich drehte mich um, und sah, wie sich der Schutt langsam bewegte und Stellen glänzender, heller Haut zum Vorschein kamen.

»Ich sichere die gegenüberliegende Seite. Ihr könnt euch dann über das Seil rüber hangeln.«
Kieran wandte sich ab und begann, die Wand nach einer Stelle abzusuchen, an der er das Seil befestigen konnte.
»Warte!«
Pacey unterbrach seine Überlegungen.
»Was ist?«
»Du musst das Risiko nicht eingehen. Schau.«
Er zeigte auf einen kleinen Felsvorsprung, der in der schwarzen Dunkelheit unter uns nur wage zu sehen war. Es handelte sich um einen Absatz etwa zwei Meter unterhalb der Kante.
»Das sieht doch besser aus.«
Kieran bereitete sich darauf vor, als erster zu springen. Er sah uns beide kurz an, nahm dann Anlauf und hob ab. In den ersten Sekunden sah es so aus, als würde er die Plattform verfehlen, er konnte jedoch seinen rechten Fuß weit genug ausstrecken und fand Halt.
»Scheiße. Ihr solltet das gleich echt mit dem Seil versuchen. Das ist verdammt gefährlich hier.«
»Was ist denn?«, fragte Pacey.
»Überall sind diese Hände.«
Kieran wurde bleich. Der Vorsprung unter ihm wirkte etwas instabil, hielt seinem Gewicht jedoch zurzeit noch Stand.
»Beeil dich!«, rief ich rüber.
Er setzte seinen Fuß gegen die Wand und kletterte. Beim ersten Versuch gelang es ihm nicht, er fiel zurück und landete hart auf dem Rücken. Beim zweiten Mal hatte er das nötige Glück und konnte sich an der überstehenden Felskante hochziehen. Kieran hatte mir unsere provisorische Kletterausrüstung in die Hand gedrückt, bevor er gesprungen war. Ich verstaute sie im Ruck-

sack und warf ihm das Bündel herüber. Er schlug den Eispickel in das Eis und befestigte das Seil mit den Karabinern.
»Geh du als nächstes.«
Pacey wirkte fest entschlossen, ich wollte ihm nicht widersprechen, obwohl ich mich mit dem Gedanken nicht wohlfühlte.
»Okay.«
Mit zitternden Knien ging ich ein paar Schritte vor. Ich versuchte, die Geräusche hinter uns komplett zu ignorieren, konnte das jedoch nicht. Sie waren allgegenwärtig und brannten sich unangenehm in meine Gedanken ein, die ich dennoch versuchte, irgendwie zu steuern, so dass ich mich besser konzentrieren konnte.
»Fang.«
Kieran warf mir das Ende des Seils zu. Ich streckte meine Hände aus, griff erst daneben, bekam es dann aber doch noch zu fassen, bevor es in die schwarze Tiefe fiel. Ich setzte meinen rechten Fuß vor den linken und schloss meine rechte Hand um das dicke Seilende. *Okay, gleich ist es so weit.* Ich versuchte, meine Nervosität zu überspielen, so dass die beiden davon nichts mitbekommen konnten. Es gelang mir aber irgendwie nicht. *Es ist einfach nur ein Sprung, mach dich nicht verrückt*, sagte die eine, ruhige Seite in meinem Kopf. Die andere war kurz davor, durchzudrehen und ließ die wildesten Gedanken zu. *Wenn du abrutschst, dann war es das. Du wirst, genau wie Scott, den du übrigens in deinem Wahn getötet hast, diesen Monstern schutzlos ausgeliefert sein.* Ich ignorierte beide, schloss die Augen und sprang. Das Seil gab mir in der Luft einen guten Halt, der Eispickel steckte stabil im Boden, so dass ich unversehrt neben Kieran landete. Ich warf Pacey das Ende zu, und während die Höhle erneut anfing zu beben, legte er sei-

ne gesamte Kraft in den Sprung. Zuerst sah es so aus, als würde er genau wie ich direkt auf der höheren Seite landen, das Seil schwang jedoch wieder zurück, so dass er auf der Plattform auf die Kieran kurz zuvor bereits gesprungen war, landete. Ich ging an die Kante und streckte ihm meine Hand entgegen. Unterhalb war nichts zu sehen - einfach nur schwarze Dunkel-heit. Gerade, als ich ihn zu fassen bekam, sah ich eine weiße Hand. Sie hatte ihr Ziel fest im Visier und streckte die kno-chigen Finger nach Paceys Fuß aus. Die scharfen Krallen bohrten sich in sein Fleisch. Als er aufschrie, versuchte ich, ihn mit allen Mitteln hochzuziehen. Ich legte meine gesamte Kraft in dieses Vorhaben, scheiterte jedoch. Seine Hand rutschte aus meiner heraus, ich hoffte, betete in diesem Moment, das alles gut werden würde. Meine Gebete wurden jedoch nicht erhört. Er verlor den Halt und fiel schreiend in die Tiefe.

Das Festungsdach

»Er ist aufgewacht!«
Kierans Worte brachten Simon in die Realität zurück. Pacey hatte sich an den Kopf gefasst und stöhnte auf.
»Was...?«
Sein Blick ging von links nach rechts, bis er Simon und Kieran fand.
»Ihr? Was macht ihr hier? Ich dachte, ihr seid gestorben?«
»Das dachten wir von dir auch. Seit wann bist du hier?«
»Ich weiß es nicht. Auf jeden Fall schon etwas länger.«
»Wie hast du deinen Sturz überlebt?«
»Die Plattform unter mir ist eingestürzt. Ich habe beim Aufprall das Bewusstsein verloren, aber als ich aufwachte, war ich in einer Höhle. Da waren überall diese weißen Monster. Ihre Haut hat förmlich in der Dunkelheit geleuchtet.«
»Was ist dann passiert?«
»Ich konnte flüchten, wurde dann aber von einer bewaffneten Suchmannschaft aufgegriffen. Sie haben mich erst versorgt und dann hierhergebracht.«
Er rüttelte an den Stahlketten.
»Die sind echt unangenehm. Könnt ihr versuchen, ob ihr die gelöst bekommt?«
»Ich bin schon die ganze Zeit dabei«, murmelte Kieran.
»Ich habe es aber noch nicht hinbekommen.«
Im nächsten Moment war ein gewaltiger Donner zu hören, und Sekunden später war es in dem Raum komplett dunkel.
»Stromausfall«, sagte Kieran.
Simon dachte nach. Einerseits war er erleichtert, Pacey unbe-

schadet wieder sehen zu können. Doch andererseits war da auch ein gewisser Haken an der Sache. *Wir wissen nicht, ob wir ihm vertrauen können.*
»Was ist in diesem Raum passiert? Das Blut an den Wänden sah ziemlich frisch aus.«
»Ich weiß es nicht. Vor vielen Stunden... es war dunkel wie jetzt... habe ich hier auf einmal Schritte gehört. Ich wusste nicht, zu wem sie gehörten, weshalb ich mich so leise verhielt, wie ich konnte. Als dann das Licht wieder anging, war das Blut zu sehen.«
»Das war bestimmt nur irgendeine Masche, um dir Angst zu machen.«
Kieran lachte. Er wirkte befreit, und seine Stimmung übertrug sich auch auf Simon.
»Ich denke auch. Seitdem geschah nämlich nichts Nennenswertes mehr.«
Kieran warf die Ketten auf den Boden. Simon zuckte erschrocken zusammen.
»Sie sitzen zu fest. Und ohne Licht kann ich schon gar nichts machen.«
Pacey rüttelte an den dicken Handschellen, die um seine Handgelenke geschnallt waren.
»Ich komme nicht raus.«
Simon stand währenddessen auf.
»Irgendwo muss doch ein Schlüssel dafür sein. Ich wette mit euch, dass er irgendwo in diesem Raum hier liegt.«
»Das wäre gar nicht mal so unrealistisch«, gab Kieran zu.
»Aber da der Strom ausgefallen ist, wird das sehr schwer.«
Simon tastete sich durch die Dunkelheit. Er nutzte die Wand als Hilfe, und hatte irgendwann die mit Blut beschmierte Stelle

erreicht. *Vielleicht...* Er bückte sich, suchte den Boden vor sich ab und spürte plötzlich etwas Weiches. Es fühlte sich an wie ein Haufen Gras. Als seine Finger tiefer griffen, ertastete er kaltes Metall. *Der Schlüssel!* Er konnte seine Finger jedoch nicht schnell genug um ihn schließen und zog seine Hand zurück, als er plötzlich einen brennenden Schmerz wahrnahm.
»Scheiße!«
»Was ist los?«, fragte Kieran.
»Ich habe den Schlüssel gefunden. Aber er liegt in einem Haufen Gras, in dem sich merkwürdige Viecher tummeln.«
Simon spürte, wie seine Hand an einigen Stellen zu bluten begonnen hatte. Der Schmerz hatte mittlerweile nachgelassen, doch es war ein ziemlich unangenehmes Gefühl. *Ich brauche den Schlüssel.* Gerade, als er wieder in das Gras greifen wollte, war ein lauter Knall zu hören, der ihn zusammenzucken ließ. Kurz darauf öffnete sich die Tür, hektische Schritte durchquerten den Raum und verließen ihn wieder durch die andere Tür.
»Wer war das?«, fragte Simon überrascht.
»Ich weiß es nicht«, murmelte Kieran.
»Ich habe nichts erkannt. Dafür ist es auch eindeutig zu dunkel. Hast du den Schlüssel?«
Es fiel Simon schwer, sich ein weiteres Mal dazu zu überwinden, in den Haufen zu fassen. Auch das war von nun an eine prägende Erinnerung, die er immer mit der Dunkelheit verbinden würde. Er verfluchte sich dafür, dass er dieses Gefühl nicht endlich mal loswerden konnte. *Die Höhle. Dunkelheit. Der Tod. Scheiße.* Er schaffte es schließlich, an nichts zu denken, auf die Zähne zu beißen und in das Gras zu fassen. Er konnte den Schlüssel schnell packen, zog ihn heraus und rieb seine Hand an der Wand ab.

»Ja. Jetzt.«

Simon ging zu Kieran und Pacey und versuchte, in der Dunkelheit das Schlüsselloch der Handschellen zu ertasten. Etwa eine Minute später hatten sie es tatsächlich geschafft und schoben die Stahlketten beiseite. Pacey konnte seine Hände nun wieder frei bewegen.

»Danke.«

Plötzlich flackerte das Licht ein paar Mal, um wenige Momente später wieder zu erlischen.

»Kommt. Die Tür ist auf!«, sagte Simon dann.

Auch auf dem Festungsdach gingen in Folge des Blitzschlages die Lichter komplett aus. Cassie, Nora, Willow, Lily und Ian standen nun in der Dämmerung um die dort platzierten Stühle herum.

»Er ist abgestürzt!«

Willow, die die gesamte Zeit nur auf den Bildschirm gestarrt hatte, der Tim im Wald gezeigt hatte, wirkte vollkommen aufgelöst.

»Mach doch was!«, schrie sie Ruby an.

»Ich versuche, Kontakt herzustellen.«

Sie tippte wie wild auf dem Funkgerät herum, welches sie in der Hand trug.

»Ich kriege es nicht hin. Sie sind nicht zu erreichen.«

»Wie…?«

»Alle auf die Stühle. Los.«

Sie öffnete eine kleine Tasche und holte ein paar Seile heraus. Cassie, Nora, Willow und Lily wollten bereits Rubys Befehl folgen, Ian jedoch funkte dazwischen.

»Was hast du vor?«, fragte er an Ruby gewandt.

»Das geht dich gar nichts an.«
Sie wirkte gestresst und hektisch.
»Du auch.«
Sie zeigte auf den freien Stuhl.
»Die Bedingung war, dass du uns nicht fesselst. Niemanden. Und, dass keiner sterben muss.«
»Unter normalen Bedingungen. Wir haben eine Notfallsituation.«
»Ich lasse mich auf keinen Fall von dir fesseln. Das war nicht Teil des Plans.«
Ian verschränkte die Arme und blieb genau vor Ruby stehen.
»Es gibt keinen Plan.«
Sie richtete ihre Waffe auf Ian.
»Zumindest keinen, in dem dein Überleben zwingend notwendig ist.«
Ihre Worte hallten noch lange in der Dunkelheit wider, doch die Kugel, die sie nun abfeuerte, war lauter. Sie übertönte jedes einzelne Geräusch in der Umgebung und war noch mehrere Kilometer weiter zu hören.

Der enge, wie eine Art Röhre anmutende Gang, in dem Oskar sich befand, wurde ebenfalls von der schwarzen Dunkelheit heimgesucht. Er rüttelte an den grauen Metallstäben, merkte jedoch, dass das gar nicht notwendig war. Sie ließen sich nun problemlos zur Seite schieben. Er kroch über die Schwelle und war erleichtert, dass er sich wieder aus seinem Gefängnis befreit hatte. Seine Knie begannen langsam, zu schmerzen, und er hoffte, dass der Gang bald ein Ende nehmen würde. Er hielt kurz inne, weil er spürte, dass sich in seiner rechten Wade ein Krampf anbahnte. Er biss sich auf die Zähne und streckte das

Bein aus, versuchte so, seine Muskeln wieder aufzulockern. Der Boden unter seinen Händen wurde derweil sandiger. Ein paar Meter später gesellte sich auch noch Wasser dazu, so dass er nur noch mit seinem Kopf über Wasser war und gerade mal frei atmen konnte. Ein beklemmendes Gefühl stieg in seiner Brust auf, als er daran dachte, was passieren würde, wenn das Wasser noch höher steigen würde. *Ich hätte keine Luft mehr.* Er versuchte, seine Atmung ruhig und flach zu halten und sich auf alles vorzubereiten. Als der Wasserpegel so hoch war, dass es ihm nur mit Mühe gelang, Mund und Nase in der Luft zu halten, sank er wieder nach und nach. *Ein gutes Zeichen.* Oskar musste noch etwas weiter kriechen und hatte dann das vermeintliche Ende des Ganges erreicht. *Eine Holzwand.* Er klopfte leicht dagegen, und merkte, wie instabil das Holz war. *Ich kann es aufbrechen. Aber was dann?* In Gedanken schüttelte er den Kopf. *Darüber darf ich jetzt nicht nachdenken. Erst muss ich mich befreien.* Sein erster Schlag ließ das Holz nur etwas splittern, mit dem zweiten Fausthieb schaffte er es jedoch, die Wand zu durchbrechen. *Geschafft!* Eine Gefühlswelle mit einer Mischung aus Motivation und Erleichterung brach über ihn ein. Er kletterte aus dem kleinen Loch, was er sich selbst geschaffen hatte, und fand sich in einer kleinen Holzhütte wieder. Sie war nur spärlich beleuchtet, durch einige Ritzen drang bereits das erste Mondlicht. Oskar entdeckte schnell die Tür, öffnete sie und war unfassbar froh, sich endlich wieder frei bewegen zu können. Die Beklemmung wich stückweise von ihm, der Krampf in seiner Wade, der erneut aufgekommen war, verschwand wieder. Er blickte sich um. Die Hütte selbst befand sich auf einem kleinen Abschnitt Ackerland, etwa einhundert Meter entfernt begann der Wald. Als Oskar sich etwas von der kleinen Hütte entfernte und dann wieder zurückblickte, sah er, dass sie unheimlich hoch war. *Da oben sind diese Röhren. Aber was haben die zu bedeuten?* Er überlegte kurz, fand keinen Lösungsansatz, und konzentrierte sich dann wieder auf das Wesentliche. Seine Knie schmerzten anfangs bei jedem Schritt, doch auch das verflog nach ein paar Momenten. Es regnete. Der Ackerboden war schlammig, Oskar musste bei jedem Schritt aufpassen, dass er nicht im Schlamm einsank. Unter dem Blätterdach des ersten Baumes legte er eine Pause ein. Er setzte sich auf den Boden, lehnte sich gegen den Stamm und überlegte sein weiteres Vorgehen. *Ich muss zur Festung. Nur wo ist die?* Die Bäume waren hier an dieser Stelle so dicht, dass ein Ende des Waldes nicht absehbar war. *Es kann nur diese eine Richtung geben.* Plötzlich hörte Oskar hektische Stimmen in seiner Nähe. Er stand auf und versteckte sich hinter dem breiten Stamm. Drei Männer in schwarzen Anzügen eilten durch den Wald. Sie hatten eine Trage bei sich. Oskar spürte, wie sich sein Magen verkrampfte. *Ist was passiert? Aber wem? Die sind doch alle bei der Festung?* Er konnte sich keinen Reim auf die Situation machen. Als er sich genauer auf die Geräusche der Umgebung konzentrierte, hörte er leise die Rotoren eines Helikopters. *Das ist meine Chance!* Er schlich langsam in genau diese Richtung, versuchte, den Ästen auf dem moosigen Waldboden auszuweichen, um sich möglichst leise zu verhalten. Dennoch kam er sich unheimlich laut vor. *Schwachsinn. Die hören mich nicht.* Die drei Männer verharrten an einer Stelle, an der sich der Wald lichtete. Oskar lauschte, und bemerkte nicht, wie sich der Boden hinter ihm lockerte. Eine weiße Hand schoss hervor und griff nach seinem Knöchel. Oskar verlor das Gleichgewicht, fiel auf den Rücken und spürte, wie ihm die Luft aus der Lunge gepresst wurde. Aus Reflex versuchte er, seinen Fuß zu befreien, doch die Krallen saßen zu fest und bohrten sich mit jeder weiteren Bewegung tiefer in sein Fleisch. Zu der ersten Hand gesellte sich eine zweite und bald auch eine dritte. Oskar wurde panisch. Er zog seinen Fuß vor und zurück, konnte sich jedoch nicht befreien. *Verdammt!* Er nutzte seine Hände als Hilfe und versuchte erneut, seinen Gegner loszuwerden. Dieses Mal erfolgreicher, es gelang ihm, mehrere Finger der Hand zu brechen, bevor die anderen beiden ihn erreichen konnten. Er stand wieder auf und sah in seinem Augenwinkel, wie die Männer mit der Trage wieder in Richtung Helikopter eilten. Jemand lag dort drauf, Oskar konnte jedoch aus der Entfernung und bei den Lichtverhältnissen nicht erkennen, um wen es sich handelte. Es waren nur die Konturen erkennbar. Er lief zwischen den Bäumen hindurch, achtete so gut es ging auf den Boden unter sich, um nicht das Gleichgewicht zu verlieren und kam dem Helikopter immer näher. Als er nur noch ein paar Schritte entfernt war, erkannte er, wer dort auf der Trage lag. Er sah auch, dass es Tim wenige Momente später gelang, aufzustehen und sich auf den Mann zu stürzen, der ihn gerade in das Innere des Helikopters hieven wollte.

Ruby war alles egal. Sie verließ das Dach, lief durch den angrenzenden Raum und hatte bald das Foyer erreicht, das ebenfalls komplett in Dunkelheit gehüllt war. Ihr Ziel war das naheliegende Versorgungszentrum. Sie hatte mit Abigail keinen Kontakt herstellen können, und war dementsprechend besorgt. Sie öffnete die Glastür und trat ein. Der Flur war verlassen, doch es brannte Licht. *Sie hat die Notfallversorgung schon aktiviert. Wahrscheinlich läuft der Generator sogar.*

Ruby lief ein paar Meter weiter, sie wusste, in welchem Raum sie Abigail normalerweise finden würde. Sie klopfte drei Mal kurz und trat dann ein.

»Ruby, was ist denn...?«

»Hast du den Strom wieder aktiviert?«

»Ja. Ich dachte, er wäre nur hier ausgefallen.«

»Nein, drüben ist ebenfalls alles dunkel. Und ich kriege auch keine Verbindung mehr zu Oliver und den anderen. Es scheint mehr als eine Leitung kaputt gegangen zu sein bei dem Blitzschlag.«

»Scheiße. Komm mit, wir müssen uns das mal ansehen.«

Ruby folgte Abigail den Korridor entlang.

»Läuft sonst alles nach Plan?«

Ruby überlegte. *Tut es das?*

»Ja«, sagte sie und zuckte mit den Schultern.

Ich habe nur Ian erschossen und wir haben den Kontakt zu der Mannschaft verloren. Aber ansonsten alles in bester Ordnung.

»Sehr gut. Dann können wir die Sache ja ruhig angehen.«

Abigail hatte den Raum mit dem Generator unterdessen erreicht. Der Notfallstrom lief bereits. Ruby stand in der Türschwelle und wartete.

»Was nun?«

»Wenn alle wieder hier sind, weißt du, was ansteht. Wir sehen uns.«

Abigail ließ sie einfach stehen und eilte wieder in den Raum zurück, aus dem sie gekommen war. Während sie ihren Weg zurück auf das Festungsdach einschlug, bereitete sie sich innerlich auf die kommende Situation vor. *Es fehlen noch Oskar und Tim. Simon, Kieran und Pacey waren ja schon im Raum nebenan und werden jetzt sicherlich auf der Treppe zur Luke warten.* Sie entschied sich für einen anderen Weg. Es war die ungemütlichere Variante, doch sie hatte nicht vor, jetzt schon den anderen zu begegnen. Dafür hatte sie nicht genug Nerven im Moment. Erstmal mussten die Wogen geglättet werden, doch das war im Angesicht von Ians Tod gar nicht so einfach. *Habe ich überreagiert? Vielleicht schon. Scheiße. Aber warum stellt er sich mir überhaupt in den Weg? Was denkt er denn, wer er ist?* Sie öffnete eine abgelegene Tür und trat wieder aus dem Foyer heraus. Sie musste das Gebäude einmal umrunden, überquerte den Graben und fand sich an der Rückseite wieder. Die Tür war natürlich verschlossen, sie zog einen Schlüssel hervor und öffnete sie. In dem Raum brannte kein Licht. Sie erreichte ein Treppenhaus, lief die Steinstufen hoch und hatte wenige Minuten später die Tür zum Dach erreicht. Sie atmete tief durch, die Treppen hatten sie ordentlich ins Schwitzen gebracht. Sie prüfte mit dem Funkgerät, ob sie wieder eine Verbindung herstellen konnte, doch es folgte nur ein leises Rauschen. *Sie hätten sich längst melden sollen. Es muss irgendwelche Probleme geben.* Ihr blieb jetzt nichts anderes übrig, als abzuwarten, obwohl ihr das am wenigsten schmeckte.

Oskar begriff die Situation und handelte blitzschnell. Er verpasste dem Mann, der ihm an nächsten stand, einen Faustschlag in den Rücken. Er hatte jedoch nicht mit der Reaktion seines Gegners gerechnet, sah den Ellenbogen erst, als er bereits in seinem Bauch gelandet war. Oskar keuchte. Tim sah ihn an, nickte kurz, und trat dann von der Trage herunter.
»Gebt uns den Helikopterschlüssel. Los.«
Die Männer zögerten kurz, schienen sich einen anderen Plan zurechtgelegt zu haben. Sie richteten ihre Waffen auf sie beide,

schossen jedoch nicht.
»Steigt ein. Beide. Sonst muss ich schießen.«
Oskar kannte die Männer nicht. Er hatte sie noch nie gesehen, dessen war er sich trotz der Anzüge sicher.
»Stopp. Wir können das auch friedlich klären. Was habt ihr vor?«
»Keine Widerrede. Steigt ein.«
Er schoss. Oskar spürte, wie ein gewaltiger Elektroschock seinen Körper durchfuhr. Er verlor das Gleichgewicht und fiel auf den schlammigen Boden. Tim sah das und zögerte keine weitere Sekunde. Sein erster Schuss traf den Wächter direkt in den Kopf. Die anderen beiden Männer ließen von ihm ab und legten die Waffen auf den Boden.
»Okay, ihr habt gewonnen. Das war aber wirklich verdammt nochmal nicht nötig.«
»Was hattet ihr mit uns vor?«
Er schrie den beiden die Worte nahezu ins Gesicht und hielt seine Waffe weiterhin auf sie gerichtet.
»Wir wollten euch nur zur Festung bringen. Natürlich auf das Dach.«
»Ich glaube euch kein Wort.«
»Das ist ja dann dein Problem…«
»Ich denke nicht. Oskar?«
»Ja?«
»Kannst du aufstehen?«
Oskar versuchte, auf die Beine zu kommen, und schaffte es auch mit dem ersten Versuch.
»Lass uns die beiden als Geiseln nehmen. Gebt mir eure Waffen, sonst schieße ich. Sofort.«
Sie leisteten keinen Widerstand und ließen sich ins Innere füh-

ren. Oskar kroch hinter sie in den Innenraum und achtete darauf, dass sie keinen Versuch starteten, ihn zu überwinden.

»Ich würde euch nicht empfehlen, zu versuchen, uns auszutricksen. Es endet nicht gut für euch. Oskar, nimm meine Waffe und zögere nicht, bei einer falschen Bewegung auf einen zu schießen.«

»Geht klar.«

Oskar gefiel es, dass Tim die Aufgaben verteilte und er nicht weiter darüber nachdenken musste, was er als nächstes zu tun hatte. *Ich darf aber auch nicht unaufmerksam werden.* Er spürte, wie der Propeller rotierte und sie dann langsam wieder in die Luft stiegen. Mit dem Regen, der mittlerweile etwas abgeklungen war, war auch Wind aufgekommen. Er ließ ihr Gefährt in der Luft hin und her schaukeln und sorgte dafür, dass Oskar bereits nach wenigen Sekunden übel wurde. *Das muss ich jetzt durchhalten.*

»Wie sind eure Namen?«

Er musste sich etwas von der Situation ablenken und hoffte, dass er so seine Übelkeit vertreiben konnte.

»Arthur«, murmelte der eine Mann.

»Und er heißt Daniel. Wir hatten nichts mit euch vor... zumindest nicht direkt. Oliver hatte das Kommando. Wir wissen nicht, was sein Plan war, nachdem wir deinen Freund bergen konnten, der sich ja scheinbar doch nicht allzu schwer verletzt hat.«

»Mein Sturz von der Kante wurde abgefangen. Trotzdem habe ich durch den Aufprall mein Bewusstsein zumindest für eine kurze Zeit verloren. Ich wachte erst wieder auf der Trage auf.«

Es war durch den Lärm schwer, seine Worte zu verstehen, doch es gelang Oskar irgendwie, das, was er hörte, sinnvoll zusammenzufügen. Unter ihnen zogen langsam die Bäume vorbei. Es

war wirklich ein gigantischer Wald, in der Ferne jedoch war bereits der Schatten der riesigen Festung zu sehen. Oskar spürte, wie ihn die Erleichterung überkam. *Wir haben es gleich geschafft.* Er freute sich darauf, Cassie endlich wieder sehen zu können. *Und auch Willow und Nora.* Er schluckte. *Ian.* Er gehörte wahrscheinlich weiterhin zur Gruppe, doch Oskar wusste nicht, wie er auf ihn reagieren sollte. *Er hat definitiv einiges zu erklären, wenn wir es gemeinsam hier raus schaffen.*
»Wir sind gleich da!«, rief Tim von vorne.
Aus seiner Stimme konnte man die Anspannung förmlich heraushören. Arthur und Daniel verhielten sich weiterhin ruhig, sie schienen sich mit ihrer Rolle als Geiseln bereits abgefunden zu haben. *Sie sprechen nicht miteinander und können somit auch keinen Plan schmieden. Oder?* Vollkommen sicher war sich Oskar da nicht, er musste immer davon ausgehen, dass er sich vielleicht doch täuschen konnte. *Wir müssen alles in Betracht ziehen.* Die Distanz zur Festung wurde immer geringer. Als sie langsam an Höhe verloren, bemerkte Oskar, dass seine Aufregung blanker Angst wich.

Es war, als würde alles in Zeitlupe geschehen. Cassie hörte den lauten Knall noch lange nachhallen und sah, wie Ian den Boden unter den Füßen verlor und auf den Rücken fiel. Ruby stürmte vom Dach herunter, und war ein paar Augenblicke später nicht mehr zu sehen.
»Ian!«, schrie Nora und lief zu seinem leblosen Körper.
Willow folgte ihr langsam, fast wie in Trance.
»Es hat keinen Zweck.«
Nora kauerte sich neben ihn.
»Er ist tot, Nora.«

Cassie spürte, wie ihr Tränen in den Augen aufstiegen. Dieses Mal wollte sie nicht dagegen ankämpfen, sie hatte es viel zu oft in letzter Zeit getan.
»Sie ist eine Lügnerin. Eine verdammte Lügnerin!«
Nora war außer sich vor Wut und Trauer. Sie schien kurz davor zu stehen, den Verstand zu verlieren.
»Es wird keiner sterben. Sie hat es uns sogar noch garantiert.«
Cassie überlegte. *Habe ich den Worten von Anfang an getraut? Wahrscheinlich schon.* Sie hatte sich in der letzten Zeit die schönsten Szenarien ausgemalt, die alle zu ihrer Rettung beigetragen hatten.
»Denkst du, Tim ist was passiert?«
Sie hörte Willow hinter sich und drehte sich um. Auch sie wirkte völlig aufgelöst.
»Nein. Ich denke, er ist okay.«
Sie wusste nicht, was sie sagen sollte, und hoffte, mit ihren Worten Willow einfach nur etwas Hoffnung zu geben.
»Hört zu.«
Lily stand von ihrem Stuhl auf und blickte alle nacheinander an.
»Ich weiß, ihr kennt mich nicht wirklich, aber ich bin in derselben Lage wie ihr. Wir warten auf die Jungs und brauchen einen Plan. Ich gehe davon aus, dass Ruby bald zurückkehren wird, aber ich weiß nicht, wie sie dann reagiert. Wir dürfen uns nicht in Gefahr bringen, indem wir uns ihr in den Weg stellen.«
»Hast du eigentlich mitbekommen was eben passiert ist?«, schrie Nora.
»Wir müssen aufpassen, dass sie uns alle verdammt nochmal nicht umbringt!«
»Genau deshalb möchte ich ja einen Plan besprechen.«
Lily blieb ruhig und schien damit etwas bei Nora ausgelöst zu

haben. Sie wurde zumindest ein Ticken entspannter.
»Wir sollten uns passiv verhalten und müssen uns aufeinander verlassen.«
Cassie wandte sich an Nora.
»Das, was geschehen ist, können wir nicht rückgängig machen.«
Traurig sah sie in die Richtung, in der Ians Leichnam lag.
»Wenn wir jedoch jetzt zusammenhalten, dann schaffen wir es alle.«
»Bist du dir sicher?«, fragte Nora leise.
Cassie ging ein paar Schritte auf sie zu und nahm sie in den Arm. Es fühlte sich gut an und erinnerte sie an die ersten Momente in der Eiswüste. *Nora war die erste Freundin, die ich gehabt hatte. Wir haben uns auf Anhieb verstanden.* Es war die Zeit gewesen, in der noch keiner gewusst hatte, dass Jonas zu dem Zeitpunkt ebenfalls auf der anderen Seite gestanden hatte. Am Ende hatte er sich für sie entschieden und das dann mit seinem Leben bezahlt. *Es war ein Unglück.*
»Ja. Ich bin mir sicher, dass wir es alle schaffen. Auch Oskar, Tim und Simon.«
»Lasst ihn uns wegschaffen. Ich ertrage es nicht, ihn so sehen zu müssen«, murmelte Nora.
Cassie warf Lily einen kurzen Blick zu, sie schien direkt zu verstehen, was Cassie von ihr wollte.
»Bleib du hier.«
Lily legte Nora sanft eine Hand auf die Schulter.
»Cassie und ich kümmern uns um ihn.«
Sie lächelte Cassie zu und kam dann näher.
»Du passt sehr gut in unsere Gruppe. Es freut mich sehr, dich kennenzulernen.«

»Danke.«

Mehr sagte Lily nicht, bis sie Ian erreicht hatten.

»Hast du eine Idee, wo wir ihn hinschleppen sollen?«

»Ich würde vorschlagen, irgendwo außer Sichtweite. Lass es uns mit der anderen Seite des Daches versuchen.«

Cassie griff nach seinen Füßen und versuchte dann, wieder nach vorne zu schauen. Er war schwerer, ihn an einen anderen Ort zu ziehen, als sie gedacht hatte. Das Dach war größer, als Cassie anfangs angenommen hatte. Die vier Stühle befanden sich etwas abseits auf mehreren Pflastersteinen. Sie waren jetzt in dem schlecht einsehbaren Teil und standen kurz vor der Kante, an der es in die Tiefe ging.

»Pass auf.«

Lily legte ihr eine Hand auf die Schulter und zog sie einen halben Meter zurück.

»Danke.«

»Wir sollten ihn anständig verabschieden. Begraben können wir ihn hier ja schlecht, aber ich habe eine andere Idee.«

»Du kanntest ihn doch gar nicht«, meinte Cassie verwundert.

»Nicht schlimm. Er scheint ein guter Mensch gewesen zu sein, das reicht für meine Beurteilung.«

Cassie gefiel Lilys Denkweise. Sie war ihr direkt sympathisch.

»Ja, das war er. Er konnte nichts für das, was uns hier passiert ist.«

Lily bückte sich und schloss ihm die Augen. Es war Cassie zuvor nicht aufgefallen, doch er war mit offenen Augen gestorben, in dem Moment, in dem die Kugel seinen Kopf durchbohrt hatte. Sie befanden sich hinter einer kleinen Steinmauer, die etwa hüfthoch war. Sie war nur ein paar Meter lang und um einen riesigen Schornstein gelegt worden.

»Hier ist ein optimaler Platz.«
Lily blieb stehen und legte seinen Kopf vorsichtig auf den Boden. Cassie tat es ihr mit seinen Füßen gleich. Lily wollte gerade wieder zu den anderen gehen, als Cassie sie zurückhielt.
»Warte mal bitte kurz.«
»Was ist denn?«
»Ich glaube, wir sind momentan die einzigen beiden, die richtig denken können. Die anderen beiden wirken ziemlich aufgewühlt.«
»Stimmt.«
»Hast du einen Plan, wie wir die Situation am besten angehen können?«
Lily schüttelte den Kopf.
»Nein, noch nicht. Aber wir beide sollten uns schnell einen zurechtlegen, es kann sein, dass Ruby schon gleich zurückkommen wird.«

Simon spürte, wie sich die Aufregung auf seinem gesamten Körper ausbreitete. Er zitterte vor Anspannung und hörte, wie Kieran und Pacey hinter ihm ebenfalls aufstanden und ihm folgten. Sie durchquerten den kleinen Gang und fanden sich vor einer Leiter wieder, die sie geradewegs zu einer Luke führte.
»Hier geht es zum Dach.«
Simon stieg die Stufen hinauf, merkte dann jedoch, dass die Luke abgeschlossen und verriegelt war. Er drehte sich um und sah wieder zu Pacey und Kieran, die er nur als dunkle Schemen erkennen konnte.
»Sie ist zu. Wir müssen wohl noch etwas warten.«
»Immerhin haben wir es fast geschafft«, meinte Kieran.
Er klang optimistisch.

»Wir befreien Lily und die anderen, die du vorhin erwähnt hattest, und dann verschwinden wir verdammt nochmal von hier.«
Simon nickte.
»Das ist mein Plan.«
Er setzte sich auf eine der Stufen und strengte seine Augen an. Der Raum schien nicht besonders groß zu sein, war wahrscheinlich eher als eine Art Vorraum gedacht. Die Leiterstufen hingegen wirkten morsch und knirschten bei jedem Schritt. In unregelmäßigen Abständen flackerte das Licht mal auf, doch es war zu kurz, um genau sehen zu können, was sich um sie herum befand.
»Versuch doch einfach, das Schloss aufzuschießen«, schlug Pacey plötzlich vor.
»Ich könnte das auch notfalls übernehmen.«
Simon zögerte kurz.
»Ich weiß nicht, wie viele Kugeln ich noch habe. Eine brauche ich gleich auf alle Fälle.«
Er grinste.
»Sie gehört Ruby.«
»Du willst sie wirklich töten?«
»Natürlich. Sie hat es nicht verdient, weiterzuleben. Sie ist für so viele Todesfälle verantwortlich.«
»Du hast recht«, murmelte Kieran.
»Aber es muss doch auch einen anderen Weg geben.«
»Nicht in dem Fall.«
Simon wollte nicht darüber diskutieren, er hatte seinen Entschluss diesbezüglich schon getroffen. *Ich werde sie töten. Und wenn ich dafür das gesamte Magazin leer schießen muss.*
»Wenn du meinst. Ich finde trotzdem, Pacey sollte mal versu-

chen, ob er das Schloss aufbekommt.«
»Okay.«
Simon reichte Pacey seine Waffe.
»Geh sparsam mit den Kugeln um.«
»Aber natürlich.«
Pacey stieg die Leiterstufen hoch. In der Dunkelheit war es schwer, überhaupt seine eigenen Hände vor den Augen sehen zu können, weshalb sie auf das nächste bisschen Licht hoffen mussten. Das Flackern ließ lange auf sich warten, doch etwa eine Minute später verschwand es komplett. Das Licht hingegen blieb und erhellte den Raum.
»Der Strom scheint wieder zu funktionieren!«
Pacey wirkte euphorisch. Er zielte auf das Schloss, drückte ab, und ein lauter Knall erfüllte den Vorraum zum Dach. Der Schrei, den Kieran ausstieß, vernahm Simon dadurch jedoch viel zu spät. Als er sich umdrehte, konnte er nicht mehr eingreifen. Stephan stand hinter ihnen. Seine Haut wirkte an einigen Stellen verbrannt, doch er war am Leben. Kieran hustete, und Simon erblickte eine der Scherben von der Vase, die er im Flur zerstört hatte, im Hals seines Freundes. Blut lief aus der Wunde und sammelte sich vor seinen Füßen bereits zu einer Pfütze.
»Erschieß ihn!«, schrie Simon an Pacey gewandt.
Er zögerte nicht lang und feuerte Stephan eine Kugel in den Kopf. Kieran hatte unterdessen versucht, sich die Scherbe aus dem Hals herauszuziehen, schaffte es jedoch nicht.
»Simon«, röchelte er.
Er hustete und spuckte eine gewaltige Ladung Blut auf den Boden.
»Die Scherbe steckt zu tief.«

Seine Stimme klang brüchig.

»Lass mich mal bitte.«

Mit zitternden Händen versuchte er, ihm das scharfe Stück aus dem Hals zu ziehen. Je weiter er es schaffte, desto mehr Blut floss. *Seine Halsschlagader ist durchtrennt.* Er schluckte. *Er wird es nicht schaffen.*

»Kieran. Bleib bei uns.«

Er spürte, wie ihm Tränen in die Augen stiegen. *Scheiße. Ich habe ihn doch gerade erst wiedergefunden. Nachdem ich ihn bereits für tot gehalten habe, verdammt nochmal.*

Pacey zog den toten Stephan weg und kam dann wieder zu Simon und Kieran. Er sah, dass es keinen Sinn hatte, die Scherbe zu entfernen, und wandte sich dann wieder ab. Simon wurde in der Zeit bewusst, dass alles ganz schnell vorbei sein konnte. Und sein Hass auf Ruby und auf alle anderen, die dafür verantwortlich waren, dass sie hier hinter diesen Mauern gelandet waren, wurde von Minute zu Minute größer. Er erreichte fast ein unsagbares Maß.

»Ist er tot?«, fragte Simon und deutete auf Stephan.

Die Stille machte ihn fast verrückt, er wollte irgendetwas sagen, um sich zumindest etwas ablenken zu können.

»Ja. Die Kugel hat seinen Kopf sicher durchbohrt.«

Kieran atmete unter ihnen weiterhin flach, doch es war absehbar, dass sein Zustand nicht lange anhalten konnte. *Er stirbt direkt vor unseren Augen, und wir können nichts dagegen tun*, dachte Simon. *Alles nur, weil wir zu unachtsam waren. Eine gottverdammte Sekunde lang.*

»Soll ich...?«, fragte Pacey und deutete auf die Waffe, die er weiterhin in seiner Hand hielt.

Simon wechselte einen kurzen Blick zwischen ihm und Kieran

und nickte dann.
»Es ist besser, wenn er nicht mehr leiden muss. Aber warte bitte kurz.«
Er beugte sich zu Kieran herunter.
»Danke«, sagte er nur.
Auf Kierans Gesicht zeichnete sich ein schwaches Lächeln ab. Pacey zog ihn dann etwas abseits, was Simon ganz recht war. Er hielt sich die Ohren zu und versuchte, seine Gedanken in eine andere Richtung zu lenken. Der laute Knall, den der Schuss erzeugte, brannte sich jedoch in sein Gehirn ein und hörte sich an wie ein Erdbeben.

»Wir müssen uns kooperativ verhalten, um dann zuzuschlagen, wenn sie nicht damit rechnen. Wir brauchen das Überraschungsmoment.«
Lily sah Cassie an.
»Vielleicht sollten wir uns hier verstecken. Ruby kommt wieder und entdeckt nur Willow und Nora. Hast du eine Waffe bei dir?«
Cassie nickte.
»Ja, mein Messer.«
»Das könnte schon reichen. Wir sollten sie zwar nicht angreifen, aber im Falle eines Falles könnten wir unsere Chance nutzen.«
»Meinst du nicht, wir sollten Willow und Nora informieren?«
»In dem Zustand, in dem sie gerade sind?«
Lily schüttelte den Kopf.
»Außerdem ist es doch viel glaubwürdiger, wenn sie auch nicht wissen, wo wir sind.«
Sie umrundete den Schornstein und entdeckte eine kleine Ni-

sche. Diese war etwa so groß, dass sie beide nebeneinander hineinpassten.
»Ein perfekter Ort. Was für ein Zufall.«
Lily lächelte.
»Hier wird sie uns bestimmt nicht entdecken.«
Cassie fühlte sich nicht wohl dabei, sich zu verstecken, ohne vorher Willow und Nora Bescheid zu sagen. Doch Lilys Worte klangen keineswegs falsch, sondern viel mehr logisch. Ruby würde nach ihnen suchen und sie hatten zumindest einen kleinen, zeitlichen Vorteil.
»Das ist ganz schön eng hier«, stöhnte Cassie nach etwa einer Minute.
Sie konnte ihre Beine nicht ausstrecken, wusste aber, dass sie in dieser Position erst einmal verharren musste.
»Pst«, flüsterte Lily.
»Wir sollten uns leise verhalten.«
Cassie spürte den hölzernen Griff des Messers in ihrer Hand. Sie fühlte sich sicher. Mittlerweile war das Licht auf dem Dach wieder angegangen, sie hatte das erst nicht gemerkt, doch jetzt, wo sie genug Zeit zum Nachdenken hatte, fiel es ihr direkt auf. Plötzlich war ein Geräusch aus der Ferne zu hören. *Der Helikopter mit der Truppe, die bei Tim waren. Ist Oskar dabei?* Cassie spürte, wie die Aufregung sie überkam. *Bitte. Lass es so sein.* Das stetige Surren der Rotorblätter wurde immer lauter. Der Helikopter befand sich direkt über der Festung, verharrte allerdings erstmal in der Luft. *Warum landen sie nicht? Gibt es ein Problem?* Cassies Herz schlug schneller, es schien ihr aus der Brust herausspringen zu wollen. Sie fragte sich, ob Lily ihre Aufgeregtheit bemerkte, kam dann jedoch zu dem Schluss, dass es ihr vollkommen egal war. *Es geht einzig und allein darum,*

dass wir alle überleben.
»Cassie?«
Willows Stimme erfüllte die bisher herrschende Stille. Cassie kroch aus der Nische heraus und meinte:
»Wir sind hier.«
»Was habt ihr vor?«
Mit jedem Schritt, den Willow näherkam, wurde sie lauter.
»Wir wollen Ruby überwältigen. Sagt ihr einfach, dass wir geflohen sind, ihr beide aber zurückgeblieben seid, weil ihr Angst hattet.«
»Okay, und weiter?«
»Wenn sie dann nach uns sucht, und das wird sie tun, haben wir einen kleinen Moment Zeit, den wir nutzen müssen. Wir wollen doch alle einfach nur weg von hier.«
Willow nickte.
»Du solltest Nora nicht weiter allein lassen. Wir schaffen das schon.«
Sie trottete wieder zu den Stühlen zurück und sagte nichts mehr. Cassie bekam direkt ein schlechtes Gewissen. *Was hätte ich sonst sagen sollen?* Sie wollte sich keine Gedanken darüber machen, es gab zurzeit eindeutig wichtigere Dinge. Der Helikopter kam mittlerweile immer näher, er hatte den Sinkflug begonnen. Bevor er jedoch landen konnte, hörten sie eine Tür knallen. Kurz darauf hallte Rubys Stimme über das Dach.
»Wo sind die anderen beiden?«
Sie sah Willow scharf an.
»Abgehauen.«
Willow senkte ihren Blick zu Boden.
»Abgehauen?«
Ruby lachte laut auf und richtete ihre Waffe auf Willow, die

sofort zusammenzuckte.
»Wo sind sie?«
»Ich weiß es nicht…«
»VERDAMMT!«, schrie Nora unter Tränen.
»Sie sind da hinten. Cassie und Lily, kommt raus.«
Cassie verfluchte sich innerlich für die Idee und trat zögernd aus dem Versteck heraus. Ruby senkte ihre Waffe und setzte ein falsches Grinsen auf.
»Okay, ihr wolltet also abhauen. Habt euch den Regeln widersetzt. Ich glaube, dafür muss ich mir was Besonderes ausdenken…«
Sie presste ihre Waffe noch stärker an Willows Kopf.
»Nein!«, schrie Cassie und stürmte auf sie zu.
Ruby drehte sich um, zögerte einen Moment, ging dann auf eine Luke auf dem Dach zu und löste die Verriegelung.
»Simon, du kannst eintreten.«
Ein paar Sekunden später öffnete sich die Tür. Simon war etwas älter als sie alle, vielleicht zwei bis drei Jahre. An seinen Händen und auf seiner Kleidung war Blut zu sehen. Hinter ihm befand sich noch eine zweite Person im selben Alter. Er war ein bisschen größer als Simon, hielt sich jedoch eher im Hintergrund.
»Was ist denn mit dir passiert?«
Ruby lächelte ihn an. Er hatte seine Waffe direkt auf sie gerichtet, doch als er merkte, dass sie Willow und die anderen in ihrer Gewalt hatte, hatte er sie wieder zu Boden gerichtet.
»Lass uns verdammt nochmal von hier verschwinden.«
»Es fehlen aber noch zwei. Mal schauen, was uns der Helikopter bringt.«
Der Lärm wurde immer lauter und verschwand schließlich, als

der angesprochene Helikopter auf dem Dach aufsetzte. Die Türen öffneten sich langsam und Oskar trat heraus. Cassie stand auf, lief zu ihm und schloss ihn in die Arme. Sie war so erleichtert, dass sie alles um sich herum für ein paar Sekunden vergaß. Sogar der Tod von Ian verschwand für wenige Augenblicke komplett aus ihrem Gedächtnis.
»Du hast es geschafft!«
»Ja.«
Er küsste sie. Hinter ihm trat Tim aus dem Helikopter, woraufhin sich die Türen wieder schlossen.
»Willow!«
Er sah, dass Ruby ihr eine Waffe an den Kopf drückte. Gerade, als er in die Richtung gehen wollte, unterbrach Ruby ihn.
»Stopp. Keinen Schritt weiter. Sonst schieße ich.«
Tim blieb direkt stehen und sah ihr in die Augen.
»Wir haben zwei Geiseln. Sie heißen Arthur und Daniel. Du hast doch sicherlich Interesse daran, sie lebend wiederzusehen, oder?«
»Sie sind nicht wichtig. Ihr seid viel mehr wert.«
»Aber tot bringen wir dir wohl kaum was, oder?«
Tim versuchte, gelassen zu bleiben, doch Oskar merkte, dass das Kartenhaus seines Gemütes kurz davor war, einzustürzen.
»Natürlich nicht. Das will ich ja auch verhindern. Aber manchmal geht es einfach nicht.«
»Nimm die Waffe runter, Ruby. Du hast schon genug Schaden angerichtet.«
Simon wandte sich mit drohenden Worten direkt an sie. Sie drehte sich stirnrunzelnd um und nahm nun direkt ihn ins Visier.
»Wiederhol das bitte noch einmal.«
Simon ließ sich nicht davon abbringen und sagte das, was er zu-

vor erwähnt hatte, noch ein weiteres Mal.
»Schieß doch«, forderte er sie auf.
»Solange du dann die anderen gehen lässt.«
»Das wäre ein guter Deal. Ich könnte…«
»Nein!«
Lily stellte sich selbstbewusst zwischen Simon und Ruby.
»Heute wird keiner mehr sterben. Das lasse ich nicht zu. Ruby, was willst du uns sagen?«
»Ich hätte gerne die Schlüssel. Los, Oskar. Gib mir deinen Schlüssel.«
Oskar entfernte sich von Cassie und reichte Ruby den Schlüssel, den er in seiner Hosentasche gefunden hatte.
»Simon, jetzt du.«
Simon warf den Schlüssel vor ihr auf den Boden und versuchte, direkten Blickkontakt zu vermeiden.
»Tim?«
Tim zögerte kurz und ging dann langsamen Schrittes vor. Er griff in seine Hosentasche, wühlte etwas herum, und holte einen Schlüssel hervor.
»Wo ist der zweite?«
Ruby blickte ihn herausfordernd an.
»Ich weiß es nicht. Ich… muss ihn bei meinem Sturz verloren haben.«
Panisch tastete er ein weiteres Mal beide Taschen ab.
»Was haben wir denn da?«
Tim sah den Schlüssel an. Blickte auf das große „N", und konnte sich vorstellen, was als nächstes passieren würde. Er sah nur noch, wie Ruby und Simon gleichzeitig ihre Waffen hoben. Der laute Knall und die Explosion, die folgte, nahm er noch wahr, bevor alles schwarz wurde. Er sah plötzlich ein helles Licht tief

im Wald und spürte eine unfassbare Energie, die durch seinen gesamten Körper rauschte.

Tief im Wald

Es war wie ein Schleier, der sich vor seine Augen legte. Alles wirkte irgendwie unwirklich. Tim spürte, dass Cassie ihm am Arm rüttelte. Seine Augen tränten. Das gesamte Dach brannte, die Flammen stiegen in den Himmel, und er erinnerte sich wieder an den Moment, in dem Ruby ihm den Gürtel gezeigt hatte. *Der Sprengstoffsatz... Simon scheint sie getroffen zu haben. Willow?* Er sah Cassie an, konnte jedoch nicht sprechen. Sie nickte und deutete nach vorne. Tim war unfassbar erleichtert, als er Willow endlich in die Arme schließen konnte.
»Was ist passiert?«
»Der Sprengsatz, den Ruby sich umgebunden hatte, ist in die Luft gegangen. Allerdings nur ein Teil davon. Man kann wohl sagen, dass wir Glück hatten.«
Tim sah sich um. Bis auf Rubys leblosen Körper konnte er keinen verletzten sehen. Er zählte durch. Oskar. Cassie. Willow. Nora. Simon. Pacey. Lily. *Ian?*
»Wo ist Ian?«
»Ruby hat ihn erschossen.«
»Scheiße.«
Schweigen. Das Feuer auf dem Dach loderte um sie herum, jedoch nicht in gefährlicher Nähe.
»Schaut doch mal, da hinten!«
Pacey trat nach vorne und zeigte auf eine Stelle im Wald, die hell leuchtete. Tim erinnerte sich wieder an das Licht, was er gesehen hatte, bevor er für kurze Zeit bewusstlos gewesen war. *Da hinten ist es!*
»Was ist das?«, fragte Simon.

»Es sieht interessant aus. Ich denke, wir sollten dahin gehen«, sagte Lily.
»Ich habe es eben gesehen. Ich weiß nicht... von diesem Licht scheint eine ungeheure Macht auszugehen. Ich bin auch dafür, dass wir uns das mal näher anschauen«, murmelte Tim.
»Bin ganz deiner Meinung.«
Cassie lächelte und Oskar nickte.
»Ich kann es kaum erwarten, von hier wegzukommen.«
Nora schien froh darüber zu sein, endlich alles überstanden zu haben. Sie konnte nicht lächeln, aber wirkte wesentlich entspannter.
»Ja. Definitiv.«
Willow hielt sich kurz. Tim umarmte sie erneut, wollte sie gar nicht mehr loslassen. Er sah sich genauer um. Der Helikopter war komplett ausgebrannt. Ruby hatte genau vor ihm gestanden, als der Sprengsatz in die Luft gegangen war. Der Innenraum war versperrt gewesen, so dass Arthur und Daniel nicht den Hauch einer Chance gehabt hatten, aus ihrer Falle zu entkommen. Tim nahm die Tatsache mit gemischten Gefühlen auf. Einerseits fühlte er sich schlecht, dass er am Tod zweier Menschen die alleinige Schuld trug, andererseits wusste er, dass die beiden keinesfalls am Wohlbefinden von ihnen interessiert gewesen waren. *Sie hätten uns entführt und dann wahrscheinlich weggesperrt. Ich hatte keine andere Wahl.* Dieser Gedanke beruhigte ihn zumindest etwas, auch wenn er nicht ganz wusste, ob er denn auch korrekt war. *Ruby kann uns jetzt auf jeden Fall nichts mehr antun.* Er sah ihren toten Körper auf dem Dach liegen, die Haut war komplett verbrannt.
»Wir müssen hier weg.«
Cassie holte ihn wieder in die Realität zurück. Oskar stand di-

rekt hinter ihr und sah Tim noch eindringlicher in die Augen, als sie es getan hatte.
»Wir wollen zu dem Licht. Wir haben zwar keine Ahnung, wie weit es weg ist und was es uns bringen wird, aber es fühlt sich irgendwie richtig an. Kommst du mit?«
Tim nickte.
»Natürlich. Ich musste nur das, was gerade geschehen ist, erst einmal verdauen.«
»Mehr als verständlich.«
Willow trat hervor und griff nach seiner Hand, er nahm ihre dankend entgegen. Noras abschätzige und eifersüchtige Blicke versuchte er, so gut es ging zu ignorieren. *Vielleicht bilde ich mir das auch nur ein.* Sie verließen gemeinsam das Dach durch die Luke, durch die Simon und Pacey zuvor eingetreten waren. Im Inneren war alles in Ordnung. Es war zwar durch das lodernde Feuer etwas wärmer, doch es brannte ausschließlich auf dem Dach. Oskar atmete tief durch und ging einen Schritt näher an Cassie heran. Er war unfassbar froh, sie endlich wieder bei sich haben zu können. Obwohl sie weniger als einen Tag getrennt gewesen waren, hatte es sich wie eine Ewigkeit angefühlt. Er folgte ihr die morschen Leiterstufen herunter.
»Hier ist er gestorben«, meinte Simon.
Seine Stimme klang irgendwie tonlos, abwesend.
»Wer?«
»Kieran.«
Er sah in die Richtung von Tim, Willow und Nora.
»Er war ein Freund von mir. Ihr erinnert euch sicher aus meiner ausführlichen Erzählung am Feuer an ihn, oder?«
Willow nickte.
»Wie ist es passiert?«, fragte Lily leise.

Simon erzählte, was vorgefallen war. Er betonte mehrmals, dass er sich nicht erklären konnte, dass Stephan noch in einem so guten Zustand gewesen war, der dazu ausgereicht hatte, Kieran das Leben zu nehmen.
»Wenigstens bin ich nicht ganz alleine. Dafür bin ich euch allen dankbar.«
»Ich denke, uns geht es gleich. Das, was wir erlebt haben, wird nicht mehr aus unseren Köpfen verschwinden.«
Oskar betrachtete die Blutpfütze auf dem Boden des Vorraumes, wandte sich aber direkt wieder ab.
»Lasst uns weg von hier.«
Die komplette Festung war wie leergeräumt. Niemand stellte sich ihnen in den Weg oder hinderte sie daran, den Ort zu verlassen. Oskar kam diese Sache zunächst komisch vor. Doch der Gedanke daran, die zweite große Aufgabe nach der Eiswüste jetzt bereits geschafft zu haben, nahm seine gesamte Aufmerksamkeit in Beschlag. Sie erreichten das Foyer und gingen hindurch, bis sie schließlich vor der Eingangstür standen. Sie verließen die Festung und traten hinaus ins Freie. Von unten war das noch immer lodernde Feuer auf dem Dach nur schwer zu erkennen.
»In welche Richtung müssen wir?«
»Nach Norden.«
Pacey zeigte auf die Festung.
»Wir müssen das Gebäude einmal umrunden und dürfen dann die Spur des Lichtes nicht verlieren.«
»Es war so hell.«
Willow wirkte noch immer ganz erstaunt.
»Sowas habe ich noch nie gesehen, da bin ich mir sicher.«
Tim drückte ihre Hand fester. Sie gingen um die riesigen Mau-

ern der Festung, vorbei am Graben. Simon erzählte unterdessen, was er alles im Keller erlebt hatte.
»Diese Kreaturen. Sie waren definitiv ganz anders als diese Crethrens, schienen aber zu derselben Art zu gehören. Messerscharfe Krallen, weiße, bleiche Haut... ich kann das gar nicht beschreiben, ohne dass ich eine Gänsehaut bekomme.«
»Du hast dich wahrlich durchgekämpft.«
Lily lächelte ihn an.
»Und was du mir über Stephan erzählt hast... ich glaube es dir. Es fiel mir anfangs schwer, das zu verstehen, doch ihr habt das einzig richtige getan. Er hat einen Menschen umgebracht, er hat es nicht verdient, weiterzuleben.«
Simon war erstaunt, diese Worte von ihr zu hören.
»Ich hätte erwartet, dass du mir Vorwürfe machst.«
»Ach was.«
Sie sah ihn an.
»Warum sollte ich das tun? Was bringt es mir? Es war nicht mehr der Stephan, den ich gekannt habe. Vielleicht hatten sie seine Gedanken manipuliert oder so, keine Ahnung. Er hätte sonst nie im Leben auch nur daran gedacht, jemanden umzubringen.«
Simon sah das anders, wollte jedoch nichts sagen. Das einzige, was er wollte, war, es zu vergessen. Vergessen, was mit Kieran geschehen war, und vergessen, was er in den letzten Tagen hatte erleben müssen. Während er nachdachte, kam Lily näher an ihn heran. Er spürte direkt ein Kribbeln im Bauch, und war unfassbar froh, sie endlich wieder in seiner Nähe zu wissen. Das Wasser im Festungsgraben unter ihnen floss leise dahin. Der Wind, der mit dem Gewitter aufgezogen war, wehte noch immer, doch es fühlte sich angenehm an. An der Rückseite des

Gebäudes angekommen, wurde das gelbe Licht direkt wieder sichtbar. Der ganze Wald schien zu leuchten. Es war ein atemberaubendes Szenario.
»Ich habe keine Ahnung wo die Quelle ist«, murmelte Simon.
»Aber ich will unbedingt dahin.«
Alle anderen stimmten ihm zu. Je weiter sie sich von der Festung entfernten, desto kleiner wurde diese hinter ihnen. Der sonst eher düster anmutende Wald war aufgrund der Lichtquelle gut zu durchblicken. Bäume und Sträucher reihten sich auf dem moosigen Boden aneinander. Der Regen hatte ihn komplett durchnässt, an einigen Stellen, an denen kein Moos wuchs, versanken sie mit ihren Schuhen im Schlamm. Das war allen jedoch vollkommen egal. Jeder wirkte auf seine Art und Wiese erleichtert und unbefangen, weshalb sich innerhalb der Gruppe auch eine bessere Stimmung ausbreitete.
»Ich bin so froh«, meinte Cassie.
»Auch, wenn uns allen der Verlust von Ian, Louis und Annie schmerzt. Wir sollten sie keinesfalls vergessen.«
»Ian hat dich entführt«, sagte Oskar.
»Er gehörte zu denen.«
»Nein.«
Cassie schüttelte entschieden den Kopf.
»Er wurde dazu gedrängt. Der eigentliche Deal war, dass niemand sterben muss. Dass er jetzt der einzige ist, der es trotzdem musste… ich denke, da können wir uns alle bei Simon bedanken.«
Simon blickte sie über die Schulter an.
»Bei mir?«
»Ja. Hättest du nicht auf Ruby geschossen, hätte sie wahrscheinlich Willow in ihrem Wahn umgebracht. Du hast genau im rich-

tigen Moment gehandelt. Durch die Tatsache, dass dein Schuss sie wohl nur gestreift hat, hat die Explosion bei uns keinen Schaden angerichtet. Da Ruby aber direkt vor dem Helikopter stand, griff das Feuer auf diesen über.«
»Ich hätte die beiden rauslassen sollen«, sagte Tim leise.
»Es war ein Fehler, den Innenraum dichtzumachen.«
»Du konntest ja nicht ahnen, dass sie einen Sprengstoffgürtel um sich trägt«, wandte Simon ein.
»Doch. Ich wusste es, sie hat es mir gesagt, bevor ich zu meiner Aufgabe ans Ende des Waldes gebracht wurde.«
»Es war mein Schuss. Dich trifft keine Schuld. Wir sollten aber froh sein, dass wir uns alle gerettet haben.«
»Ein Schuss, der zum richtigen Zeitpunkt kam. Danke.«
Willow lächelte Simon an.
»Es ist dunkel, und ich denke, wir sind alle ziemlich geschafft von den Ereignissen des heutigen Tages. Ich schlage vor, dass wir bei der nächsten Lichtung unseren Weg für heute beenden. Falls nach uns gesucht wird, können wir ja Wachdienste einteilen.«
Oskar fand Paceys Vorschlag gut.
»Klingt super«, meinte auch Cassie.
»Ich denke, eine ausführliche Ruhepause haben wir uns verdient. Wir sollten vielleicht auch etwas Holz und trockenes Gras sammeln, dann können wir ein Feuer machen.«
Sie teilten sich in Zweiergruppen auf und verstreuten sich im Wald. Oskar ging mit Cassie etwas tiefer hinein. Sie sammelten mehrere lose Äste, ein paar dickere Holzteile und trockenes Gestrüpp, wovon es aufgrund der vorherigen Regenfälle nicht mehr allzu viel gab. Sie trafen sich ein paar Minuten später wieder an der Stelle, an der sie auch auseinandergegangen wa-

ren.
»Hier ist doch ein optimaler Platz«, sagte Tim.
Und er hatte Recht. An dieser Stelle waren die Bäume etwas weiter auseinander, und in der Ferne war ein umgekippter Baumstamm zu sehen.
»Wir sollten zu dem Baum dort. Auf dem Stamm liegt ein Umschlag«, meinte Pacey.
Die Gruppe ging näher heran und nahm dort schließlich auch Platz. In einer kleinen Kuhle war ein abgedeckter Korb zu sehen. Zunächst zögerten alle, keiner wollte das lesen, was in dem Umschlag geschrieben stand. Schließlich war es Cassie, die ihn öffnete und ein weißes Blatt Papier herauszog.
»Jugendliche, Ihr habt euch wacker geschlagen, wozu ich euch allemal gratulieren möchte. Die zweite Phase ist fast überstanden, es folgt die dritte und letzte, die für euch jedoch um einiges rätselhafter und schwerer wird. Folgt dem Licht, aber übernehmt euch nicht. Vor euch seht ihr in der Mitte einen Korb mit Essen und Trinken. Ihr werdet euch stärken müssen, bevor ihr zu Schritt drei übergeht. Viel Erfolg, ihr werdet es brauchen. Führt euch aber eines zu Gemüt: Der Tyrann sät Ärger, wo er kann und wann er will. Des Rätsels Lösung ist Mondgestein. Haltet es in das helle Licht und es wird euch alle Antworten geben, die ihr verlangt. Gezeichnet, Abigail.«
»Was soll das denn heißen?«
Tim runzelte die Stirn.
»Der Tyrann sät Ärger. Das klingt nicht gut«, meinte Willow.
Simon ging unterdessen näher an den Korb heran und zog die weiße Tischdecke ab, die darüber gespannt war. Zum Vorschein kam eine große Auswahl an Speisen und Getränken: eine abgepackte Salami, Baguettes, Müsliriegel, ein paar Äpfel und

Bananen, Salzbrezel, Käse, drei Tafeln Schokolade, fünf große Flaschen Limonade und eine Flasche, in der sich eine durchsichtige Flüssigkeit befand.
»Schokolade«, meinte Cassie und grinste.
»Ich kann mich nicht daran erinnern, wann ich sie das letzte Mal gegessen habe, aber der Geschmack ist allgegenwärtig.«
Sie nahm eine der Tafeln, öffnete sie und reichte sie herum. Jeder nahm sich ein Stück. Danach zogen sie den Korb weg und stapelten das Holz auf. Simon kramte ein Feuerzeug hervor, was er aus dem Dorf vor der Festung mitgenommen hatte, und versuchte, den Haufen anzuzünden. Es klappte nicht auf Anhieb.
»Warte mal.«
Lily stellte sich neben ihn und schob seine Hand sanft zur Seite. Sie lächelte.
»Ich habe eine Idee.«
Sie öffnete die unbeschriftete Glasflasche und goss etwas von dem durchsichtigen Zeug über das Holz.
»Versuch es jetzt nochmal.«
Simon probierte es, und er hatte Erfolg. Die kleine Feuerzeugflamme sprang sofort auf das Holz über, und ein paar Momente später war ein prasselndes Feuer entstanden. Durch das Licht des Feuers und ihres nächsten Zieles war es im Wald fast taghell. Sie saßen eng nebeneinander um das Lagerfeuer herum und blickten in die Flammen. Plötzlich fiel Oskar etwas ein.
»Ich habe noch was.«
Er griff in seine Tasche und holte mehrere zusammengefaltete Blätter Papier hervor.
»Was ist das?«
Cassie sah ihn fragend an.

»Louis hat es mir gestern Abend gegeben. Ich gehe davon aus, dass es eine Art Abschiedsbrief ist.«
Er schluckte.
»Soll ich es vorlesen?«
»Ja«, sagte Tim sofort.
Auch Willow stimmte ihm zu.
»Ich finde, wir schulden es ihm.«
Oskar öffnete die Blätter und zögerte einen Moment. Als er seine Fassung wiedererlangt hatte, und sich vollständig auf die Realität konzentrieren konnte, begann er, Louis letzte Worte zu lesen.

Hallo Oskar, Cassie, Annie, Tim, Willow, Nora und Ian.

Zunächst muss ich euch sagen, dass ich jedem einzelnen von euch unfassbar dankbar bin. Nicht nur für die tollen Momente, die wir in den meist ausweglosen Situationen hatten, sondern auch für diesen einzigartigen Zusammenhalt. Jeder einzelne trug seinen Teil dazu bei, weshalb ich mir auch für jeden einzelnen ein paar Worte aufgehoben habe.

Willow, ich danke dir dafür, dass du einfach da warst. Ich hätte dich gerne näher kennengelernt, wir haben ja nicht viel miteinander gesprochen geschweige denn zu tun gehabt.

Nora, ich bewundere dich. Du hast wieder Vertrauen zu Jonas gefunden, nachdem er uns erzählt hatte, dass er mit den anderen kooperierte. Auch die Tatsache, dass du seinen Tod mittlerweile verkraftet hast, macht dich zu einem guten Menschen, der viel über sein Handeln nachdenkt, aber keine Konse-

quenzen fürchtet.

Tim, ich habe mich in deiner Nähe immer sicher gefühlt und deinen Charakter von Anfang an gemocht – auch, wenn wir ab und an Meinungsverschiedenheiten hatten, aber das gehört halt einfach dazu. Du bist in der Eiswüste für mich ein guter Freund geworden, mit dir war die schlimme Zeit um einiges erträglicher.

Ian, danke, dass du bei mir warst als wir in den Käfigen eingesperrt waren. Ich glaube, ohne dich hätte ich meinen Verstand komplett verloren und hätte das Ganze wahrscheinlich nicht überlebt.

Cassie, dich habe ich als eine gute Freundin wahrgenommen, und dafür bin ich dir dankbar. Mit deinem Lächeln hast du ein strahlendes Licht in die dunkelsten Momente gebracht und warst stets ein Grund dafür, dass ich zu keiner einzigen Sekunde daran gedacht habe, aufzugeben.

Annie, du hast dich sehr gut um mich gekümmert. Ich konnte mit dir über alles reden, was ich auf dem Herzen hatte, und hätte sehr gerne noch mehr Zeit mit dir verbracht. Du warst eine tolle Freundin für mich und hast mir sehr oft weitergeholfen. Danke, dass du immer für mich da warst.

Oskar, dich erwähne ich bewusst zuletzt, weil ich über dich am Meisten schreiben möchte und dir viel mit auf den Weg geben möchte. Die ersten Momente in der Eiswüste, als du gegen Lucy zum Duell antreten musstest, waren sicherlich hart für dich.

Doch da hast du direkt gezeigt, was in dir steckt, und ich habe dich sofort bewundert. Die Tage wurden kürzer und die Geschehnisse schweißten uns näher zusammen. Irgendwann habe ich dann gemerkt, dass jedes Mal, wenn ich versuchte, dir in die Augen zu sehen, dieses ungewohnte Gefühl aufkam. Als sich unsere Wege dann auch noch getrennt haben... ich habe es einfach nicht ausgehalten, nicht zu wissen, wie es dir geht und ob du überhaupt noch am Leben bist. In der Zeit wurde mir bewusst, dass ich Gefühle für dich aufgebaut habe. Hier, in diesem Brief, kann ich guten Gewissens folgende Worte schreiben, die ich dir nie persönlich hätte sagen können, aus dem einfachen Grund, dass ich Angst vor deiner Reaktion hatte. Ich liebe dich, Oskar. Du machst deine Aufgabe super und darfst sehr, sehr stolz auf dich sein. Die anderen können unfassbar froh sein, dich in ihren Reihen zu haben.

Ich wünsche euch für die kommenden, großen Aufgaben viel Erfolg. Sowohl in der Festung, als auch danach. Bietet denen die Stirn und lasst euch nicht unterkriegen. Jeder von euch hat ein ruhiges, sorgloses Leben in Freiheit und Glück verdient.

Danke, dass ihr meine Freunde wart.

Louis

Oskar legte den Brief weg. Er hatte gar nicht bemerkt, dass ihm während des Lesens die Tränen gekommen waren. Erst, als eine davon genau auf das Papier tropfte, wurde er sich dessen bewusst.
»Ich muss erst einmal kurz mit der Situation fertig werden.«

Er stand auf und umrundete den Baumstamm.
»Soll ich mitkommen?«, fragte Cassie.
»Nein. Ich möchte allein sein«, antwortete er entschieden.
Cassie akzeptierte dies und fragte nicht weiter nach. Oskar entfernte sich von der Feuerstelle und ging Schritt für Schritt tiefer in den Wald hinein. Zweige knisterten unter seinen Schuhen, und je weiter er kam, desto heller wurde es. Er bewegte sich jedoch nicht direkt in die Richtung des Lichtes, sondern nach rechts, tiefer in das Gestrüpp hinein. *Er hatte Gefühle für mich.* Die Worte spukten in seinem Kopf herum, und je länger er darüber nachdachte, desto schlechter fühlte er sich. *Er hatte Angst davor, es mir zu sagen.* Oskar wusste selbst nicht, wie er darauf reagiert hätte, und selbst als er darüber nachdachte, kam er zu keiner Antwort. *Ich kenne mich selbst scheinbar nicht mal.* Eines war ihm jedoch klar, nämlich, dass er Gefühle, die über Freundschaft hinausgingen, nur für Cassie verspürte. Louis war für ihn eine wichtige Person gewesen, ein Rückhalt, gerade in den letzten Tagen. Doch mehr war da nie gewesen. *Unser Gespräch in der Herberge war definitiv merkwürdig gewesen. Aber so etwas hätte ich niemals gedacht.* Er setzte sich auf den Boden, lehnte sich an einen hohen Baumstamm und atmete die frische Waldluft tief ein. Es war mittlerweile deutlich kühler geworden, doch Oskar sehnte sich momentan nach genau dieser Kälte. Er schwitzte, außerdem taten ihm seine Füße weh. *Kann das nicht alles mal ein Ende haben? Verdammt.* Er dachte an etwas zu trinken, und bekam auf der Stelle Durst. Er drehte sich ein bisschen, und merkte, dass etwas aus dem Baumstamm hinter ihm heraustropfte. *Wasser? Vielleicht Regenwasser?* Er wollte einfach nur etwas trinken, weshalb er nicht weiter darüber nachdachte und seine Hände unter den kalten Strom hielt.

Es schmeckte nicht wie Wasser, sondern um einiges süßer. Oskar konnte gar nicht genug davon trinken. Als er sich satt fühlte, lehnte er sich erneut zurück. Er fühlte sich plötzlich unfassbar müde, weshalb er wieder aufstand. Seine Beine versagten jedoch direkt ihren Dienst, er verlor das Gleichgewicht und fiel auf den weichen Boden.
»Oskar?«
Die Stimme kam ihm bekannt vor, er konnte sie aber nicht zuordnen. Erst, als Jonas um die Ecke getreten kam, wusste er, wer zu ihm gesprochen hatte.
»Du brauchst dich nicht zu fürchten. Wir sind bei dir.«
Louis sah ihn an, er hatte direkt neben Jonas seinen Platz eingenommen.
»Was ist…?«
»Das Mondgestein.«
»Es ist so unfassbar wichtig. Bitte merk dir das.«
Ian hatte nun das Wort übernommen, er war direkt hinter Jonas und Louis aufgetaucht.
»Aber… ihr seid tot!«
»Unsere Körper sind es vielleicht, aber unsere Seelen leben weiter. Tief in deinen Gedanken.«
»Es spielt sich also alles nur in meinem Kopf ab?«
Oskar hatte wieder die passenden Worte gefunden.
»So ist es.«
»Okay, also das Mondgestein. Was hat es damit auf sich, und wo finde ich es?«
»Wenn du die Antwort aller Fragen hören möchtest, musst du jetzt ganz genau zuhören…«
»Oskar?«
Er spürte, wie die Konturen von Jonas, Louis und Ian wieder

verschwanden. Sein trüber Blick wurde mit eine mal wieder klarer, und als er aufblickte, sah er Cassie vor sich. Hinter ihr standen Tim und Willow.

»Was ist passiert?«

»Du hast geschrien und irgendetwas über das Mondgestein geredet«, sagte Tim.

»Wir haben jedoch nicht viel mitbekommen, da wir dich gerade eben erst gefunden haben.«

Oskar merkte, wie sein T-Shirt nass wurde und drehte sich um.

»Ich hatte eine Vision. Oder vielleicht auch eher eine Halluzination. Ich weiß es nicht. Es lag auf alle Fälle an dieser Flüssigkeit.«

Er deutete auf das, was aus dem Baum floss.

»Ich habe davon etwas getrunken, weil ich Durst hatte.«

»Komm lieber mit zurück. Es war keine gute Idee, dass wir uns getrennt hatten.«

Tim half Oskar zurück auf die Beine, doch er konnte sein Gleichgewicht nur schwer halten. Er fühlte sich wackelig auf den Füßen, und kam nur mit der Hilfe von Tim und Cassie, die ihn an beiden Seiten stützten, wieder zurück zur Feuerstelle. Die anderen warfen ihm besorgte Blicke zu und erkundigten sich direkt danach, was passiert war.

»Ich weiß es nicht genau, aber wir sollten wirklich Ausschau nach diesem Mondgestein halten. Ich hatte eine Vision, in der ich mit irgendjemandem gesprochen habe.«

Er wollte nicht erwähnen, dass es sich dabei um Jonas, Louis und Ian gehandelt hatte. *Sie halten mich sonst für verrückt und unzurechnungsfähig.*

»Und was hast du herausgefunden?«

»Wenn wir Antworten wollen, müssen wir dem Gestein vertrauen. Ich befürchte, dass es bei der nächsten Aufgabe genau darum gehen wird.«

Oskar griff in den Korb und riss sich ein Stück Baguette ab. Er brauchte etwas zwischen den Zähnen, damit er nicht weiter auf seiner Zunge herumkaute, weil er so aufgeregt war.

»Eigentlich ist jetzt der Zeitpunkt, an dem wir uns zur Ruhe setzten sollten. Was meint ihr?«

Oskar nickte, er fühlte sich todmüde.

»Ich habe was gefunden«, meinte Nora.

»In dem Korb, unter dem ganzen Essen.«

Sie streckte ihre Hand aus, und zum Vorschein kam ein kleiner Würfel. Auf der Oberfläche standen jedoch keine Zahlen oder Punkte, sondern Symbole.

»Hier, ich nehme an, es handelt sich hierbei um das Mondgestein.«

Nora deutete auf einen grauen, mit Kratern versehenen Stein auf der einen Seite.

»Ja, das ist es!«

Lily, die unterdessen weiterhin in dem Korb gekramt hatte, zog ein weißes Blatt Papier hervor.

»Hier stehen die sechs Symbole und eine Erklärung drauf.«

Nora drehte den Würfel zur zweiten Seite. Zum Vorschein kam ein Ring, der aus blauen und braunen Gesteinen bestand.

»Was soll das heißen?«

»Der Ring aus Eis und Gesteinsstaub symbolisiert euch die Hoffnung auf einen Ausweg.«

»Mehr nicht?«

Nora runzelte die Stirn.

»Nein, das war alles. Was kommt auf der nächsten Seite?«

»Eine Art Fontäne. Ein Geysir.«

»Der Geysir steht als sprudelnde Quelle des Glücks.«
»Das nächste sieht aus wie ein Gebirge.«
»Norekrates, Bergkette der verlorenen Seelen und ungeklärten Rätsel.«
»Ein schwarzer Schatten. Schaut mal.«
Nora reichte den Würfel herum. Oskar warf einen Blick auf die obere Seite und erkannte tatsächlich die Umrisse eines Wesens.
»Der Tyrann sät Ärger. Folgt seiner verlockenden Spur, und ihr werdet Unheil finden.«
»Nun fehlt noch die letzte Seite. Das hier sind mehrere Sterne.«
»Sternenkonstellation des Todes.«
Lily zögerte kurz.
»Sie kündigt einen kurz bevorstehenden Todesfall an und wird Monodanus genannt.«
»Das klingt danach, als würde es uns ganz weit weg von hier verschlagen«, murmelte Cassie.
»Das wäre mir allerdings auch nur recht.«
»Wir sollten den Würfel bei uns tragen. Nora, magst du ihn behalten?«
Nora nickte.
»Ich stecke ihn ein.«
Oskar hatte mittlerweile aufgehört zu schwitzen. Ganz im Gegenteil, er begann langsam sogar zu frieren. Er rückte näher an das Feuer heran und ließ sich aufwärmen. Keiner sagte etwas, es gab nur das helle Licht und die Geräusche des Waldes. Obwohl Oskar keine Tiere aufgefallen waren, raschelte es in allen möglichen Richtungen. Er wusste nicht, wie lange die Nacht noch anhalten würde, und er beschloss, sich der Müdigkeit hinzugeben. Er sah Cassie kurz in die Augen und wandte sich dann den anderen zu.

»Wenn es euch nichts ausmacht, würde ich gerne schlafen gehen. Wir sollten aber dennoch Wachdienste über Nacht einteilen. Wer mag die erste Schicht übernehmen? Wir sollten das wieder in Zweierteams regeln.«
Lily hob direkt die Hand. Simon zögerte kurz, schloss sich ihr dann aber an.
»Wir machen das.«
Sie lächelte ihn an.
»Sind alle damit einverstanden?«
Niemand widersprach, alle schienen zufrieden zu sein, endlich Ruhe nach diesem schrecklichen Tag finden zu können. Sie verließen die Feuerstelle und suchten eine bequeme Stelle auf dem Waldboden, während Simon und Lily weiterhin vor den Flammen saßen. Als niemand mehr die beiden beobachtete, streckte Lily ihre Hand aus und griff nach Simons.
»Ich bin wirklich froh, dich hier zu haben.«
»Danke.«
Mehr zu sagen war Simon nicht fähig, sein Mund wurde plötzlich trocken und seine Zunge fühlte sich so schwer wie Blei an.
»Ich hoffe, deine Verletzungen sind nicht allzu stark.«
Sie strich ihm sanft über die Wange, entlang der Wunde, die das Wesen mit den messerscharfen Krallen im Keller der Festung hinterlassen hatte.
»Es geht. Wirklich. Es hätte viel schlimmer ausgehen können.«
Simon war es sichtlich unangenehm, immer nur einzelne Wörter auszusprechen, doch er war einfach zu nervös.
»Die anderen sind allesamt okay. Findest du nicht auch?«
Simon nickte.
»Ja. Ich kannte sie ja schon vorher, damals habe ich sie oft auf

den Bildschirmen in der Basisstation gesehen.«

»Ich habe mich da eher anderweitig beschäftigt. Ich wollte nur weg und habe mir keine Gedanken um etwas anderes gemacht.«

Simon erinnerte sich an die Zeit zurück. Als sie es tatsächlich geschafft hatten, aus der Eiswüste zu fliehen, mussten sie sich ein paar Wochen in dem Hauptquartier aufhalten. Warum das so war, wusste er nicht, aber er hatte da viel Zeit gehabt, sich mit den Bildern der anderen Gruppe auseinanderzusetzen – bevor es für sie mit der zweiten Testphase losgegangen war.

»Wir dürfen denke ich auf das gespannt sein, was uns erwartet.«

»Definitiv. Ich finde nur die Seiten von dem Würfel etwas rätselhaft, glaube aber, dass wir auch deren Bedeutung schnell herausfinden werden.«

Simon nickte und gähnte.

»Du kannst ruhig auch schlafen gehen. Ich kriege das alleine hin.«

Er schüttelte entschieden den Kopf. *Sicherlich nicht, wenn ich mal die Möglichkeit habe, mit dir Zeit zu verbringen*, dachte er.

»Es geht schon.«

Simon versuchte, sich ein Lächeln aufzusetzen, scheiterte jedoch. Lily ließ sich davon aber nichts anmerken.

»Wie du magst.«

Sie rückte etwas näher an ihn heran, und Simon spürte direkt ein Kribbeln. *Sie zeigt Interesse.* Er überlegte nicht lange, streckte seinen Arm aus und legte ihn um sie. Es fühlte sich gut an, sie so nahe bei sich zu haben. Simon schloss die Augen und atmete tief durch. *Wenn nur diese allgemeine Situation nicht wäre…*

»Sehr bequem. Danke.«

Sie lagen dicht mit den Köpfen nebeneinander und starrten in

die Glut des Feuers. Die Zeit verging, beide sagten nicht viel, während sie einfach nur dasaßen und den Moment voll auskosteten. Irgendwann durchbrach Lily die Stille.
»Neben dir fühle ich mich sicher.«
»Das freut mich sehr.«
Simon wusste nicht, was er sagen konnte, und spürte, wie sich ein Kloß in seinem Hals ausbreitete und sein Mund trockener wurde. *Verdammt, warum kann ich nicht mit ihr sprechen?* Plötzlich wurde das Rascheln hinter ihnen lauter. Lily hob ihren und bewegte sich ein paar Zentimeter nach oben, so weit, dass sie über die Schulter in die Richtung blicken konnte, aus der das Geräusch gekommen war.
»Entschuldigt bitte, ich wollte euch nicht stören.«
Pacey trat an die Feuerstelle.
»Ich kann nicht schlafen, und dachte mir, dass ich euch vielleicht ablösen könnte.«
Simon nickte. *Jetzt ist es sowieso zu spät.*
»Das war eine gute Idee. Ich kann langsam auch wirklich Schlaf gebrauchen.«
Er drehte sich zu Lily um
»Gute Nacht.«
Simon entfernte sich von der Feuerstelle und ließ Lily und Pacey alleine zurück. Er ärgerte sich darüber, dass er sich so lange Zeit gelassen hatte. *So eine Situation, in der wir wirklich nur für uns sind, werden wir die nächsten Tage vermutlich nicht so oft haben.* Er fand den Platz, an dem sich die anderen niedergelassen hatten. Erst sah es so aus, als würden alle bereits schlafen, doch als er näher hinhörte, bemerkte er, dass Oskar und Cassie miteinander sprachen.
»Hey.«

Er setzte sich neben die beiden auf den Boden.
»Simon.«
Cassie lächelte.
»Ja, ich bin doch zu müde, um noch Wache zu halten. Pacey hat mich abgelöst.«
Er legte sich auf den Boden und schloss die Augen. Es dauerte nicht lange, bis er eingeschlafen war.

Als Oskar die Augen aufschlug, war der nächste Tag bereits angebrochen. Die Sonne strahlte durch das dichte Blätterdach über ihren Köpfen. Er fühlte sich müde. *Wie lange habe ich geschlafen? Vielleicht fünf bis sechs Stunden.* Er rieb sich die Augen und hob den Kopf. Cassie lag neben ihm, sie schlief noch. In der Ferne konnte er jedoch erkennen, dass Tim, Willow, Nora und Simon bereits am Feuer saßen.
»Guten Morgen.«
Er versuchte, zu lächeln, was jedoch gehörig fehlschlug.
»Setz dich.«
Willow deutete auf einen freien Platz neben sich.
»Wir haben noch genug Essen und Getränke da.«
Oskar nahm sich etwas Brot und Käse aus dem Korb. Er aß so viel, bis er sich satt fühlte, und genoss dann die Wärme des Feuers.
»Wie lange seid ihr schon auf?«
»Tim und ich sicher schon seit einer Stunde. Simon ist kurz bevor du zu uns gekommen bist wach geworden.«
»Wer saß am Feuer?«
»Pacey. Scheinbar hat er die gesamte Nacht über Wache gehalten.«
»Dann wird er jetzt sicher tief und fest schlafen.«

»Das vermute ich auch.«
Oskar blickte in den Himmel. Er war strahlend blau, es war nichts mehr von dem gestrigen Gewitter zu sehen. Außerdem wehte ein warmer Wind.
»Heute Morgen lag noch ein weiterer Umschlag am Feuer«, meinte Willow plötzlich.
»Pacey hat niemanden gesehen, der den abgelegt haben soll. Aber er war auf alle Fälle da.«
Willow deutete auf einen geschlossenen Briefumschlag.
»Was steht drin?«
»Wir haben ihn noch nicht geöffnet. Wir wollten warten, bis alle wach sind.«
»Okay, das wird wohl auch die beste Idee sein.«
Oskar betrachtete den Umschlag näher, sah dann aber ein, dass alle gemeinsam zur selben Zeit von dem Inhalt erfahren sollten. Er legte ein paar Äste in das Feuer, das mittlerweile nur noch schwach brannte. Dazu schüttete er noch etwas von der durchsichtigen Flüssigkeit dazu.
»Was ist gestern Abend wirklich passiert? Als du im Wald warst, meine ich.«
Tim sah ihn besorgt an.
»Ich kann nicht wirklich sagen, was ich gesehen habe.«
Das war nicht einmal gelogen, Oskar hatte den gesamten gestrigen Abend damit verbracht, sich über das Szenario Gedanken zu machen. *Es war eine Halluzination. Jonas, Louis und Ian sind verdammt nochmal tot.* Doch was hatte diese Halluzinationen ausgelöst? Er konnte es sich nicht erklären.
»Versuch wenigstens, es zu beschreiben.«
Tim blieb hartnäckig.
»Ich saß an einen Baum gelehnt, als ich plötzlich etwas hinter

mir spürte. Wasser oder sowas, es lief aus der Baumrinde heraus und ich hatte schrecklichen Durst. Ich habe nicht darüber nachgedacht und es einfach getrunken. Das muss der Auslöser für die Halluzinationen gewesen sein. Ich habe Jonas, Louis und Ian gesehen. Sie haben mit mir gesprochen.«
Er hatte sich nun doch dazu entschieden, die Wahrheit zu erzählen.
»Was haben sie dir gesagt?«
»Irgendwelche wirren und zusammenhanglosen Dinge.«
Oskar schüttelte den Kopf.
»Ich kann mich nicht mehr dran erinnern.«
»Merkwürdig«, murmelte Tim.
»Aber es scheint tatsächlich mit dieser Flüssigkeit zusammenzuhängen.«
Er stand auf und klopfte sich die Hose sauber.
»Zeig mir mal bitte den Baum.«
Oskar wusste, dass Tim jetzt nicht lockerlassen würde, stand auf und ging in die Richtung vor, die er gestern Abend eingeschlagen hatte. Er wusste nicht mehr, welcher Baum genau das gewesen war, konnte sich aber an einen Dornenbusch kurz davor erinnern. Er überlegte ein paar Sekunden und entschied sich für den zweiten Baum.
»Hier, das muss er gewesen sein.«
Tim ging auf die Knie und versuchte, etwaige Einkerbungen in der Rinde auszumachen.
»Hör mal, es kann auch sein, dass es wirklich nur Regenwasser gewesen war und ich mir das nur eingebildet…«, setzte Oskar an, wurde jedoch von Tim unterbrochen.
»Hier!«
Er deutete triumphierend auf ein kleines Loch im Baum, aus

dem stetig Wasser tropfte.
»Warte kurz hier.«
Tim lief in Richtung der Feuerstelle zurück und ließ Oskar ratlos an dem Baum stehen.
»Was hast du vor?«
Es kam keine Antwort, Tim hatte seine Frage wahrscheinlich gar nicht mehr gehört. Es dauerte etwa fünf Minuten, bis er mit einer leeren Limonadenflasche wiederkam. Er hielt den Flaschenhals unter die tropfende Stelle und wartete, bis sie sich gefüllt hatte.
»Warum machst du das?«
Oskar verstand gar nichts mehr.
»Ich fürchte, wir werden es noch brauchen.«
Als die Flasche vollgelaufen war, drehte er den Deckel drauf.
»Wir sollten allerdings sparsam damit umgehen.«
Er grinste. *Ich werde sicherlich keinen Schluck mehr davon nehmen*, dachte Oskar leise für sich.
»Komm, wir sollten zurück zu den anderen. Cassie ist auch schon wach«, meinte Tim.
Der Gedanke an Cassie vertrieb die Ratlosigkeit bei Oskar und ließ ihn sich zumindest kurz besser fühlen. Er folgte Tim wieder, versuchte, möglichst wenig Lärm zu erzeugen und den Ästen auf dem Boden auszuweichen. Sie hatten die Feuerstelle ein paar Minuten später erreicht. Neben Cassie saßen auch Pacey und Lily wieder auf den umgefallenen Baumstämmen. *Der Umschlag kann also geöffnet und der Brief vorgelesen werden.* Willow hatte bereits ein weißes Blatt Papier in der Hand und schien nur auf Oskar und Tim zu warten.
»Lies vor.«
»Es ist ein Rätsel.«

Willow stockte kurz.

»Ich gebe euch das Feuer. Sammelt meine Tränen und gießt sie in das helle Licht. Hört auf die Worte der Toten und bewahrt stets Respekt und Achtung. Dies ist der Weg zu der hellen Seite von Ehygea.«

»Was hat das zu bedeuten?«, fragte Cassie.

Alle wirkten ratlos, nur Tims Gesichtsausdruck war ein anderer. Er drehte sich direkt zu Oskar um.

»Siehst du, ich habe doch gesagt, dass es nützlich sein wird.«

»Woher wusstest du…?«

»Ich war als erster wach und habe schon einen Blick in den Umschlag werfen können«, gestand er.

»Es musste einfach mit den Dingen zu tun haben, die dir gestern Abend widerfahren waren. Ich habe mir heute Morgen Gedanken darüber gemacht, und als du mir dann noch erzählt hast, dass du eine Halluzination hattest in der Jonas, Louis und Ian vorkamen… ich musste nur eins und eins zusammenzählen.«

»Aber… *Ich gebe euch das Feuer*«, zitierte Cassie.

»Was für ein Sinn steckt dahinter?«

»Holz gibt uns das Feuer. Und die Flüssigkeit kam genau aus der Rinde.«

»Es klingt schlüssig, aber wir sollten uns nicht zu einhundert Prozent darauf verlassen, dass das richtig ist«, murmelte Cassie.

»Warum?«, fragte Tim.

»Hast du etwa eine andere Idee?«

»Ist doch jetzt egal «, setzte Oskar der Diskussion ein Ende.

»Wir sollten auf jeden Fall davon ausgehen, dass es stimmt, so lange wir keine anderen Möglichkeiten haben.«

»Das heißt auch, wir müssen heute zu dem Licht«, sagte Simon. Er hatte sich während des Gespräches eher im Hintergrund ge-

halten und ergriff erst das Wort, als sich Stille ausbreitete.
»Das war ja sowieso unser Ziel.«
»Die helle Seite von Ehygea. Das klingt irgendwie merkwürdig.«
Lily sah die anderen fragend an.
»Vielleicht ist das Licht eine Art Weg, eine Brücke in eine ferne Dimension«, mutmaßte Simon.
»Eigentlich will ich diesen Wald gar nicht verlassen. Hier ist alles so friedlich. Wir haben keine Gefahr vor uns.«
»Das ist wahrscheinlich der springende Punkt«, murmelte Pacey.
»Wir sind in Sicherheit und können uns sogar fast entspannen. Ich glaube aber, das wird sich ändern, wenn wir deren Wegweiser nicht folgen. Wir sollten uns der letzten Aufgabe, die vor uns liegt, stellen.«
Tim nickte.
»Ich stimme dir voll und ganz zu. Wir hätten sowieso keine andere Möglichkeit. Wenn sich allerdings eine auftun sollte in der nächsten Zeit, müssen wir sie auch nutzen.«
Sie packten ihre Sachen zusammen. Alles, was an ess- und trinkbaren Dingen übriggeblieben war, verstauten sie in den Rucksäcken. Es war einiges und würde sicher noch für einen Tag reichen. Sie verließen die Feuerstelle und wendeten sich nun wieder der Richtung zu, aus der das helle Licht kam. Bei Tageslicht war es zwar schwerer, doch die ungefähre Richtung war gut auszumachen.
Je mehr Meter sie zurücklegten, desto wacher wurde Oskar. Anfangs hatte er sich von der kurzen Nacht noch ziemlich gerädert gefühlt, doch das war mit der Zeit vergangen. Sie passierten den Wald und erreichten schließlich einen riesigen

Felsen. Er stand auf einer kleinen Lichtung und war überwuchert von Moos.
»Sieht irgendwie aus wie das Mondgestein auf dem Würfel«, meinte Nora.
Es waren ihre ersten Worte am heutigen Tage. Zuvor hatte sie sich zurückgehalten und sich nicht an den Gesprächen beteiligt gehabt.
»Du hast recht!«
Lily ging vor und strich über die Oberfläche. Der Felsen schien merkwürdig zu leuchten, doch es war nicht das Licht, was sie in der Nacht gesehen hatten und dem sie jetzt noch immer folgten. Es hatte eine andere Farbe, wirkte aus der Nähe bläulich.
»Es fühlt sich weich an. Und es vibriert leicht. Kommt mal her und probiert es selbst aus.«
Tim trat als erster zu Lily. Er holte die Glasflasche hervor, in der er die Flüssigkeit aus der Baumrinde gesammelt hatte, drehte sie auf, und schüttete einen kleinen Tropfen auf den Stein. Es geschah zunächst nichts.
»Verschwende davon nicht zu viel.«
Oskar sah ihn ernst an.
»Einen Versuch war es wert.«
Ein paar Sekunden später war zu sehen, wie sich Risse in dem Stein auftaten. Eine riesige Spalte klaffte auf, während Tim sich triumphierend umdrehte.
»Ich habe es geahnt.«
Es dauerte knapp zwei Minuten, in denen sie einfach nur zusehen konnten, wie der Felsen direkt vor ihnen zerbröckelte, und das blaue Licht immer heller wurde - bis schließlich der Durchbruch geschah. Zum Vorschein kam eine blaue Verbin-

dung, eine Art Portal, dass im Sonnenlicht glänzend schimmerte.
»Der Weg zur dunklen Seite von Ehygea.«
Tim las den Text vor, der auf einem Holzschild neben dem Portal geschrieben stand.
»Die dunkle Seite also?«
Er sah die anderen an.
»Im Brief stand aber etwas von der hellen Seite«, wandte Lily ein.
»Das ist egal. Wir sollten diesen Weg gehen. Aber erstmal…«
Er nahm die Hand hoch, in der er weiterhin die geöffnete Glasflasche trug. Er setzte den Flaschenhals an seinen Mund und nahm ein paar Schlucke von der durchsichtigen Flüssigkeit.
»Nicht!«
Oskar schlug Tim die Flasche aus der Hand. Sie landete im Gras und kullerte über den Boden.
»Was machst du da, verdammt?«
»Ich musste es versuchen. Oskar…«
Er zog am Kragen von Oskars T-Shirt. Seine Augen traten hervor und die Haut in seinem Gesicht wurde immer bleicher.
»Wir werden alle sterben!«
Mit diesen Worten ließ er die anderen alleine und verschwand in dem wabernden, blauen Licht des geöffneten Portals.

ENDE

Die Fortsetzung

Introduction

CRETHRENS – Odyssee nach Ehygea

Das Königreich Ehygea war einst ein Ort mit blühenden Landschaften, rauschenden Flüssen und endlosen Weiten. Eines Tages wurde der Ort von einer schrecklichen Katastrophe heimgesucht – seitdem besteht dieser nur noch aus finsterem Ödland. Die Überlebenden drängen nach und nach in die Geschichte des düsteren Ortes vor – und müssen feststellen, dass ein großer Kampf um Leben und Tod bevorsteht, der über die Zukunft des gesamten Planeten entscheidet.

Weitere Bücher des Autoren

2005: Lewis, Janet, Jeff und Liz erhoffen sich ein Abenteuer, ein Wanderurlaub in den Bergen – genau nach ihrem Geschmack. Trotz einiger beängstigender Vorkommnisse während der Fahrt in die Berge entscheiden sie sich, zu bleiben. Als sie allerdings auf die Rucksäcke einer verschollenen Wandergruppe stoßen und nach und nach mysteriöse Anzeichen auf deren Verbleib finden, beginnt ein Albtraum, aus dem es kein Entrinnen zu geben scheint…
1995: Idyllische, weite Wälder und glasklare Seen. Nichts anderes wollen Marcel, Inge, Matthias, Gudrun, Alexander und Ralf, als sie sich dazu entscheiden, einen Urlaub in den Bergwäldern zu machen.
Doch dann verliert sich jede Spur von ihnen…

Die vier Jugendlichen Marc, Blake, Jay und David wagen gemeinsam mit dem Einsiedler Joseph, Jays Bruder Danny und seinem Freund Neal einen Ausflug zu einem „Geisterhaus", um das sich zahlreiche Mythen ranken. Doch als sie eines nachts das Haus betreten, beginnt ein Albtraum, der nie zu enden scheint. Denn das Haus lebt. Und es sucht sich seine Opfer…

Zehn Personen wachen in einer verlassenen Lagerhalle auf. Zunächst können sie sich nicht erklären, wie sie dort hingelangt sind. Doch als ein Teil der Gruppe auf ein System unterirdischer Gänge stößt, entfesseln sie ein Grauen, das die Grenzen jeglicher Vorstellungskräfte überschreitet.

Die Dämonenjäger Marcus Young und William Collister verbringen eine Nacht in der Lagerhalle, in der sich vor kurzer Zeit erst schreckliche Dinge zugetragen haben. Sie installieren eine Kamera, um die paranormalen Geschehnisse per Video zu dokumentieren. Als Marcus in einem der Räume auf eine apathisch wirkende Frau stößt und wenig später verschwunden ist, begibt sich William auf die Suche nach ihm. Die deutlichste Spur führt tief in den Wald…
Währenddessen läuft die Kamera. Und zeichnet schreckliche Dinge auf…

Bei der Eröffnungsfeier des *Arizona Splash*, einem riesigen Schwimmbad mit Außenpools, Saunas und Rutschen, werden zwei junge Leute entführt. Ihnen steht eine Nacht des Grauens bevor: im Inneren des Schwimmbades müssen sie sich nicht nur mit ihren sadistischen Peinigern auseinandersetzen, sondern auch mit einer Gefahr, die aus den Tiefen eines geheimen Kellerganges zu kommen scheint.

Je tiefer Officer Charles Reinhart in den Fall vordringt, desto verwobener wird das Spinnennetz des Grauens. Die Killer schrecken offenbar vor nichts zurück – und richten ein Blutbad ungeahnten Ausmaßes an.

Der jugendliche Oskar findet sich inmitten einer gigantischen Eiswüste mit neunzehn anderen Jugendlichen wieder. Schon bald erkennen alle, dass sie sich in einem perfiden Test befinden, bei dem es nicht nur um das blanke Überleben geht…